译文经典

香 水
一个谋杀犯的故事
Das Parfum
P. Süskind

〔德〕帕·聚斯金德 著

李清华 译

上海译文出版社

译者前言

在八十年代德语文坛上,出现了一颗引人注目的新星——联邦德国的帕特里克·聚斯金德(Patrick Süskind)。

帕特里克·聚斯金德于一九四九年出生在联邦德国巴伐利亚州施塔恩贝格湖畔的阿姆巴赫,早年在慕尼黑和法国的埃克斯昂普罗旺斯攻读与研究中世纪史和近代史,后一度靠写电影分镜头剧本维持生活。他发表的处女作是剧本《低音提琴》。该剧于一九八一年九月在慕尼黑首次演出,后来许多剧院纷纷上演,其间被译成英语、法语、芬兰语、瑞典语、希伯来语、荷兰语和意大利语,为聚斯金德在文坛上赢得了声誉。一九八四年,聚斯金德完成了他的第一部小说《香水》,出版后轰动了德语文坛。继《香水》之后,聚斯金德用古典主义的笔调创作了中篇小说《鸽子》。小说描写巴黎某家银行一个看门人单调枯燥的生活，一九八七年初第一版销量即高达十万册。据《明镜》周刊统计，《鸽子》与《香水》一道，自一九八七年四月起同属联邦德国严肃文学十本最佳畅销书之列，聚斯金德以此轰动了德语文坛。

法国图尔大学教授阿兰·科尔班写了一部题为《致命的气体与花的芳香——气味的历史》的历史著作。他把法国的历史说成是无法形容的臭气史，把十八、十九世纪的巴黎视为欧洲各种污秽的都会。聚斯金德创作小说《香水》，想必受到了这本书的某些启发。

小说《香水》出版前先从一九八四年十月起在《法兰克福总汇报》上连载，立即引起强烈反响。一九八五年初，该书由瑞士苏黎世的迪奥格内斯出版社出版，很快便成为联邦德国的头号畅销书。一九八七年初，《香水》由民主德国的人民和世界出版社翻印发行，不久即销售一空。据统计，该书至今已被译成英语、法语、意大利语、西班牙语、芬兰语、希伯来语、日本语、加泰隆语、塞尔维亚—克罗地亚语等二十三种文字。一九八七年初在巴黎举行的书籍博览会期间，经过众多专家的评定，《香水》获得了十五份"古滕贝格奖"中唯一的一份优秀外国小说奖。

小说《香水》没有浩瀚的篇幅，它的结构严谨，共分四章,五十一节,段落分明,叙述清楚。小说一开始就开门见山。聚斯金德在三言两语后,立即点出了要为气味王国的天才怪杰让-巴蒂斯特·格雷诺耶立传的意图。随后,作家花费点笔墨交代了十八世纪世界上最臭的城市巴黎,立即把本书的主人公"请"了出来——他于一七三八年七月十七日(这年最炎热的一天)生在巴黎最臭的市区内一个臭鱼摊旁的宰鱼台下。接着,作家描述了格雷诺耶一系列的人生经历:婴幼儿时期举目无亲;八岁起被加拉尔夫人卖给制革匠格里马并在那里像牛马一样干活;第一次杀害一名少女并摄取其香味;为香水制造商巴尔迪尼重振香水业,徒步到南方去,在荒山里穴居七年;在蒙彼利埃的经历;在生产香水的名城格拉斯当伙计,其间杀害了二十五名少女,取得她们的香味制作香水;一七六六年被判处死刑却又死里逃生;一七六七年六月二十五日晨(这一天又是这年最热的一天)返回巴黎时被人分尸吃掉。这些经历如同电影的一个个镜头生动逼真地呈现在读者的眼前。

在作家的笔下,格雷诺耶俨然是个传奇式的人物。他具有顽强的生命力:他一生下来即被他母亲撂在臭鱼摊旁的烂鱼肚肠垃圾堆里,居然没有死去;育婴所里其他小孩多次欲置他于死地,而每次他都幸免于死;他在格里马处害了炭疽病,在巴尔迪尼处得了梅毒性疱疮变异症,而且并发了晚期化脓性麻疹,两次都奄奄一息,但居然奇迹般地活了下来。"他像有抵抗力的细菌那样顽强,像只扁虱那样易于满足,它安静地停在树上,靠着它在几年前所获得的一小滴血维持生活。"他生下来就是个先天不足的人,相貌丑陋、凶恶。因为丑陋,被人家厌恶,他就有强烈的复仇意识。他身上没有气味,这就如同德国小说家沙米索笔下的施莱米尔与魔鬼订约后失去影子那样,毕竟是一大缺陷。但他具有一种特异功能,完全可以同有音乐才赋的神童相比拟。他的嗅觉特别灵敏,六岁起即能通过嗅觉识别世上的一切。他收集了十万种气味。他杀害少女,萃取她们的香味,制成迷人的香水,供自己使用。一小滴这样的香水竟使格拉斯刑场上的万名观众(包括行刑者)把他当作救世主。但一小滴香水也使这个仇视人类、梦想在气味王国当人类主宰的格雷诺耶丧生。

格雷诺耶在短暂的一生中生活方面没有什么欲望,他唯一的追求是掌握生产香水的技术,使自己成为香水之王。他依靠自己的特异嗅觉,勤奋工作,终于如愿以偿。但在资本主义社会里,他的特异功能只能为资本家所利用。他并未发财致富,而敛财致富的却是资本家。小说《香水》通过格雷诺耶为格里马、巴尔迪尼、阿尔努菲寡妇卖命,反映了资本主义剥削的极端残酷性。格雷诺耶一生寂寞、孤独,没有一个真正的朋友,只知拼命劳动以求生存,这恰恰暴露了资本主义社会中人与人之间的冷漠关系和竞争关系。

小说《香水》问世后,首先作出反应的是文学批评界。早在一九八四年《法兰克福总汇报》连载《香水》的同时，该报即发表了一篇短评。短评说《香水》这本书的标题"诱惑人"而又"充满神秘色彩"，小说充满"幻想"，"令人惊异"，具有"童话色彩"，同时又"令人毛骨悚然"，还说作品的语言"幽默得令人赞叹"。

马塞尔·赖希-拉尼茨基于一九八五年三月二日在《法兰克福总汇报》上发表评论文章。他称赞聚斯金德是"一位擅长德语的德语作家，一个善于叙述的当代小说家，一个不是拿他自我欣赏的东西来戏弄我们的小说家，一个毫不令人感到厌烦的青年作家"。接着他认为聚斯金德并不年轻。他列举了德语文学中大作家们成名时的年龄：托马斯·曼、豪普特曼、亨利希·曼、赫尔曼·海塞、施尼茨勒和霍夫曼斯塔尔均在二十岁至二十五岁之间，而伯尔、安德施、诺萨克和阿尔诺·施密特由于战争的原因则晚得多。他认为聚斯金德属于后面这些"大器晚成者"之列。他指出聚斯金德的作品有三个明显的特点："聚斯金德的幽默，他对语言近乎幸灾乐祸那样的欢快，他对受歧视者和先天不足者丝毫没有感伤的、令人忆起契诃夫那样的偏爱。"赖希-拉尼茨基肯定了聚斯金德的创作手法，说："我不是说，作家今天应该这么叙述。但是我认为，今天作家可以这样叙述，前提是他善于这样来叙述。"他接着谈到《香水》的语言"富于节奏"，措词"准确优美"，富于"诱惑性的音调"，说"这部小说受人欢迎的音乐感令人设想，作者的所有器官中以耳朵最为发达"。最后，他说："我们的文学多了一位人才，而且是惊人的人才。"

不久，《香水》出书，《明镜》周刊编辑米夏埃尔·菲舍尔在一九八五年第十期《明镜》上发表文章，题为《一个抨击发臭时代的斗士》，称《香水》是一部力作。德国《明星》周刊称这部小说是"一个重大的文学事件"。《时代》杂志也载文热情地欢呼聚斯金德的小说。《香水》被介绍到国外后，国际上的文艺批评界也不甘落后，美国《时代》杂志、巴黎的《费加罗报》、美国《纽约时报》等都纷纷发表评论，赞扬聚斯金德取得的成功。

一九八七年，《香水》也为当时的民主德国所承认。《青年世界》于九月十五日发表了克莱门斯·克拉尔的评论文章，说"帕特里克·聚斯金德写了一本非常富于想象和极其扣人心弦的书。他成功地把侦探小说、消闲小说和艺术珍品融合为一体"。克拉尔称聚斯金德是"讽刺影射大师"，风趣地说"读这本书需要有个灵敏的鼻子"，"若是有一天聚斯金德编纂出一部香味辞典，我一定不会觉得奇怪"。

总之，文学批评界一致公认《香水》是一部写得非常成功的作品。

迄今为止，小说通常离不开男女之间的爱情。《香水》则没有描写这种爱情，而是写了主人公格雷诺耶对气味、香味的爱，因而在题材方面独辟了一条蹊径。这不能不说是一种创新。正因为题材新颖，作家又像写史书一样地处理题材，因而给人以真实感，这是这部小说如此吸引人的关键。

在创作手法上，《香水》没有像现代派小说那样标新立异。聚斯金德对于现代派的创作手法毫不理会，仿佛没有读过卡夫卡或乔伊斯的作品。他完全抛弃施尼茨勒在一九〇〇年采用的、此后在德语文学中流行的内心独白，而且也不运用倒叙手法。聚斯金德所效法的，是十九世纪批判现实主义大师巴尔扎克等的创作手法。小说一开始，作家就这样写道："十八世纪，在法国曾出现过一个人。那时代人才辈出，不乏天才和残暴的人物，他便是最有天才和最残暴的人物之一。这儿要讲的就是这个人的故事。"寥寥数语朴实无华，但却表明了作家的美学纲领：这部作品将按传统的现实主义叙述手法写下去。随后他为令人讨厌的主人公立传，按时间顺序，平铺直叙，从主人公的生写到死，始终不离本题。这种传统的现实主义创作手法，尽管联邦德国文学界普遍认为已经过时，因而多年来已不再时行，但它毕竟是一种久经考验的创作手法，同样具有很强的表现力。《香水》的成功绝不是传统手法在文学上的回光返照，而是传统手法表现力的再一次显示。这部小说在艺术上的一个重要意义正是创作手法上的推陈出新。我们完全有理由相信，传统的现实主义叙述手法作为一种创作手法，由于《香水》的突破，今后必将在德语文学中重新占有其重要的席位。

有了一部《香水》，很可能会引出在创作手法上类似《香水》的作品。同时，这也是广大读者的愿望。他们在多年接触现代派作家的作品之后，正需要改换口味，也是《香水》如此畅销的一个重要的因素。

对于天才怪杰格雷诺耶，作家虽然着力于鞭挞，因而使用了不少讽刺的语汇，但在字里行间也流露出不自觉的同情。然而，聚斯金德对于次要人物的刻画，则没有留下这种同情的痕迹。在他的笔下，行刑官帕蓬凶相毕露，其他几个与格雷诺耶有关的次要人物，也或多或少都像霍夫曼所塑造的人物那么阴森可怕。由于作家不喜欢这些人物，因而其中的绝大多数人都得不到善终。

生动而又铿锵有力的语言，丰富的专业语汇，遣词造句的巧妙准确，是小说取得成功的又一个不可忽视的因素。例如，聚斯金德在描写巴黎如何臭气熏天时，在短短一小段文字中接连运用"stinken"这个动词达十七次之多，但由于主语不同，而且语序变换得巧妙，句子富于节奏感，丝毫也不令人感到乏味。

至于聚斯金德创作《香水》的目的，我看决非仅仅为小人物格雷诺耶树碑立传，显然有借古喻今的意图。德语国家读者阅读这部小说，体会自然深刻。然而中国读者若是留心阅读，反复回味和想象，也会发现在近似荒诞的有趣的故事情节后面，在幽默的语言中，隐藏着许多讽刺和影射，其矛头是指向唯利是图的剥削阶级及其代表人物的。传奇性人物格雷诺耶有一个特别灵敏的鼻子，他仇视人类，要制作一种香水征服人类，而最终却自食其果。希特勒也仇视人类，也要征服人类，最终也是失败了。仇视人类并要征服人类的狂人都没有好下场。

译者

第一章

1

十八世纪，在法国曾出现过一个人。那时代人才辈出，也不乏天才和残暴的人物。此人便是最有天才和最残暴的人物之一。这儿要讲的就是这个人的故事。他名叫让-巴蒂斯特·格雷诺耶。与其他天才怪杰，例如德·萨德、圣鞠斯特、富歇、波拿巴的名字相反，他的名字今天已被人遗忘，这肯定不是因为格雷诺耶在自高自大、蔑视人类和残忍方面，简而言之，在不信神方面比这些更有名气的阴险人物略逊一筹，而是因为他的天才和他的野心仅仅局限在历史上没有留下痕迹的领域：气味的短暂的王国。

在我们所说的那个时代，各个城市里始终弥漫着我们现代人难以想象的臭气。街道散发出粪便的臭气,屋子后院散发着尿臭,楼梯间散发出腐朽的木材和老鼠的臭气,厨房弥漫着烂菜和羊油的臭味;不通风的房间散发着霉臭的尘土气味,卧室发出沾满油脂的床单、潮湿的羽绒被的臭味和夜壶的刺鼻的甜滋滋的似香非臭的气味。壁炉里散发出硫磺的臭气,制革厂里散发出苛性碱的气味,屠宰场里飘出血腥臭味。人散发出汗酸臭气和未洗的衣服的臭味,他们的嘴里呵出腐臭的牙齿的气味,他们的胃里嗝出洋葱汁的臭味;倘若这些人已不年轻,那么他们的身上就散发出陈年干酪、酸牛奶和肿瘤病的臭味。河水、广场和教堂臭气熏天,桥下和宫殿里臭不可闻。农民臭味像教士,手工作坊伙计臭味像师傅的老婆,整个贵族阶级都臭,甚至国王也散发出臭气,他臭得像猛兽,而王后臭得像一只老母山羊,夏天和冬天都是如此。因为在十八世纪,细菌的破坏性活动尚未受到限制,人的任何活动,无论是破坏性的还是建设性的,生命的萌生和衰亡的表现,没有哪一样是不同臭味联系在一起的。

当然,巴黎最臭,因为巴黎是法国最大的城市。而在巴黎市内,又有一个地方,即在铁器大街和铁厂大街之间,也就是圣婴公墓,那里奇臭无比,简直像地狱一样臭。八百年间,人们把主宫医院①和附近各教区的死者往这里送;八百年间,每天都有数十具尸体装在手推车上运来,倒在长长的坑里;八百年

---

① 法国各城市中的主要医院。

间，在墓穴和尸骨存放所里，尸骨堆积得一层又一层。直至后来，在法国革命前夕，几个埋尸坑危险地塌陷以后，从公墓里溢出的臭气不仅引起附近居民的抗议，而且导致他们真正起来暴动，这时这地方才被封锁起来，被废弃了，千百万块尸骨和头盖骨才被铲出，运到蒙马特尔的地下墓地，人们在这地方建起了一个食品交易市场。

在这儿，就在这整个王国最臭的地方，一七三八年七月十七日，让-巴蒂斯特·格雷诺耶来到了这个世界上。那一天是这一年最热的日子之一。炎热像铅块一样压在公墓上，腐臭的蒸汽笼罩在邻近的街巷里，蒸汽散发出烂瓜果和烧焦的兽角混合在一道的气味。格雷诺耶的母亲在临产阵痛开始时，正站立在铁器大街的一个鱼摊旁，为早些时候掏去内脏的鲤鱼刮鱼鳞。这些鱼据说是早晨才从塞纳河拖来的，可是此时已经散发出阵阵恶臭，它们的臭味已经把尸体的臭味淹没了。格雷诺耶的母亲既没有注意到鱼的臭味，也没有注意到尸体的臭味，因为她的鼻子已经迟钝到麻木的程度，何况她的身子正疼，而疼痛使她的感官接受外界刺激的能力完全丧失了。她一心一意指望疼痛能够停止，指望令人讨厌的分娩能尽快结束。这是她生的第五胎。前四胎她都是在这儿鱼摊旁完成的，生的都是死胎或半死胎，因为在这儿生下来的血淋淋的肉，同摆在那里的鱼肚肠没有多大区别，而且也没活多久，到了晚上，不管是鱼肚肠，还是生下来的肉，或是其他的东西，都被统统铲走，装在手推车上运往公墓或是倒进河里。今天这一次看来又是如此。格雷诺耶的母亲还是个青年妇女，二十五岁，还相当漂亮，嘴里牙齿差不多都在，头上还有些头发，除了痛风、梅毒和轻度肺结核外，没有患什么严重的疾病，她希望能够长寿，或许再活上五年或十年，或许甚至能够结一次婚，做个手工业者的受人尊敬的填房，或是……格雷诺耶的母亲希望一切很快过去。当分娩阵痛开始时，她蹲到宰鱼台下，在那儿像前四次那样生产，用宰鱼刀割去刚生下来的东西的脐带。但是随后因为炎热和臭气——她并没有闻到臭气的臭，而是闻到一股令人难以忍受的、麻醉人的气味；她觉得，就像一块田里的百合花，或是像一间狭小的房间养了太多的水仙花产生的气味——她晕了过去，向一边跌倒，从宰鱼台下跌到路中央，并在那里躺着，手里握着宰鱼刀。

人们呼喊着，奔跑着，围观的人站成圈子，有人把警察叫来了。格雷诺耶的母亲依然躺在路上，手里握着那把刀。后来她慢慢地苏醒过来。

"你出了什么事？"

"没事。"

"你拿刀干什么？"

"不干什么。"

"你裙子上的血哪儿来的？"

"宰鱼沾上的。"

她站起来,把刀子扔掉,走开去洗身子。

就在这时,宰鱼台下那才生下来的东西出乎意料地哭了起来。大家朝台子下看去,发现新生儿就在鱼肚肠和砍下的鱼头中间,上面停了一堆苍蝇,于是便把他拖了出来。人们照章办事,把婴儿托付给一个乳母,而母亲则被捕了。由于她供认不讳,而且是毫无顾虑地承认,她确实是想像前四次那样做法,把生下来的东西撂在宰鱼台下任其死去,于是人们就对她起诉,她因为多次杀婴罪而被判处死刑。几星期后,她在沙滩广场上被斩首。

这婴儿在这期间已经换了三个乳母。没有哪个愿意长期收养他。据说这是因为他吃得太多,一人吸吮两个人的奶水,把供其他婴儿的奶都吸光,因而就剥夺了乳母维持生活的手段,因为乳母光是喂养一个婴儿无利可图。主管的警官,一个叫拉富斯的男子,对这事情感到厌烦,打算让人把这小孩送到圣安托万大街的弃婴和孤儿收容所;从那儿出发,每天都有一批小孩转送到鲁昂的国立大育婴堂。但是当时运送都是靠脚夫使用韧皮编的背篓进行的,为了提高效率,每只背篓一次装进多达四个婴儿;因此在运送途中死亡率特别高。由于这个缘故,背篓的搬运者被通知只能运送受过洗礼的婴儿,而且这些婴儿必须有在鲁昂盖章的正规运送证。由于格雷诺耶这婴儿既未受洗礼,又没有一个名字可以正正规规地填在运送证上;再说,警察局不允许把一个没有名字的小孩弃置于收容所的门口——若是这么做，就会使完成其他手续都变得多余了，也就是说，由于运送小孩可能产生的一系列行政技术方面的困难，同时也由于时间紧迫，警官拉富斯只好放弃了他原来的打算，把这男婴交给一个教会机构，换取了一张收条，这样，人家可以在那里为这小孩洗礼，并对他以后的命运做出安排。于是人家把他交给圣马丁大街的圣梅里修道院。他在那儿受洗礼，被取名让-巴蒂斯特。因为修道院院长这一天情绪特佳，而且他的慈善基金尚未用完，所以这小孩就没有送到鲁昂，而是由修道院出钱请人喂养。于是他被交给住在圣德尼大街的一个名叫让娜·比西埃的乳母，为此她每周获得三个法郎的报酬。

2

几星期后，乳母让娜·比西埃手里提了个篮子站在圣梅里修道院的门口，对给她开门的长老泰里埃——一个约莫五十岁、身上有点醋味的秃头僧侣——说了声"瞧这个!"，然后便把篮子放在了门槛上。

"这是什么?"泰里埃问道，把身子弯向篮子上方，用鼻子嗅嗅，因为他猜想这是可以吃的东西。

"铁器大街杀婴女人的私生子!"

长老把手指伸进篮子里捣捣，使正在睡觉的婴儿的脸露出来。

"他的脸色真好看。红润润的，养得好极了！"

"因为他把我的奶水全吸光了。因为他像个抽水机把我抽干了，只留下一把骨头。但是现在可以结束了。你们自己继续喂养吧，用山羊奶，用粥，用萝卜汁。这杂种什么都吃。"

泰里埃长老是个和气的人。他负责管理修道院的慈善基金，负责把钱分发给穷人和急需的人。他期望着人家向他道谢，在别的方面不来打搅他。他对技术上的细小事情非常反感，因为小事就意味着困难，而困难就意味着扰乱他的平静心情，这一点他绝对不能忍受。他就连自己开门也感到恼火。他希望来人把篮子拿回家去，别再用这婴儿的事情打搅他。他慢腾腾地站直身子，一口气把这乳母散发出来的奶味和像乳酪一样白的羊毛气味吸入。这是人们喜欢闻的一种香味。

"我不明白你要什么。我不明白你的目的何在。我只能想到，若是这婴儿继续吃你的奶，再吃一段时间，这对婴儿是绝对无害的。"

"对他当然没有什么，"乳母嘎嘎地回话说，"但是对我却有害。我已经瘦了十磅，而我却吃了三个人吃的东西。为了什么？就为每周拿三个法郎吗？"

"原来如此，我懂了，"泰里埃几乎轻松地说道，"我全明白了：这又是钱的缘故。"

"不是,"乳母说。

"是的!这总是钱的问题。如果有人敲这扇门,总是和钱有关。我曾经希望,我开了门,站在那里的人是为别的什么事来的。例如有人为送点小礼物而来。比方说送些水果或硬壳果。现在正是秋天,可以送的东西不是很多嘛!也许是送花。也许有个人跑来,友好地说:'上帝保佑,泰里埃长老,我祝您日子过得好!'可是我似乎从来没有经历过这样的事。来者若不是乞丐,就是个小商贩;如果不是小商贩,那么就是个手工业者。如果他不要求施舍,那么他就是来要求付款的。如今我根本不能上街。若是我上街,才走三步就会被要钱的人包围起来!"

"包围您的人当中不会有我,"乳母说。

"但是有件事我得告诉你:你不是这个教区里唯一的乳母。这儿有数百个第一流的乳母或保姆,她们为了每周能拿到三个法郎,正争先恐后地要用自己的奶水来喂养这个讨人喜欢的婴儿,或者是用粥、果汁或其他营养品来喂他……"

"那就把他交给她们当中的一个去吧!"

"……另一方面,把小孩转来转去也不好。谁知道他吃别人的奶会不会像吃你的奶一样长得这么好。你得知道,他已经习惯了你的乳香味和你的心脏的搏动。"

他又深深地吸了一口这个乳母散发出来的热烘烘的气味。随后,他发现他的话对她毫无影响,就说:

"现在你把这小孩抱回家去!这件事我再跟修道院院长商

量一下。我将向他提个建议，以后每星期给你四个法郎。"

"不，"乳母说。

"那么一言为定：五法郎！"

"不行。"

"你究竟要多少钱?"泰里埃冲着她高声喊道，"五法郎对于喂养一个婴儿这样次要的工作已经够多了！"

"我压根儿不要钱，"乳母说，"我要把这杂种从家里弄走。"

"但这究竟是为什么，亲爱的太太?"泰里埃说，又把手指伸进篮子里摸摸。"这的确是个可爱的小孩。他脸色红润润的，他不哭闹，乖乖地睡着，而且他已经受过洗礼。"

"他着了魔。"

泰里埃迅速把自己的手指从篮子里抽出来。

"不可能！一个婴儿着了魔，这绝对不可能。婴儿还不是个人，而是个猿人，他的灵魂还没有完全形成。魔鬼对他不感兴趣。是不是他已经会说话了？是不是他身上在抽搐？他动过房间里的东西吗？他身上散发出恶臭吗?"

"他根本没有气味，"乳母说道。

"果不其然！这是个明显的特征。假如他着了魔，那么他必定会散发出臭气的。"

为了安慰乳母，为了证明自己的勇气，泰里埃把提篮举了起来，举到自己的鼻子底下。

"我没闻到什么怪味,"他嗅了一会儿说道,"确实没有什么怪味。不过我觉得,尿布里似乎有股味。"他把篮子朝她举过去,好让她来证明他的印象。

"我指的不是这个,"乳母没好气地说,一边把篮子推开,"我不是说尿布里的气味。他的大小便的气味都正常。我是说他本人,这个小杂种本人没有什么气味。"

"因为他身体健康,"泰里埃叫道,"因为他身体健康,所以他没有气味!只有生病的小孩才有气味,这是尽人皆知的。众所周知,一个出天花的小孩有马粪臭,一个患猩红热的小孩有烂苹果味,而一个得了肺结核病的小孩则有洋葱味。他这些气味都没有,他的身体健康。你是不是要他有股臭味?你自己的小孩是不是散发出臭气了?"

"不,"乳母说道,"我的孩子散发出人间儿童应该有的气味。"

泰里埃小心翼翼地把提篮放回到地上,因为他觉得,对乳母执拗不从的愤怒已经使他胸中升腾起激昂的情绪。在接下去的争论中,他免不了要动用两只臂膀来作出更自由的姿势,他不想因此而使婴儿受到伤害。当然他首先把两手拢在背后,冲乳母挺出他的尖肚皮,厉声地问道:

"你是不是坚持认为,一个普通的小孩,而且他毕竟是个上帝的孩子——我得提醒你注意,他已经受过洗礼——必须有气味?"

"是的，"乳母说。

"此外你还坚持认为，假如小孩没有你所认为应该有的那种气味，那么他就是魔鬼的孩子？你啊，你这个圣德尼大街的乳母让娜·比西埃！"

他把放在背后的左手伸出来，把食指弯曲得像个问号，威胁地举到她的面前。乳母在思索着。她觉得谈话一下子转变为神学上的质问，很不对劲，她在这种质问中必定会输给他。

"我不是这个意思，"乳母支吾地回答，"至于这事情和魔鬼有无关系，泰里埃长老，您自己来判断吧，这事情不属于我管。只有一点我是知道的：我怕这婴儿，因为他没有小孩应该有的气味。"

"啊哈！"泰里埃满意地说，又让手臂像钟摆一样摆回原来的位置，"那么我们就不谈同魔鬼有关的事吧。好的。但是请你告诉我：按照你的想法，如果一个婴儿有了他应该有的气味，这气味究竟是怎样的呢？你说呀！"

"这气味应该好闻，"乳母说道。

"什么叫做'好闻'？"泰里埃对着她吼叫，"许多东西的气味都好闻。一束薰衣草的气味好闻。肉汤的味儿好闻。阿拉伯人的花园散发出好闻的气味。我想知道，一个婴儿该散发出什么气味？"

乳母犹豫不决。她当然知道婴儿有什么气味，她知道得一清二楚。她已经喂过、抚养过和吻过数十个婴儿，摇着他们入睡……她在夜里用鼻子就能找到他们，甚至现在她的鼻子里也清楚地带有婴儿们的气味。但是她从来未用语言表达过。

"说呀！"泰里埃吼叫着，不耐烦地弹着自己的手指甲。

"好吧，"乳母开始说道，"这不是那么好说的，因为……因为虽然他们的气味到处都好闻，可是他们并不到处都是一个味儿。长老，您可明白，就以他们的脚作例子，它们的气味就像一块光溜溜的暖和的石头——不，更确切地说是像奶酪……或者像黄油，像新鲜的黄油，是的，千真万确，他们的气味像新鲜的黄油。他们的躯干的气味就像……像放在牛奶里的千层饼；而在头部，即在头顶上和头的后部，那儿头发卷了起来，长老，您瞧，就在这儿，在您已经不再长头发的这个部位……"她轻轻地拍拍泰里埃的秃头，他对这滔滔不绝的蠢话一时竟无言以对，顺从地把头低下来。"……在这儿，确确实实在这儿，他们散发的气味最好闻。这儿散发出焦糖味，这气味那么甜，那么奇妙，长老。您想象不到！假如人家闻到他们的气味，那么一定会喜欢他们，无论他们是自己还是别人的孩子。婴儿的气味必定是这样，而不是别样。如果他们没有这样的气味，他们的头顶上根本没有气味，例如这个杂种，他的气味比冷空气还不如，那么……您想怎样解释，就怎样解释好了，长老，可是我，"她铁下心来，把两臂交叉在胸前，对在她脚前的提篮投以厌恶的目光，仿佛篮子里装着癞蛤蟆似的，"我让娜·比西埃决不再把这个带回家！"

泰里埃长老缓缓地抬起低垂的头，用一只手指挖几下光秃的头，仿佛他要理一理头发，像是偶然似的把手指放到鼻子下，若有所思地闻闻。

"像焦糖……？"他问道，并试图恢复他那严厉的音调，"……焦糖！你知道焦糖吗？你已经吃过了？"

"没有直接尝过，"乳母说道，"但是我有一次到过圣奥诺雷大街的一家大饭店，我看到人家是怎样把融化的糖和乳脂制成焦糖的。它的味道非常好闻，我始终忘不了。"

"好了，够了，"泰里埃说着，把手指从鼻子底下拿开，"你别说了！在这样的水平上继续和你交谈，对我来说尤其费劲。我现在可以肯定，无论出于何种理由，你都拒绝继续喂养托给你的婴儿让-巴蒂斯特·格雷诺耶，并把他送还给他的临时监护者圣梅里修道院。我觉得难过，但是我大概无法改变。你被解雇了。"

他拎起提篮，再次吸一口风吹过来的热烘烘的羊毛般的奶味。

3

泰里埃长老是个有学问的人。他不仅研究过神学，而且也读过哲学作品,同时还从事植物学和化学的研究。他颇为注重他的批判精神的力量。诚然,他并未像某些人走得那么远,对圣经的奇迹和预言或圣经本文的真实性产生怀疑,即使严格地说,光用理智是不能解释它们的,甚至它们往往是同理智直接抵触的。他情愿不接触这些问题,他觉得这些问题令人不快,只会把他推到尴尬不安和危险的境况中,而在这种境况中,正是为了利用其理智,人们才需要安全和宁静。但是他最坚决反对的,则是普通人的迷信行为:巫术,算命,佩带护身符,邪魔的目光,召唤或驱除鬼神,满月时的符咒骗术等等——在基督教巩固自己的地位一千多年之后,这些异教的风俗习惯远没有彻底根除,这确实令人悲哀!所谓的着魔和与恶魔订约,如若仔细地进行观察,绝大多数情况也是迷信的说法。虽然恶魔本身的存在是必须否定的,恶魔的威力是值得怀疑的,但泰里埃不会走得这么远,这些问题触动了神学的基础,对于这些问题作出结论,那是其他主管部门的责任,而不是一个普通僧侣的事。另一方面,事情非常明显,即使一个头脑简单的人,例如那个乳母,坚持说她发现有魔鬼骚扰,魔鬼也是决不会插手的!她自以为发现了魔鬼,这恰恰清楚不过地证明,这儿是找不到魔鬼踪迹的,因为魔鬼做事不会笨到如此地步,竟让乳母让娜·比西埃发现它的马脚,况且还是用鼻子!用原始的嗅觉器官,五官中最低级的器官!仿佛地狱就散发出硫磺味,而天堂却是香味和没药味扑鼻似的!最糟糕的迷信是在最黑暗、最野蛮的史前时代，当时的人还像野兽那样生活，他们还没有锐利的眼睛，不能识别颜色，却自以为可以闻出血腥味，他们认为，从敌人中可以嗅出朋友来，从吃人的巨人、狼形人妖和复仇女神中可以嗅出朋友来，他们把发臭的、正在冒烟的火烤供品带给他们残暴的神。太可怕了！"傻瓜用鼻子看"胜过用眼睛。在原始信仰的最后残余被消灭之前，或许上帝赐予的理智之光还得继续照射千年之久。

"啊，可怜的婴儿！清白无辜的小生命！你躺在提篮里睡觉，对于别人厌恶你却一无所知。那个无耻的女人竟敢武断地说你没有孩子们应该有的气味。是的，我们对此还有什么好说的？杜齐杜齐！"

他把篮子放在两个膝盖上轻轻地摇动，用手指抚摸婴儿的头部，不时地说着"杜齐杜齐"，他认为这是安慰和抚爱儿童的一种表达方式。"人家说你有焦糖味，真是荒谬，杜齐杜齐！"

过了一会儿，他把手指头抽回来，放在鼻子底下闻闻，可是除了闻到他中午吃下去的酸菜的味道外，什么气味也没有。

他迟疑了片刻，环顾四周，看看有没有人在注意他。接着他把提篮举起，把他的大鼻子伸进去，伸到婴儿稀薄的红头发恰好可以给他的鼻孔抓痒，就在婴儿的头上嗅了起来，他希望能嗅到一种气味。他不大知道婴儿的头部应该有什么气味。当然不会有焦糖味，这一点他确认无疑，因为焦糖就是糖浆，而一个生下来到现在只吃奶的婴儿,怎么会有糖浆味呢?他本可以有奶的味儿,有乳母的奶味。但是他却没有奶的气味。他可能有皮肤和头发的味儿,或许还有点小孩的汗味。泰里埃嗅呀嗅呀,期待着嗅出皮肤和头发的气味,嗅出一点儿汗味。但是他什么也没嗅到。无论如何也嗅不到什么气味。他想,婴儿或许是没有气味的,事情大概就是如此。婴儿只要保持清洁,是不会有气味的,正如他不会说话、跑步和写字一样。这些技能是随着年龄的增长才会的。严格地说,人是到了青春期才散发出香味的。事情就是这样,而不是别样!"少年追求异性,少女像一朵洁白的水仙花开放,散发出芳香……"贺拉斯①不是这样写过吗?而古罗马人对此也有所了解!人的香味总是一种肉体的香味——即一种罪恶的香味。一个婴儿做梦也从来不会见到肉欲的罪孽,怎么会有气味呢? 他应该有什么气味?杜齐杜齐?根本没有!

他又把篮子放到膝盖上,轻轻地像荡秋千那样摇动起来。婴儿仍睡得沉沉的。他的右拳从被子下伸了出来,小小的,红润润的,偶尔碰到脸颊。泰里埃微笑着,突然觉得自己心旷神怡。刹那间,他浮想联翩,觉得自己就是这孩子的父亲,觉得自己已经不是僧侣,而是一个正常的公民,也许是个守本分的手工业者,娶了个老婆,一个善良热情的、散发出羊毛和奶的

---

① 古罗马诗人。

香味的女人，并同她生下一个儿子，此时他正把儿子放在膝盖上摇着，这是他自己的孩子，杜齐杜齐……想到这些，他的心情愉快。这种想法是如此合情合理。

一位父亲把自己的儿子放在膝盖上，像荡秋千一样摇动，杜齐杜齐，这是一幅像世界一样古老的图画，而只要这个世界存在，它总是一幅新的美的图画，啊，就是这样！泰里埃的心里感到温暖，但在心情上却是感伤的。

这时小孩醒来了。首先是鼻子开始醒的。一点点大的鼻子动了起来，它向上抬起嗅嗅。它把空气吸进去，然后一阵阵喷出来，有点像打喷嚏似的。随后鼻子撅了起来，孩子睁开眼睛。眼睛的颜色尚未稳定，介于牡蛎灰色和乳白的奶油色之间，仿佛由一层黏稠的面纱蒙着，显然还不太适于观看。泰里埃觉得，这对眼睛根本没有发现他。而鼻子则不同。小孩的无神的双眼总是斜着看，很难说在看什么，而他的鼻子则固定有一个明确的目标，泰里埃有个非常特别的感觉，仿佛这目标就是他，就是泰里埃本人。小孩脸部中央两个小鼻孔周围的小小鼻翼，像一朵正在开放的花在鼓起。或者更确切地说，小小的鼻翼宛如种植在国王植物园里那些肉食小植物的壳斗。像那些壳斗一样，小小的鼻翼似乎也在发出令人害怕的具有吸力的气流。泰里埃觉得，仿佛这小孩是用鼻孔来看他，仿佛他是在用锐利而又审视的目光瞧着他，比别人用眼睛看得还要透彻，仿佛他要用鼻子吞下从他泰里埃发出的、而他又无法掩盖和无法收回的某种东西……没有气味的小孩不知羞耻地嗅他，情况就是如此！他要彻底地嗅他！泰里埃倏地觉得自己散发出臭气，身上有汗臭，有醋味和酸菜味，不干净的衣服有臭味。他觉得自己仿佛是赤身裸体，样子很丑，觉得有个人好奇地盯着他看，而此人对自己的一切是从不放弃的。小孩似乎在透过泰里埃的皮肤嗅着，一直嗅到他的内心深处！最柔情脉脉的感情和最肮脏的念头在这个贪婪的小鼻子之前都暴露无遗。其实，这鼻子算不上是真正的鼻子，只能算是隆起的小东西，一个经常撅起、鼓胀着和颤动着的有孔的小器官。泰里埃浑身毛骨悚然。他感到恶心。他扭歪了鼻子，仿佛闻到了根本不想闻的恶臭味。亲切的念头已经过去，如今是与自身的血肉相关。父亲、儿子和散发香气的母亲的多愁善感的和谐情景已经消失。他为孩子和自己设计得很好的、舒适地围裹着的思想帷幕已经撕了下来：一条陌生的、令人恐怖的生命正放在他的膝盖上，这是一只怀着敌意的动物，假如他不是一个审慎而虔敬的、明智的人，那么他在刚产生厌恶感时就把这小孩抛出去了，就像把停在身上的蜘蛛丢出去一样。

泰里埃猛一用劲站了起来，把提篮放在桌上。他想把这东西弄走，越快越好，越早越好。

这时小孩开始叫起来。他眯起眼睛，拉大他的通红的咽喉，发出刺耳的令人讨厌的尖叫，以致泰里埃血管里的血液都凝固了。他伸出一只手来摇篮子，喊着"杜齐杜齐"，目的是要这婴儿安静，可是婴儿叫得更响，脸色发青，看上去仿佛他由于号叫而要爆开似的。

滚吧！泰里埃想，马上滚，这……他想说出"这魔鬼"，但尽力控制自己，尽量忍住……滚吧，这魔鬼，这叫人难以忍受的小孩！但是滚到哪里去？在这个地区他认识的乳母和孤儿院足有一打，但是离他太近，他觉得这像是紧贴着他的皮肤，这东西必须滚得远些，滚得远远的，让人再也听不到他的声音，人家不会隔一小时又把他送回来，他必须尽可能送到别的教区，送到河对岸更好，最好送到城墙外，送到市郊圣安托万，就是这样！这哭叫着的小孩必须到那里去，往东边去，远远的，在巴士底狱的那一边，那里的城门在夜里是锁闭的。

他撩起教士的长袍，提着发出号叫声的篮子跑动起来，他穿过街头巷尾嘈杂的人群，奔向圣安托万市郊大街，顺着塞纳河向东走，出了城，走呀，奔呀，一直奔到夏鲁纳大街，来到街的尽头，在这儿的玛德莱娜·德·特雷纳尔修道院附近，他知道一个叫加拉尔夫人的地址。只要给钱，加拉尔夫人对任何年龄和任何人种的小孩都接受。泰里埃把一直在哭闹的小孩交给她，预付了一年抚养费，然后逃回城里。他回到修道院，立即脱下他的衣服，像扔掉脏东西一样，然后从头洗到脚，跑回卧室爬上床。在床上，他划了许多十字，祷告了良久，最后才轻松地沉入梦乡。

4

加拉尔夫人虽然还不到三十岁,但是已经饱经沧桑。她的外表看上去与她的实际年龄非常不相称,相当于实际年龄的两倍、三倍甚至一百倍,极像具少女的木乃伊;在内心世界方面,她早已死亡。她还在儿童时,她父亲有一次用火通条打在她额头上,即紧靠鼻根的上方。打那以后,她就失去了嗅觉,丧失了人的冷热感觉乃至任何激情。随着这一击,温存和憎恶、欢乐和绝望,对她来说都已经变得陌生。后来一个男人同她睡觉,她什么也没感觉到;她生孩子时同样是感觉麻木。她对死去的孩子毫不悲伤,对活下来的孩子也不高兴。她丈夫用鞭子打她时,她一动也不动,而当丈夫在主宫医院死于霍乱时,她也不觉得轻松。她唯有两种感觉,就是:每月偏头痛到来时,她的心情稍许变得阴沉,而当偏头痛逐渐消失时,她的心情则变得稍许开朗。此外,这个像死去一样的女人便什么感觉也没有了。

另一方面……或者也许正是由于她完全失去感情冲动的缘故,加拉尔夫人具有一种毫不留情的纪律观念和正义思想。她不偏爱委托她抚养的小孩,也不亏待任何一个小孩。她每天只给小孩安排三餐，绝不多给一小口饭吃。她给幼婴每天换三次尿布，直到他们满一周岁。满一周岁后哪个还尿裤子，他并不挨骂，而是挨一记耳光，被罚少吃一顿饭。伙食费的一半她用于寄养的小孩，另一半归她自己，分毫不差。在东西便宜的时候，她不提高自己的收入，在困难时期，她也从不多掏一个苏，即使关系到生死存亡，一个子儿也不加。因为那样做，她觉得生意划不来。她需要钱。她对钱计算得特别精确。她老了要买一份养老金，要积攒许多钱，以便她可以死在家里，而不像她丈夫死在主宫医院。她对丈夫的死本身无动于衷。但是她对他同成千上万个陌生人一起集体死亡感到毛骨悚然。她期望自己能单独死去，为此她需要伙食费的全部赚头。在冬天，寄养在她那里的二十多个小孩会有三四人死亡，但是她的情况总还是比其他大多数私人育婴户好得多，并远远超过大型的国立育婴堂或教会育婴堂，那儿的婴儿死亡率往往高达十分之九。当然，自会有很多来补充。巴黎每年产生一万多新的弃儿、私生子和孤儿。因此某些损失不必放在心上。

加拉尔夫人办的育婴所对于小格雷诺耶真是天赐之福。他若是在别处，或许活不下来。但是在这个没有感情的女人这里，他却茁壮地成长。他有坚强的体质。像他这样的人既然能在垃圾堆里安然活下来，就不会那么轻易地被世界淘汰。他可以连续数日喝稀汤，他喝最稀的牛奶就能度日，消化得了烂菜和腐烂变质的肉。在童年时期，他出过麻疹，害过痢疾，出过水痘，得过霍乱，曾落到六米深的井里，胸部曾遭开水烫过，但他活了下来。虽然这些给他留下伤疤、皴裂和疮痂，使他的一只脚有点畸形，使他走起路来拖拖沓沓，可是他活着。他像有抵抗力的细菌那样顽强，像只扁虱那样易于满足，它安静地停在树上，靠着它在几年前获得的一小滴血维持生活。他的身体需要的营养和衣着，在量的方面甚少。他的灵魂不需要任何东西。受人庇护、关照和抚爱——或者说一个小孩所需要的全部东西——对于童年的格雷诺耶来说，是完全不需要的。更确切地说，我们觉得，他之所以一开始就养成不需要这些东西，其目的是为了生存下去。

他生下来后的哭声，在宰鱼台下发出的哭声——随着这哭声，他把自己带进回忆里，把自己的母亲送上断头台——并不是企求同情和爱的本能哭喊。这是经过良好考虑的、几乎可以说是深思熟虑的一声哭喊。新生儿通过这声哭喊，决定自己放弃爱，但是却要生存。在当时的情况下，这两者犹如水火不能相容，倘若这小孩要求两者兼得，那么他无疑很快就会痛苦地毁灭。当然，这小孩当时满可以选择为他敞开的第二种可能，可以默不作声，可以不经过这条弯路直接选择从生至死的道路，他因此可以给世界和他本人省掉许多不幸。而为了如此简单地离去，需要有最低限度的天生的友好，然而格雷诺耶恰恰没有。他一开始就是个可憎的家伙。他出于纯粹的反抗和纯粹的恶毒而选择了生。

他不像一个成年人那样做出抉择，这是理所当然的，成年人或多或少需要丰富的理智和经验，以便能够在各种选择中做出抉择。但是他的选择具有植物生长的性质，正如一粒扔掉的豆子进行选择，要么发芽，要么仍旧是粒豆子。

或是像树上的那只扁虱，生活为它提供的无非是接连不断的越冬。丑陋的小扁虱把自己铅灰色的身体弄成球体，以便对外界造成尽可能小的面积；它把皮肤弄得光溜溜和结结实实的，其目的是为了不致从自己身上流出什么，分泌出什么。扁虱把自己造得特别小和一副寒酸相，目的是不让人看见和踩死。这孤独的扁虱聚精会神地蹲在自己的树上，它眼瞎、耳聋，又是哑巴，唯有嗅，年复一年地嗅，在数里之外就嗅到过往动物的血，它靠自己的力量永远也到不了那些动物那里。扁虱可以让自己的身子跌到树林的地面上，用它的六条小腿向这儿或那儿爬行几毫米，躺在树叶下死去，上帝不知道，并不值得为它感到惋惜。但是扁虱倔强，执拗，令人讨厌，它一直蹲着，活着，等待着。它等待着，直至千载难逢的机会把一只动物送到树下让它吸吮。于是它失去了克制，让自己跌落下来，紧紧抓住这只动物的肉，刺进去，咬进去……

格雷诺耶就是这样一只扁虱。他沉默地活着，等待着美好的时光。他交给这世界的无非是他的粪便；没有微笑，没有哭声，眼睛没有光辉，身上没有自己的香味。其他任何妇女都会把这畸形的小孩赶出家门。只有加拉尔夫人不这么做。她嗅不出这孩子没有气味,她并不指望从他那里获得灵魂上的鼓舞,因为她自己的灵魂已经枯死。

与此相反,其他小孩都立即觉察到格雷诺耶非同一般。从第一天起,他们都觉得这个新来者叫人害怕。他们尽可能躲开他睡的铺位,大家睡觉时靠得紧紧的,仿佛房间里变冷了。年纪小的有时在夜里哭喊起来;他们觉得卧室里刮起了一阵风。其他人梦见格雷诺耶夺去一些他们呼吸的空气。有一次,年纪较大的小孩联合起来想闷死他。他们把破烂衣服、被子和禾草堆在他脸上,上面再压上砖瓦。第二天清晨,加拉尔夫人把他拖出来时,他已经被压得青一块,紫一块,但是没有死。他们后来又搞了几次,但都没有得逞,至于用自己的手扼住他的脖子,使他窒息死去,或是把他的嘴巴或鼻子塞住,这自然是置他于死地的较可靠的方法,可他们又没这胆量。他们不想碰他。他们厌恶他,犹如厌恶一只大蜘蛛,对于这只蜘蛛,人们不想亲自动手把它弄死。

他长大一些了,他们放弃了谋杀计划。他们大概已经认识到,他是消灭不了的。他们避开他,从他身旁跑开,在任何情况下都避免跟他接触。他们并不恨他。他们对他也不妒忌,不羡慕。在家里,加拉尔夫人一点也没感觉到。其实事情很简单,他们觉得他在这儿妨碍他们。他们嗅不出他的气味。他们怕他。

5

客观地看，其实他连一点令人害怕的因素也没有。他长大起来，长得并不特别高，并不壮，虽然丑，但并非丑得别人见了就吓坏。他不好斗，不左，不阴险，不对别人挑衅。他遇事愿袖手旁观。就连他的智力似乎也不可怕。他三岁时两腿才开始站立，四岁时才说出第一个词，就是"鱼"这个词，它是在突然激动的一瞬间说出来的，犹如一个鱼贩来到夏鲁纳大街叫卖他的货品从远处吆喝的回声。接着他说出的词汇是"天竺葵"、"山羊圈"、"皱叶甘蓝"和"雅克洛尔"，后者是附近一所修道院的一个园丁助手的名字，他有时在加拉尔夫人处干重活和粗活，他的出众之处就是这辈子尚未洗过脸。至于动词、形容词和虚词，格雷诺耶难得用。除了"是"和"不"——他第一次说出来已经很晚了——他尽说些名词，而且只是具体东西、植物、动物和人的专有名词，并且是在他突然嗅到这些东西、植物、动物或人的气味的时候。

在三月的阳光下，他坐在一堆山毛榉木柴上，木柴受热发出劈啪声。这时，他第一次说出了"木头"这个词。在此之前，他看见过木头不下一百次，也上百次听到过这个词。他也了解它的词义，本人在冬天也经常被喊到外面拿木头。可是木头这东西并未引起他足够的兴趣，促使他花点力气说出它的名称。在三月的那天，他坐在柴堆上才说了出来。当时那堆木柴堆放在加拉尔夫人仓库南侧一个伸出的屋顶下，堆得像条板凳。最上面的木柴散发出烧焦的甜味，木柴堆深处散发出苔藓的气味，而仓库的云杉木板墙遇热则散发出树脂碎屑的香味。

格雷诺耶坐在木柴堆上，两条腿伸出来，背靠在仓库墙上，他闭目养神，一动也不动。他什么也不看，不听，什么也没发觉。他只嗅着木头的香味，像被一顶帽子罩住了。他喝这香气，淹没在香气里，身上最后一个细孔都浸透了这香气，自己成了木头，像个木偶。他像皮诺曹①躺在木堆上，像死了一样，过了相当久，或许过了半小时，他才勉强挤出"木头"这个词。仿佛他把木头堆放到他的两耳上，仿佛木头已经塞到他的脖子上，仿佛他的肚子，咽喉和鼻子都填满了木头，因此他这个词是呕吐出来的。这使他恢复了知觉，救了他的命，在此以前不久，这堆木头及其香味还使他窒息得透不过气来。他艰难地动了动，从木柴堆上滑下来，迈着麻木的双腿，蹒跚地走开。几天以后，他仍忘不了这次强烈的嗅觉经历，每当他猛然间忆起此事时，他就像念咒语一样自言自语地说出"木头，木头"。

---

① 《木偶奇遇记》的主人公。

他就是这样学习说话的。对于那些表示无气味体的词，即那些抽象的概念，首先是伦理道德方面的概念，他学起来最困难。他记不住这些词，常常混淆起来，直到成年了仍不喜欢运用这些词，并经常用错：正义，良心，上帝，欢乐，责任，恭顺，感谢等等——它们究竟表达了什么，他不明白，永远捉摸不透。

另一方面，格雷诺耶心里收集了许多嗅觉方面的概念，不久，利用通行的语言来表示这些事物，便已经显得不足。没多久，他不光是嗅木头的气味，而且能嗅出各种木头，即槭木、橡木、松木、榆木、梨木、旧木头、新木头、烂木头、发霉的木头、长满苔藓的木头，甚至个别木块、木片、木屑的气味——这些木头，别人用眼睛都难以区别，而他用嗅觉却能清清楚楚地分辨出来。对于其他东西，情况也类似。加拉尔夫人每天早晨给她代养的幼儿喝的那种白色饮料，人家都统称为牛奶，然而按照格雷诺耶的感觉，每天的气味各不相同，而是按照其温度，是哪头母牛的奶，这头母牛吃了什么饲料，人家留了多少乳脂在牛奶里等等情况而异的……是由上百种个别气味组成的、五光十色的、每分钟甚至每秒钟都在变化并形成新的混合的气味单位，例如"火的烟"，它同样只有那个名称"烟"……土地、地方、空气，每一步、每一口气都增添了别的气味并因此具有另一种特征，然而它们仍只是用那三个简单的字来表达——世界上气味的丰富和语言的贫乏之间所有这些荒诞的不协调，使格雷诺耶对语言的含义产生了怀疑；而他只是在迫不得已与别人交往时，才勉强使用语言。

格雷诺耶六岁时通过嗅觉已经完全掌握了他周围的一切。在加拉尔夫人家里没有哪样东西，在北面的夏鲁纳大街没有哪个地方，没有哪个人，没有哪块石头、哪棵树、哪株灌木或哪个木栅，没有哪个小地段，他通过嗅觉不认得、不能重新认出来以及不是嗅过一次就牢牢记住的。他已经收集了一万种、十万种特殊的气味，并能清清楚楚地加以区别，随意加以支配。他重新闻到这些气味时，不仅回忆得起来，而且当忆起这些气味时，他事实上又闻到了这些气味。不仅如此，他甚至能通过自己的想象掌握气味间的重新组合技术，自己创造出现实中根本不存在的气味。他仿佛通过自学掌握了气味的庞大词汇表，这些词汇使他可以随意造出大量的新的气味句子来——而他能做到这点，恰恰是其他孩子使用人家辛辛苦苦灌输给他们的词汇，初次结结巴巴地说出描写世界的非常不完善的传统句子时那样的年纪。他的天才或许可以和一个有音乐才能的神童相比拟，这神童从旋律与和声中听到一个个音的字母后，就自己谱写了全新的旋律与和音——当然有所不同，气味的字母比音的字母要大得多，并且很不相同；还有另一个区别是，神童格雷诺耶的创造性活动只是在他内心里进行的，除了他本人，任何人也察觉不到。

从外表看来，他的性格总是内向的。他最喜欢独自一人漫步穿过圣安托万北郊，穿过菜园和葡萄园，穿过草地。有时他晚上不回家，一连数日失踪。到了用棍棒惩罚他时，他总是忍受着，脸上也没有痛苦的表情。关禁闭，不给吃饭，惩罚性劳动，都不能改变他的行为。他断断续续地上了一年半邦索库圣母院的神学校，但是没有明显的效果。他学了点拼写，学会了写自己的名字，除此之外别无其他收获。他的老师认为他是弱智儿。

相反，加拉尔夫人则注意到他有一定的才能和特点，这些才能和特点即使不说是超自然的，也是很不平常的，例如：他从不像小孩那样害怕黑暗和夜，任何时候，人家都可以叫他到地下室去拿点什么东西，而其他小孩即使拿了一盏灯也不大敢下去；或者，人家可以在伸手不见五指的黑夜里叫他到仓库去拿木头，他从来不掌灯，但又能认清道路，立即拿来所需要的东西，从不拿错，从不跌跤或撞翻什么东西。当然更加奇特的是，他能透过纸张、布料、木头，甚至透过砌得牢牢的墙壁和关闭着的门看过去的本领，这一点已经由加拉尔夫人证实过。他脚不进卧室，就知道室内有多少小孩，并且是哪些小孩。花椰菜尚未切开，他已经知道菜里藏着一条毛虫。有一次，加拉尔夫人把钱藏好（她换了个地方），自己再也找不到了，格雷诺耶还没找上一秒钟，即指着壁炉横梁后面的一个位置，一瞧，果然钱在那儿！他甚至能望到将来：能够在一个人来访前很久就预告此人的来访，或是在天空里尚无一丝云彩时即能准确地预告雷阵雨的来临。所有这一切，他当然不是看出来，不是用眼睛看，而是用他嗅觉越来越灵敏和精确的鼻子嗅出来的：花椰菜里的毛虫，横梁后的钱，隔几道墙和几条街的人——这些对于加拉尔夫人来说，即使她父亲那次用火通条打她时没有损伤她的嗅觉器官，她也是连做梦都想不到的。她深信这男孩——虽然智力差——一定有第二套视觉器官。由于她知道，有两套视觉器官的人会招来灾祸和死亡，因而她觉得他极为可怕。当她想到自己同某人住在同一栋房子里，此人具有一种天赋，能透过墙壁和横梁看清藏匿得非常隐蔽的钱，这时她觉得更加可怕，难以忍受。在她发现格雷诺耶具有这种可怕的本领后，她就想办法要把他打发走。后来时机终于到了，大约在格雷诺耶满八岁时，圣梅里修道院未说明任何理由，停止付给抚养格雷诺耶的费用。加拉尔夫人也不去索取。出于礼貌，她又等了一个星期，然而这笔钱还是没有送来，她就牵着这男孩的手，带他进城去。

加拉尔夫人认识住在离河不远的莫特勒里大街的一个制革匠，此人名叫格里马，他迫切需要年轻的劳动力——不是需要正规的学徒或伙计，而是需要廉价的苦力。这行业有些工作——刮去腐烂兽皮上的肉，混合有毒的鞣剂和染浆，提炼腐蚀性强的植物鞣料——对人体有生命危险，因此一个有责任感的师傅尽可能不叫他的满师的助手干这种活，而是利用失业的瘪三、游民或没有人监护的儿童，这些人一旦出了问题没人过问。加拉尔夫人当然知道,格雷诺耶在格里马的制革工场里,按照一般人的估计肯定是九死一生。但她不是多愁善感的女人。她已经尽到了自己的责任,负责照料的关系已经终止。这小孩今后会发生什么事与她无关。倘若他死里逃生,这当然好,倘若他死了,那也是好的——关键是,一切都合情合理。她叫格里马先生写了个认领这男孩的证明,自己则开了个拿到十五法郎手续费的收据,又动身返回夏鲁纳大街家里。她一点儿也觉察不到自己的良心有什么不好。相反,她认为自己不仅做得合情合理,而且做得大仁大义,因为把一个没有人肯给抚养费的小孩留下来,无可避免地会成为其他孩子的负担,甚至成为她自己的负担,这很可能危及其他孩子的将来,甚至危及自己的将来,也就是自己有保障的单独的死,而这样的死,是她今生仍然希望的唯一一件事。

由于我们叙述加拉尔夫人的身世到此就要结束,而且后面也不再提到她,因此我们想用几个句子叙述一下她的晚年。加拉尔夫人尽管在童年时心灵上已经死亡,却很不幸地活到很老。公元一七八二年,即在她年近七十的时候,她放弃了自己的行当,按计划花钱买了份养老金,坐在自己的小屋子里等死。但是死神姗姗来迟。世上人们估计不到的、国内从未发生过的事件到来了,这就是革命,也就是一切社会、道德和超越一切范畴的关系的一次急剧的变革。起初这场革命对加拉尔夫人个人的遭遇没有什么影响。但是后来——她那时近八十岁——据说突然发生了这样的事：她的养老金发放人被迫流亡，财产被没收，他的产业拍卖给了一个裤子工厂的厂主。这一变化暂时还看不出对加拉尔夫人有什么灾难性的影响，因为裤子工厂的厂主仍继续按时付给养老金。但是后来苦日子终于来了，她再也拿不到硬币，而是得到小张纸头印制的钞票，这是她艰苦生活的开端。

两年后，养老金还不够她买一盒火柴。加拉尔夫人被迫出售自己的房子，但房价低得可怜，因为在当时，除了她以外，突然有成千上万的人同样必须变卖他们的房子。她拿到的又是毫无意义的纸币，而两年后这些纸币又分文不值。一七九七年她即将九十岁时，她已经失去了用自己辛辛苦苦、异乎寻常的劳动积攒起来的全部财产，住在珊瑚大街的一间摆有家具的斗室里。到了此时，晚了十或二十年，死神才走了过来，慢性肿瘤病扼住加拉尔夫人的喉咙，先是夺去她的食欲，后来夺去她的嗓音，因而当她被送进主宫医院的时候，她竟不能说句话表示抗议。在那里，人家把她安排在她丈夫以前在那儿死去的、住满数百垂危病人的大厅里，让她同另外五个完全陌生的老年妇女同睡一张床——她们身体紧挨着身体躺着——并把她放在那里三个星期，让她在公众面前死去。随后她被人装进一个口袋，袋口缝了起来，清晨四点同其他五十具尸体一道被扔上一辆运尸车。车子——一只小铃不停地发出微弱的响声——驶到城门外一里地新开辟的克拉马公墓处。人们把尸体扔进万人墓穴里，再盖上一层厚厚的生石灰。

这一年是公元一七九九年。上帝保佑，她在一七四七年回家并告别格雷诺耶这男孩和我们的故事这一天，丝毫也没有预料到她后来这种厄运。她或许已经丧失了对正义的信念，并因此也丧失了她唯一能够理解的生活的意义。

6

格雷诺耶从他对格里马投去的头一瞥——不，是从他吸入格里马气味的头一次呼吸中即知道，他只要稍有反抗情绪，这个人完全会置他于死地。他的生命的价值只不过等于他所能做的劳动，这条命的存在，取决于格里马对它的利用。因此格雷诺耶凡事顺从，从不做出反抗的尝试。日复一日，他把自己顽强和执拗的全部能量藏在自己的内心深处，他仅把它们用于按照扁虱那样的态度来战胜面临的冰冻期：他坚韧不拔地、知足地、不引人注目地在最小的、但又是小心照料的火苗上把握住生命希望之光。他如今是个顺从、无所需求和只有工作愿望的样板，听话，任何饭菜都能将就。每逢晚上，他总是勇敢地把自己关进工场一侧的一个棚屋里，棚屋里存放着工具，挂着腌过的生兽皮。在这儿，他睡在踩得发亮的地上。他整天劳动，只要天亮就干活，冬天干八小时，夏天干十四、十五、十六个小时：他刮去散发出恶臭的兽皮上的肉，把兽皮用水浸透，刮毛，用石灰浆喷洒、腐蚀、揉透、抹上鞣料浆，劈木头，剥梨树和紫杉皮，下到呛人的烟雾弥漫的鞣料坑里，按伙计的吩咐把兽皮和树皮一张张叠起来，撒上压碎的五倍子，用紫杉树枝和泥土把可怕的兽皮和树皮盖上。几年后他再把坑挖开，以便从坑里把已经制成的皮革取出。

如果他不弄兽皮，他就挑水。一连数月，他从河里把水挑上来，每次两桶，一天数百桶，因为这行业需要大量的水用于洗、浸、煮和染。一连几个月天天挑水，所以他的身上没有哪个部位是干的。每天晚上，他的衣服都在滴水，他的皮肤冰冷、松软，泡得肿胀，像泡在水里的皮革。

这种生活与其说是人的生活，不如说是牲畜的生活。一年后他得了炭疽病，制革工人的一种可怕的职业病，它通常是致命的。格里马已经不再指望他，他在寻找替代的人——顺便说一句，他并非不感到遗憾，因为比这个格雷诺耶更加知足、工效更高的工人，他还从来没有见过。然而出乎意料，格雷诺耶竟战胜了疾病。这场病只在他两耳后面、脖子上和两边脸颊上留下大块黑痂的疤痕，这些疤痕使他变了形，变得比以前更丑。另外还留给他对炭疽病的抵抗力——无法估量的好处！——从此他即使手破了、淌血，照样可以刮最腐烂兽皮上的肉，不致有重新传染上疾病的危险。因此他不仅区别于学徒和伙计，而且与今后可能接替自己的人也有区别。由于他如今不像从前那么轻易地为别人所替代，因而他的劳动价值，也就是他的生命价值提高了。突然间，他用不着再睡在光溜溜的地上，而是可以在棚屋里用木板搭个铺位，上面铺着禾草，还有一床自己的被子。他睡觉时别人不再把他关起来。饭菜比以前好了。格里马不再把他当作随便一种动物，而是把他当作有用的家畜。

他十二岁时，格里马在星期天给他半天时间自由支配，十三岁时，每个工作日晚上下班后有一小时可以外出或做他爱做的事。他胜利了，因为他活着，他有了一份自由，这份自由足以使他生存下去。越冬的季节已经过去。格雷诺耶这只扁虱又活动起来。他嗅着清晨的空气。他执著地狩猎气味。世界最大的气味狩猎区——巴黎城——在为他敞开着。

7

这个气味狩猎区像是在安乐园里。光是布歇里的圣雅克和圣欧斯达希附近的地区就是一个安乐园。在圣德尼大街和圣马丁大街旁边的巷子里，人口稠密，五六层高的楼房鳞次栉比，所以人们望不见天，地面上的空气犹如潮湿水沟里的空气，弥漫着臭味。这里，人和动物的气味、食物、疾病、水、石头、灰、皮革、肥皂、新鲜面包、放在醋里煮过的鸡蛋、面条、擦得光亮的黄铜、鼠尾草、啤酒、眼泪、油脂和干湿稻草等的气味混杂在一起。成千上万种气味形成一种无形的粥，这种粥灌满了各条小巷的沟壑，很少散发到屋顶上，而且在地面上从来不会散失。住在那里的人，从这粥里嗅不出什么特殊气味；因为这种粥就是从他们身上产生的，然后又浸透他们，它就是他们呼吸并赖以生存的空气，它像一件穿得很久的暖和的衣服，这件衣服人们嗅不出气味，皮肤也感觉不到。但是这一切，格雷诺耶都嗅到了，就像第一次嗅到一样。他不仅嗅到这混合气味的整体，而且把它分解成最细小和最遥远的部分与分子。他的敏锐的鼻子能够把气味和臭气组成的紊乱线团理成一根根基本气味的细线，这些细线再也无法分割。把这些线拆开，使他感到无比喜悦。

然后他止住脚步，靠在房子的一堵墙上，或是挤进阴暗的角落里，闭着双眼，嘴半张着，鼻孔鼓起，像一条昏暗的、缓缓流动着的大河中的一条凶猛的鱼。倘若终于有一丝微风把一根细线的线头吹给他，那么他会紧紧抓住，一点也不放松，然后就会全神贯注地嗅着这种气味，不停地吸，把它吸进去，任何时候都把它保存在自己肚子里。这可能是一种早已熟悉的气味或是该气味的变种，但也可能是一种全新的气味，一种与他迄今闻过、更不必说见过的一切东西几乎或者根本没有相似之处的气味：比方说烫过的绸子的气味，百里香茶的气味，一段绣上银丝的云锦的气味，一瓶名贵葡萄酒上软木塞的气味，玳瑁梳子的气味。格雷诺耶跟在这些他还不认识的气味后面，以一位钓鱼者的热情和耐性追猎它们，把它们收集起来。

每逢嗅饱了巷子里像粥一样浓的气味，他就跑到气味较稀薄、较通风的地方，把自己同风混合起来，使自己舒展开来，其情形几乎像香水那样挥发：好比到了阿朗广场，那里白天仍继续活跃着晚上的气味，当然看不见，但是却非常清楚，仿佛在那里还有商贩在忙忙碌碌，仿佛那里还放着白天出卖的一篮篮蔬菜和鸡蛋，一桶桶葡萄酒和醋，一袋袋香料、土豆和面粉，一箱箱钉子和螺钉，一张张摆肉的案子，堆着布料、餐具、鞋底和其他百货的一张张桌子……这种热闹非凡的场面直至最细小的情况仍留在空气中。如果可以这么说的话，格雷诺耶是通过嗅来观看这整个市场的。他嗅市场比一些人看市场还要清楚，因为他是在事后观察它，因此也是更高级的观察：他把它看成是精髓，看成是以前的一些事物的精神，这种精神不受现代习以为常的象征所干扰；他觉得在那里的是嘈杂声、刺耳的声音和有血有肉的人令人作呕地挤在一起。

或者他到母亲被砍头的地方去，到沙滩广场，它像只大舌头伸进河里。这儿停着被拖到岸边或系在木柱上的船只，它们散发出煤炭、谷物、干草和缆绳的气味。

从西部，从河流经过城市而切断的这条唯一的林间通道，吹来了一阵风,它把种种气味从陆地,从纳伊①附近的草地,从圣日耳曼和凡尔赛之间的森林,从遥远的城市,例如从鲁昂或卡昂,有时甚至从大海吹了过来。海像一只胀得鼓鼓的帆船散发出气味,帆船里装着水、盐和冰冷的阳光。海的气味普普通通,但同时又是伟大的、独特的,所以把它的气味分解成鱼、盐、水、海藻、清新等等气味,格雷诺耶总是迟疑不决。他宁愿让海的气味合在一起,把它完整地保留在自己的记忆里,整个地加以享受。他对海的气味如此喜欢,以致他盼望有朝一日能得到它那纯洁和毫不掺杂的气味,并且是大量的气味,使他可以狂饮一番。后来,他从小说里得知了海有多大,人在海上乘船航行,一连数日望不见陆地,这时再也没有什么比想象更使他痴心的了。他想象,自己坐在一条船上,高高地坐在最前面桅杆上的篮子里,穿过海的无尽气味飞去。这气味根本不是什么气味,而是一次呼吸,一次呼气,是所有气味的终结,而由于兴奋,自己就融化在这次呼吸里。但是这情况永远也不会发生,因为格雷诺耶站在岸边的沙滩广场上,多次吸入和呼出他鼻子所得到的一小股海风,一辈子也别想见到海,真正的海,见到位于西边的大洋,永远也不会同它的气味混合。

不久,他嗅遍了圣厄斯塔什和市政府大厦之间的气味,嗅得如此仔细,以致他在漆黑的夜里也不至于迷路。于是他扩大

---

① 巴黎高级住宅区。

自己的狩猎区，起初向西扩展到圣奥诺雷市郊，然后从圣安托万大街直到巴士底狱，最后甚至到达河对岸的索邦地区和圣日耳曼市郊，那里住着富人。穿过大门入口处的铁栅栏，散发出马车皮革和侍者假发里扑粉的气味，染料木，玫瑰花和刚修剪过的女贞的香味越过高耸的围墙从公园里飘来。在这儿，格雷诺耶第一次闻到了真正的香水味：节日加在花园喷泉中的普通薰衣草和玫瑰香水，还有混合着橙花油、晚香玉油、长寿花油、茉莉花油或肉桂油的更复杂、价值连城的香味，这些香味每逢晚上就像一条沉重的带子从华丽的马车后面飘来。他怀着好奇心，但又并非特别赞赏地记下了这些香味，宛如记下普通的气味。虽然他注意到，香水的意图就是起到使人陶醉和吸引人的作用，他也认识到构成香味的个别香精质量优良，但是他认为它们作为整体却是粗劣的、掺假的，而不是合成的。他知道，只要他有同样的基本原料，他可以制作出完全不同的香味。

许多基本原料他已经在市场上卖花和香料的摊子上见到过；其他的基本原料对他是新的，这些他从混合香味中过滤出来，并不知其名地把它们保留在记忆里。它们是：龙涎香，麝猫香，广藿香，檀香木，香柠檬，香根草，卡他夫没药，安息香，忽布花，海狸香。

他没有进行选择。在通常人们称为好的或坏的气味之间，他没有进行区别，还没有。他很贪婪。他狩猎的目的在于把这世界所提供的气味统统占为己有，他的唯一标准是：这些气味应该是新的。一匹出汗的马的气味与含苞待放的玫瑰花蕾的嫩绿香味具有同等价值,一只臭虫刺鼻的臭味并不亚于从老爷们的厨房里散发出来的、塞了肥肉条的烤牛犊肉的香味。所有的气味,他都狼吞虎咽地吃下去,吸进肚里。在他的幻想的气味合成厨房里——他经常在此化合新的气味——还谈不上美学的准则。它们都是奇异的气味,他把它们创造出来,很快又把它们破坏,像个小孩在玩积木,既有许许多多发明,又有破坏性,没有明显的创造性的准则。

8

一七五三年九月一日是国王即位的周年纪念日,巴黎市在国王桥那里燃放烟火。这次燃放的烟火没有像国王举行婚礼时或法兰西王位继承人诞生时燃放的传奇式的烟火那么壮观,但毕竟还是给人以非常深刻的印象。人们把象征太阳①的轮子装在船只的桅杆上。所谓的喷火兽把雨点般的、像星星一样闪烁的火焰吐进河里。在震耳欲聋的喧闹声中,正当到处响起爆竹声,烟花在石子路上空闪光时,火箭升到了空中,在黑色的苍

---

① 人们把太阳比作光明、幸福和王室权威;当时在位的路易十四又名太阳王。

穹上画出了朵朵白色的百合。聚集在桥上和河两岸码头上的成千上万的人群,发出了兴高采烈的喝彩声,甚至于高呼"万岁!"——虽然国王是在三十八年前登上王位的,他受人爱戴的顶点早已过去,但是烟火激发了他们的情绪。

格雷诺耶默默地伫立在河右岸,王家桥对面"植物亭"的阴影里。他没有用手鼓掌,火箭升空时他从不朝那儿看。他来这里是因为他以为可以嗅到点新的气味,但是事实表明,烟火并未提供什么有价值的气味。那里爆发出劈里啪啦的声响和放射出闪烁亮光的各种东西,充其量不过留下硫磺、油和硝石混合起来的单调的气味。

他正想离开这无聊的欢庆盛会,沿着卢浮宫画廊走回家,一阵风把某样东西朝他吹来,那是一点微小的东西,一点几乎觉察不到的东西,一点碎屑,一个香味原子,不,还要少:是对一种香味的预感,而不是真正的香味——但这是对一种从未闻过的气味的可靠预感。他又退回到大墙边,闭上眼睛,鼓起鼻孔。这香味非常细嫩,所以他无法牢牢控制住,它一再挣脱他的嗅觉,被爆竹的火药烟雾所掩盖,被人群发散出的气味所阻塞,被城市的千种其他气味所破坏。但是随后,刹那间,它又来了,只有一丁点儿美妙的味儿可闻,出现短短的一秒钟……倏地又消失了。格雷诺耶非常痛苦。这不仅使他贪婪的性格第一次遭受侮辱,而且使他的心感到痛苦。他有一种特殊的预感:这种香味是了解其他所有香味的奥秘的一把钥匙;倘若不了解这种香味,那就对所有香味一无所知;倘若他不能成功地占有这香味,那么他,格雷诺耶,这辈子就白活了。他必须占有它,这并非单纯为了占有而是为了使他的心平静。

他激动万分,情绪恶劣。他还没有弄清楚,这种香味来自何方。有时,在重新有一丁点儿香味朝他吹来之前,间歇竟长达数分钟。每次,恐惧都向他袭来,他害怕永远失去这香味。最后,他终于在绝望中得救了:这香味来自河的对岸,来自东南方的某处。

他离开"植物亭"的围墙,挤到人群中,为自己开辟一条过桥的路。每走几步他就止住脚步,踮起脚尖,以便越过人们的脑袋嗅过去,起先由于激动,什么也没嗅到,后来终于嗅到点什么,嗅到了那香味,那香味甚至比以前更浓。他目标明确,又消失在人群中,继续使劲地穿过看热闹的和放烟火的人群,放烟火的人每时每刻都拿火炬点燃火箭的导火线。格雷诺耶在刺鼻的火药浓烟中失去了那香味,他惊慌失措,继续冲撞,继续开路,不知过了多少分钟,他才到达对岸,到了马伊大厦、马拉凯码头、塞纳河大街的街口。

他在这儿停住,集中思想,嗅着。他嗅到了,他牢牢地抓住它。这气味像条带子从塞纳河大街拖下来,非常清晰,但仍然非常嫩,非常细。格雷诺耶觉得自己的心在跳动,他知道,他的心如此跳动,并非由于跑累了,而是面对这种气味无能为力的缘故。他试着回忆某些可以比较的气味,但又不得不把所有比较抛弃。这次闻到的气味很清新，但不是甜柠檬或酸橙的清新味，不是出自没药、肉桂叶、皱叶薄荷、桦树、樟树或松树针叶的清新味，也不是雨水、冰冷寒风或泉水那样的清凉味……同时这种气味有热量；但是不像香柠檬、柏树或麝香，不像茉莉花和水仙花，不像花梨木，也不像蝴蝶花……这气味是由两者，即挥发性的和滞重的两部分混合的，不，不是混合体，而是统一体，既少又弱，但结实牢靠，像一段闪闪发光的薄绸……但又不像绸，而是像蜂蜜一样甜的牛奶，奶里溶化了饼干——可是无论如何，牛奶和绸子，这怎么能联系在一起呀！这种气味无法理解，无法形容，无法归类，可能根本就不存在。但它又千真万确地存在着。格雷诺耶怀着一颗颤动的心跟踪它，因为他预感到，不是他在跟踪这气味，而是它早已把他俘虏，如今正往自己身边使劲地拖他。

他顺着塞纳河大街向上走。街上什么人也没有。房屋空荡荡地矗立着，寂静无声。这里的人都到下面河边看烟火去了。这里没有人的难闻气味和刺鼻的火药味干扰。街道散发出水、粪便、老鼠和烂菜的常有气味。但那上面飘浮着牵引着格雷诺耶的那条柔和而又清晰的带子。没走上几步，天空稀疏的夜光就被高耸的房屋吞没了，格雷诺耶继续在黑暗中走着。他不需要看什么。这气味万无一失地领着他走。

走了五十米后，格雷诺耶向右拐进了马雷街，这是一条或许更暗、几乎不够一只手臂伸开那么宽的巷子。令人惊奇的是,这种气味并不见得浓了许多,只是变纯了,并且由于越来越纯,它的吸引力也越来越大。格雷诺耶身不由己地走着。在一个地方,这气味突然把他引向右侧,似乎是把他引入一幢房屋的墙壁中间,一条低矮的走廊出现在眼前,它通向后院。格雷诺耶夜游似的穿过这条走廊,穿过这个后院,拐个弯,到达第二个更小的后院。这儿终于有了灯光:场地只有几步见方。墙上有个木屋顶斜斜地突出来。下面桌子上紧靠墙点着一支蜡烛。一个少女坐在桌旁,正在加工黄香李子。她从一只篮子里取出李子放在左手里,用刀子切梗,去核,然后把它们放进桶里。她约莫十三四岁。格雷诺耶止住脚步。他立刻明白了,他远隔半里多路从河对岸闻到的香味的根源是什么:不是这肮脏的后院,不是黄香李子。根源就是这个少女。

顷刻间,他被搞糊涂了,以致真的认为,他这辈子还从未见到过像这个少女这么美丽的东西。但他只是看到她面对蜡烛的背影。当然他是指他从未闻到过如此美妙的气味。由于他了解人的气味,因而他不敢相信,这样美妙的气味是从一个人身上散发出来的。通常人的气味是难以形容的或是非常糟糕的。儿童身上淡而无味,男人有尿臭、汗臭和干酪的气味,女人有哈喇的油脂味和腐烂的鱼味。人的气味根本没意思,令人讨厌……因此,格雷诺耶在他一生中第一次不敢相信自己的鼻子,不得不向眼睛求援,以便判断他嗅到了什么。当然,感觉上的混乱并未持续多久。事实上他只用了一瞬间,就通过视觉弄明白了,随后他就毫无顾忌地利用嗅觉进行观察。如今他嗅出她是个人,嗅到了她腋窝的汗味,她头发的油脂味,她下身的鱼味,他怀着巨大的兴趣嗅着。她的汗液散发出海风一样的清新味,她的头发的脂质像核桃油那样甜,她的生殖器像一束水百合花那样芳香,皮肤像杏花一样香……所有这些成分的结合,产生了一种香味,这香味那么丰富,那么均衡,那么令人陶醉,以致他迄今所闻到的一切香味,他在内心的气味大厦上挥洒自如地创造的一切,突然间都变得毫无意义了。面对着这种香味,十万种香味似乎都显得毫无价值。这种香味是一个更高的准则,根据这准则的样板,必定可以整理出其他的香味。这香味就是纯洁的美。

格雷诺耶认为,不占有这香味,他的生活就没有意义。他必须了解它,直至最微小的细节,直至最后的最嫩的枝节。光是回忆这香味已经不够。他想象用一个压力冲头把这神化的芳香压到他那乱糟糟的黑色灵魂中去,对它进行细致的研究,从此只按照这种魔力公式的内部结构去想,去生活,去嗅。

他缓缓地朝少女走去,越走越近,走到雨篷下,在她背后一步远的地方停住。她没听到他的声音。

她红头发,穿着一条无袖的灰色连衣裙。她的手臂非常白,她的双手被切开的黄香李子的液汁染黄了。格雷诺耶站在她头顶上俯下身子,如今毫不掺杂地吸入她的香味,犹如香味从她的颈部、头发和连衣裙的领口上升时一样,他让这香味像一阵和风流入自己的体内。他觉得自己从未如此舒适过。但是少女却觉得凉丝丝的。

她没瞧见格雷诺耶，但是她有一种不安的感觉，一种异样的不寒而栗，宛如一种已经摆脱了的旧的恐惧倏地又向一个人袭来，此时她就是有这样的感觉。她觉得，仿佛有一股冷气流控制了她的脊背，仿佛有人撞开了一扇通往巨大冰冷的地窖的门，她扔下手里的水果刀，把手臂放到胸脯上，转过身子。

她一看到他，就吓得僵直了，以致他有足够的时间把自己的双手放到她的脖子上。她没有叫喊，一动也不动，一点也不反抗。而他则不去瞧她。他没有看她那张美丽的生有雀斑的脸庞、鲜红的嘴、那对发光的绿色大眼睛，因为正当他掐住她的脖子时，他紧紧闭起双眼，只有一个心思，即不让她的香味跑掉一分一毫。

等她断气了，他就把她放在地上黄香李子核中间，撕开她的连衣裙，香味气流变成了洪流，以其好闻的气味把他淹没了。他赶忙把脸贴到她的皮肤上，鼻孔鼓得大大的，从她的肚子嗅到她的胸脯、脖子、脸和头发，然后又退回到肚子，往下嗅她的下身、股部和两条洁白的腿。他又从头一直嗅到脚趾，收集她残留在下巴、脐眼和肘窝皱纹中的最后一些香味。

当他把她嗅干后，他仍蹲在她身旁呆了一会儿，以便集中心思。他不想让她的香味溢出一点。他先得把自己身心的门窗紧闭。然后他站起身，把蜡烛吹灭。

这时，第一批回家的人唱着歌、欢呼着走上塞纳河大街。格雷诺耶在黑暗中嗅着来到巷口，过河抵达小奥古斯丁大街——一条与塞纳河大街平行的通往河边的大街。过了一会儿，人们发现了死者。呼喊声四起。人们点亮了火把。值勤卫兵来了。格雷诺耶早已到了河的对岸。

这天夜里，他觉得棚屋像宫殿，他的木板铺像一张天堂的床。什么是幸福，他这辈子迄今没有体验过。在任何情况下，他都难得脑子发胀，心满意足。可是现在他幸福得全身颤动，由于沉浸在幸福中而不能入眠。他觉得自己仿佛是第二次降生到这世界上，不，不是第二次，而是第一次。因为他迄今为止，只是像动物一样生存着，对自己充其量仅有朦胧的认识。但是今天他觉得，似乎他终于知道了自己是怎样的人；无异于一个天才，知道自己的生活有了意义、目的、目标和更高的使命：不亚于使香味世界来一场革命；知道了他是世界上唯一占有一切手段的人：他那出色的鼻子，他那不寻常的记忆力，以及一切之中最为重要的手段——马雷大街这少女具有影响的香味，这香味里魔幻般地包含了构成一种巨大芳香、一种香水的一切：柔和，力量，持久，多样性，惊人的、具有巨大诱惑力的美。他已经找到了自己今后生活的指南针。像所有天才的怪人那样，通过一个外部事件把一种正规的日常习惯置入他们灵魂的螺旋形混沌之中，格雷诺耶不再离开他认为已经认识到的自己命运的方向。他如今明白，他为什么如此坚韧不拔和艰苦地活着。他必须做个芳香的创造者。不只是随便一个制造者，而是一切时代的最伟大的香水制造者。

当天夜里，他起初是醒着，然后是在梦中，视察了他的回忆的广漠的废墟。他检查了几百万、几千万气味的小积木，把它们系统地整理一番：好的归好的，坏的归坏的，精的归精的，粗的归粗的，臭味归臭味，香的归香的。过了几个星期，分类越来越细致，气味的目录越来越丰富，区别越来越细，等级越来越清楚。不久，他已经能够开始建设第一批计划周密的气味建筑物：房屋、围墙、台阶、塔楼、地下室、房间、密室……一座日益扩大、日益美丽和内部结构日益完善的最最壮观的气味组合的堡垒。

至于在这壮丽事业的开端便出现了杀人的事，即使他意识到了，他也觉得是完全无所谓的。马雷大街那个少女的形象，她的脸，她的身体，他已经回忆不起来了。但他已经把她最好的事物——她的气味的精华——保存下来并化为己有。

9

那时，在巴黎至少有一打香水制造者。其中六个在河右岸，六个在左岸，一个恰好在当中，就是说在连接右岸和法兰西岛的交易桥上。这桥的两侧造了四层楼房，一幢紧挨一幢，所以人们过桥时在任何部位都见不到河，还以为自己是在完全正常的基础牢固而又非常美丽的大街上。实际上，这座交易桥可算是巴黎最好的交易场所之一。这里有享有盛誉的商店，这里坐着金匠，细木匠，最优秀的假发制造者和皮包匠，最精美的妇女内衣和袜子的生产者，鞋子贴边制造者，马靴商人，绣肩章者，铸金纽扣者和银行家。香水制造者和手套生产者吉赛佩·巴尔迪尼的商店和住房也坐落在这儿。他的橱窗上方有个华丽的漆成绿色的神龛，旁边挂着巴尔迪尼的纯金徽号，那是一只金瓶，瓶子里插着一束金花，门前有一块红地毯，同样带有巴尔迪尼的徽号，是金色的刺绣品。门一打开，就响起了波斯的钟乐，两只银制的鹭鸶开始把紫罗兰香水从嘴里吐到镀金的碗里，这只碗则呈巴尔迪尼徽号的瓶子形状。

在用光亮的黄杨木造的账房间后面站着巴尔迪尼本人，他是个老头儿，站着像根柱子。他头上戴着银色的假发，身穿镶了金边的蓝色上衣。他每天早晨给自己喷洒弗朗吉帕尼香水，这时香水的雾气正在他身子周围袅绕，仿佛把他的身体置于遥远的烟雾之中。他一动不动地伫立着，看上去俨如他自己的货。只是当钟乐响起和鹭鸶吐香水时——这两者并不经常发生——生命才突然来到他身上，他的身躯才缩在一起，变得小小的，而且活跃起来，不停地鞠躬，从账房间后面走出来，其速度是如此之快，以致弗朗吉帕尼香水的雾气都来不及跟上他。他请顾客坐下,把最精美的香料和化妆品拿给顾客挑选。

巴尔迪尼有数千种香料和化妆品。他提供的货品从高级香精、花精油、酊剂、萃取物、分泌液、香脂、松香以及其他固态、液态和蜡状的日用化妆品、药品——从各种不同的润发脂、软膏、香粉、肥皂、润肤膏、香囊、发蜡、胡须油、肉疣药水和美容药膏到沐浴液、洗涤剂、香盐、盥洗室用醋和许许多多的纯正香水。但是巴尔迪尼并不满足于这些第一流的美容产品。他的抱负在于,要在自己的店里汇集有某种香味或以某种方式为香味服务的东西。于是除了熏药丸、熏锭和熏制工具外,还有从欧茴香子直至桂皮的全部香料,还有浓糖汁、利口酒、果汁,塞浦路斯、马拉加和科林索斯的葡萄酒,还有蜂蜜、咖啡、茶叶、干果、蜜饯、无花果、糖果、巧克力、栗子,甚至腌制的白花菜芽、黄瓜和洋葱,以及咸金枪鱼。再则就是芳香的火漆、香水信纸、玫瑰油香的墨水、西班牙皮革公文包、白檀香木制的蘸水笔杆、香柏木制的小盒和柜子、五花八门的小玩意和盛花瓣的碗、黄铜香炉、盛香水用的玻璃瓶、带有琥珀磨口塞子的晶体钵、香手套、香手帕、内装肉豆蔻花的针插,以及可以使一个房间香味扑鼻百年以上的麝香裱糊布。

当然,在豪华的面向街道(或面向桥)的商店里容纳不下所有这些商品,因此在缺少地下室的情况下,不仅这房屋的贮藏室,而且整个第二层和第三层以及第一层所有面向河的房间,都必须作为仓库使用。其后果是,巴尔迪尼的楼房里充斥着难以形容的混乱气味。虽然一个个产品的质量都是经过严格检查的——巴尔迪尼只购买第一流的产品——但这些产品在气味方面配合的混乱却令人难以忍受,俨如一个千人组成的乐队,每个乐手都在使劲地演奏不同的旋律。巴尔迪尼本人和他的雇员对于这种混乱已经麻木不仁,全都像听觉迟钝的衰老的指挥。他住在四楼的妻子,为反对把这层楼扩展成仓库而进行艰苦的斗争,可对于许多气味,她几乎觉察不出有什么妨碍。但头一次来巴尔迪尼商店的顾客感觉却两样。他会觉得,这种充斥商店的混合气味像是一拳打在他脸上,按其气味的结构,使他兴奋欲狂或昏昏沉沉,使他的五官产生错觉,以致他往往想不起他此行的目的。听差的小伙子忘了他的订货。高傲的老爷们觉得很不舒服。某些女士突然发病,一半歇斯底里,一半幽居恐怖症,昏厥过去,只有用丁香油、氨和樟脑油制的最浓烈的嗅盐才能使她们恢复知觉。

在这样的情况下,吉赛佩·巴尔迪尼商店门上难得奏响波斯钟乐,银制鹭鸶也难得吐出香水,这是不足为奇的。

10

巴尔迪尼在账房间后面像柱子一样僵立并凝视着店门已达

数小时之久,这时他喊道:"谢尼埃,请您把假发戴上!"谢尼埃是巴尔迪尼的伙计,比主人年轻一点,但也已经是个老头儿了。他在橄榄油桶和挂着的巴荣纳产的火腿之间出现了,随即朝前走到商店的高级货品部。他从外衣口袋里抽出自己的假发,把它戴在头上。"您要出去吧,巴尔迪尼先生?"

"不,"巴尔迪尼说道,"我要回我的办公室,在那里呆几个小时,我希望不要有人来找我。"

"哦,我懂了!您在设计一种新的香水。"

巴尔迪尼:是这样。是给维拉蒙特的西班牙皮革设计的。他要求全新的香水。他所要求的是像……像……我想,它叫"阿摩耳与普绪喀"①,据说这就是圣安德烈艺术大街的那个……那个半瓶醋……那个……那个……

谢尼埃:佩利西埃。

巴尔迪尼:是的。完全正确。他叫半瓶醋。佩利西埃的"阿摩耳与普绪喀"——您知道吗?

谢尼埃:是的,是的。我知道。现在到处都闻得到这种香水味。每个街角都可以闻到。但您若是问我好不好——我说没有什么特别之处!这香水同您正在设计的肯定不能相比,巴尔迪尼先生。

---

① 阿摩耳是希腊神话中的爱神(相当于罗马神话中的厄洛斯),普绪喀在希腊神话中是人类精灵的化身。两者是一对恋人。

巴尔迪尼：当然不能比。

谢尼埃：这种"阿摩耳与普绪喀"气味太平常。

巴尔迪尼：可以说拙劣吗？

谢尼埃：完全可以说拙劣，跟佩利西埃一切香水一样。我相信，里面掺了甜柠檬油。

巴尔迪尼：真的？还有什么？或许有橙花香精。也许还有迷迭香酊。但是我不敢肯定。这对我也完全无关紧要。

谢尼埃：当然啰。

巴尔迪尼：这个半瓶醋佩利西埃把什么掺进香水里，我觉得一点也无所谓。这对我毫无影响！

谢尼埃：您说得对，先生！

巴尔迪尼：您知道，我是不会向他学习的，您知道，我的香水是自己拟订方案的。

谢尼埃：我知道，先生。

巴尔迪尼：它们完全是我制作的。

谢尼埃：我知道。

巴尔迪尼：我打算为维拉蒙特设计点能真正引起轰动的东西。

谢尼埃：我完全相信这点，巴尔迪尼先生。

巴尔迪尼：店里的事您来负责，我需要安静。您别打扰我，谢尼埃……

说着他就踢踢嗒嗒地走开，一点也不像一尊塑像，而是与他的年龄相当，弯着腰，像是挨了揍似的。他缓步登上二楼台阶，他的办公室就在二楼。

谢尼埃走到账房间的后面，就像先前他的主人一样站在那里，目光凝视着店门。他知道，在以后几小时里将发生什么事：店里什么事也不会发生，而在楼上的巴尔迪尼办公室里将会发生习以为常的灾难。巴尔迪尼将脱去他那浸透弗朗吉帕尼香水的蓝外衣，坐到办公桌旁，等待着灵感。这灵感不会到来。他会跑到摆着数百个试验小瓶的柜子那里，随便混合点什么。但这样的混合准会失败。他将会诅咒，把窗户打开，把混合物丢进河里。他还会试验点别的，照样不会成功。他会高声叫喊，怒吼，在已经散发出令人麻醉的气味的房间里号哭抽搐。晚上七点左右，他会痛苦地下楼，四肢颤抖，痛哭流涕地说："谢尼埃，我的鼻子不行了，我无法制造香水了，我无法生产西班牙皮革供应伯爵了，我失败了，我死心了，我想死，谢尼埃，请您帮助我死吧！"而谢尼埃将会建议，派个人到佩利西埃那里弄瓶"阿摩耳与普绪喀"，巴尔迪尼将会同意，条件是，不能让人知道这丑事。谢尼埃会发誓保证，夜里他们会偷偷地用别人的香水来喷洒供应维拉蒙特伯爵的皮革。事情必然如此发生，而不是别样。谢尼埃只是希望，他把这台戏演完。巴尔迪尼已经不是大的香水生产者了。是的，在过去，在他青年时代，即在三四十年前，他发明了"南方的玫瑰"和"巴尔迪尼奇香"，他的全部财产得归功于这两种真正伟大的香水。但是他现在老了，精力耗光了，再也不了解时代的风气，不知道现在人们新的审美观，即使他现在再生产出一种自己设计的香水，那么它也必定是不合时宜的、没有销路的产品，一年后他们会把它掺入十倍的水，当作喷泉水出售。真可惜，谢尼埃心想，照照镜子看看自己的假发是否戴好，他为老巴尔迪尼惋惜，为这家生意兴隆的商店惋惜，因为他会把这商店搞垮。他也为自己惋惜，因为到巴尔迪尼把它搞垮时，他，谢尼埃本人也太老了，无力把商店办下去……

11

吉赛佩·巴尔迪尼虽然脱去了他那件散发芳香的外衣，但这只是出于老习惯。弗朗吉帕尼香水的香味早已不再妨碍他的嗅觉了，他穿上这件外衣已经几十年了，根本不会再觉察到它的气味。他也早就把办公室的门关了起来，自己求得了安静，但是他没有坐到办公桌旁苦思冥想，等待灵感，因为他比谢尼埃知道得更清楚，他不会有什么灵感。他从来也没有过灵感。他固然已经年迈，精力已经耗光，这是事实，并且他也不再是个制造香水的大专家；但是他知道，他从来就不是一个制造香水的专家。"南方的玫瑰"是他从父亲那里继承的，"巴尔迪尼奇香"的配方是从一个走江湖的热那亚香料商人那里买来的。他的其他香水都是尽人皆知的混合香水。他从未发明过什么。他不是发明家。他是个细心的香味生产者，像个厨师一样，依靠经验和良好的烹调配方能做出美味佳肴，但从未发明过自己的菜谱。他搞实验室、试验、检查和保密等一整套把戏，是因为这么做才合乎香水制造商兼手套制造商这个行业的情况。香水专家就是半个化学家，他创造奇迹，人们需要这奇迹！他的技艺是一种手艺，如同其他手艺一样，这点他本人是知道的，这是他的骄傲。他根本不想当发明家。他对发明非常怀疑，因为发明总是意味着规律的破坏。他也根本没想到为维拉蒙特伯爵发明一种新的香水。晚上他也不会听从谢尼埃的劝告去弄佩利西埃的"阿摩耳与普绪喀"香水。这香水他已经有了。这种香水就在那儿，在窗前的书桌上，装在有磨口瓶塞的小玻璃瓶里。几天前他就把这香水买来了。当然不是他亲自去买。他本人毕竟不能到佩利西埃那里去买香水啊！他得通过中间人，而这中间人又通过另一个中间人……谨慎是必要的，巴尔迪尼买这香水不光是用来喷洒西班牙的皮革，因为要用于此目的，这么少的量是不够的。他有更坏的目的：仿制这种香水。

顺便提一下，这并不是被禁止的。这只是很不地道。暗中仿制一个竞争者的香水，贴上自己的商标出售，这确实很不地道。但若是被人家抓住更不好，因此不能让谢尼埃知道，因为谢尼埃的嘴快。

啊，作为正直的人看到自己被迫走如此不正当的路，是多么糟糕！一个人用如此卑鄙的手段来玷污他所拥有的最宝贵事物——他的名誉，这是多么糟糕！但是他又能怎么办？无论如何，维拉蒙特伯爵是个顾客，他绝对不可失去他。他如今已经没有什么顾客了。他必须再去争取顾客，像二十年代初那样，当时他刚开始自己的生涯，胸前挂着木箱沿街叫卖！有谁知道，他，吉赛佩·巴尔迪尼，巴黎最大的香料店老板，在生意兴隆的情况下，当他提着小箱子挨家挨户兜售时，在经济上只是勉强过得去！他对此一点也不满意，因为他已经六十多岁，他憎恶在寒冷的前厅里等候顾客，给老侯爵们介绍"千花香水"和"四盗醋"，向他们推销偏头痛软膏。此外，在这些前厅里，始终充满着令人厌恶的竞争气氛。"王位继承人大街"那个暴发户布鲁埃狂妄地说，他拥有欧洲最大的润发脂订货单；或者是莫孔塞大街的卡尔托成了阿托瓦伯爵小姐的供货人；圣安德烈艺术大街的这个令人摸不透的安托万·佩利西埃，在每个旅游旺季都拿出一种新香水投入市场，简直叫全世界发疯地抢购。

佩利西埃这样一种香水可以把整个市场搞乱。有一年匈牙利香水时兴，巴尔迪尼相应地储备了薰衣草、香柠檬和迷迭香，以满足市场需要，而佩利西埃却拿出"缪斯之香"，一种极浓的麝香香水。每个人都突然像野兽一样嗅着，而巴尔迪尼只好把迷迭香改制成润发水，把薰衣草缝在小嗅袋里。与此相反,他第二年订了适量的麝香、麝猫香和海狸香。于是佩利西埃突然想到设计一种名叫"森林之花"的香水,这种香水取得极大成功。巴尔迪尼通过几个不眠之夜的试验和重金贿赂,终于了解到"森林之花"的成分,但是佩利西埃这时又打出了王牌"土耳其之夜"、"里斯本之香"、"宫廷之花",或者鬼知道别的什么。无论如何,这个人的创造性无止境,对于整个行业是个威胁。人们盼望恢复旧的严格的行会法!人们盼望对这个另搞一套的人,对这个使香水贬值的人采取最严厉的措施!应当取消这家伙的专利权,禁止他生产香水,好好教训他一下!因为他,这个佩利西埃,根本就不是科班出身的制香水专家和手套师傅。他父亲不过是个酿醋工人,佩利西埃也是酿醋的,而不是别的。仅仅因为他当酿醋工时有理由接触酒精,他才能闯入真正的香水专家的禁区,并在这禁区里为所欲为,像只浑身发臭的野兽——为什么人们在每个旅游旺季需要一种新的香水?这有必要吗?过去的人对于紫罗兰香水和用普通的花制成的香水非常满意,这些香水或许每隔十年才有一点点变化。人们将就着使用神香、没药、一些香脂、香油和晒干的香草,已有千年之久。即使后来他们学会了用烧杯和蒸馏器蒸馏,利用水蒸气从香草、花和木材中提取乙醚油状的香精,用栎木制的压榨机从籽、核和果壳中榨取香味精华或是用细心过滤过的油脂促使花瓣中产生香精,香水的品种仍然有限。当时像佩利西埃这样的人根本不可能做到这点,因为在当时,制作一种普普通通的香脂是需要才干的，而这个酿醋工做梦也不会梦到这种才干。制作香脂的人，不仅必须会蒸馏，而且必须会制作软膏，必须同时是药剂师、化学家、工匠、商人、人道主义者和园丁。他必须会把羊腰子同小牛的脂肪区别开来，必须会区分维多利亚的紫罗兰和帕尔马的紫罗兰。他必须精通拉丁语。他必须知道，天芥菜何时收获，天竺葵何时开花，茉莉花的花朵会随着太阳的升起而失去芳香。显然，佩利西埃对于这些事都一无所知，或许他还从未离开过巴黎。这辈子尚未见过茉莉花开花呢。至于为了从十万朵茉莉花中提取出一小块固态香料或几滴香精所需要的大量艰苦的活计，他就更是一窍不通了。大概他所见到的茉莉花只是这种花浓缩了的暗褐色液体，它装在一个小瓶里，同他用于混合他的时髦香水的其他许多小瓶一起放在保险柜里。不，像这个无知而又狂妄的年轻人佩利西埃，即使在往昔手工业的好时候，也没有脚踏实地过。更何况他缺少这一切：性格、教育、知足和服从行业的意识。他在制作香水方面的成功要完全归功于距今二百年前的天才毛里蒂乌斯·弗朗吉帕尼——一个意大利人！——的一个发现：香料可以溶解在酒精里。弗朗吉帕尼通过把他的嗅粉同酒精混合并因而使其香味转到挥发性液体中的方法，使香味从物质中脱离出来，变得生气勃勃，发明了纯粹芳香的香味，简而言之，发明了香水。多好的创举！划时代的成就啊！它完全可以同人类最伟大的成就，例如亚述人发明文字、欧几里得几何学、柏拉图的理想和希腊人把葡萄酿成酒这些成就相媲美。一项货真价实的普罗米修斯式的业绩!

然而,像一切伟大的业绩不仅有光明的一面,而且有阴暗的一面,除了为人类行善,还给人类造成痛苦和灾难一样,弗朗吉帕尼的辉煌发现令人遗憾地也造成了恶劣的后果:因为如今由于人们已经学会把花、香草、木材、树脂和动物的分泌物的精灵牢牢地固定在酊剂里,并把它装进小瓶,因此制作香水的技术就逐渐从少数几个能工巧匠那里传出来,为走江湖的骗子们敞开,只要他们有一只非常灵的鼻子就行,例如这只臭鼬佩利西埃。他不用过问小瓶子里装的奇妙东西是怎样产生的,就能轻而易举地按照嗅觉配出他正在思考的东西,或是顾客所需要的东西。

这个三十五岁的杂种佩利西埃如今所拥有的财产,肯定比他巴尔迪尼三代人通过艰苦卓绝的劳动所积累的财富还要多。况且,佩利西埃的财富与日俱增,而他巴尔迪尼的财富却每天都在减少。这样的情况在往昔根本是不可能的!一个有名望的手艺人和有影响的商人竟不得不为自己的生存进行斗争,这在几十年前根本不会有!从那以后,各行各业,各个地方都掀起了一股像疾病一样蔓延的改革热——在商业上,在交通方面,在各门学科中,这种狂放不羁的事业追求、这种试验热、这种狂妄自大!

还有这发狂的速度!为什么要修建这么多新的马路、新的桥梁？目的何在？如果能在一周内直达里昂，这有好处吗？究竟对谁有利？为谁所利用？或者横渡大西洋，一个月内到达美洲——仿佛几千年来没有这块大陆人们就不是过得很好似的。文明人在印第安人的原始森林里或在黑人那里究竟丢了什么东西？他们甚至到拉普兰去，那地方在北方，终年冰天雪地，那里住着吃生鱼的野人。他们还想再发现一块大陆，据说它在南太平洋。这种荒唐的想法目的何在？因为其他人、西班牙人、该死的英国人、不要脸的荷兰人也这么做，我们便不得不同他们打仗，而我们压根儿打不起这场战争。造只战舰，得花足足三十万斤银子，但是别人用一颗炮弹，在五分钟内就可以把它击沉。永别了，战舰！这费用就靠我们的捐税支付。不久前，财政大臣要求把一切收入的十分之一上交。即使我们不上交，也要破产，因为整个心理状态已经崩溃了。

人的不幸来源于他不肯安分守己地呆在自己应呆的房间里。帕斯卡尔这么说。帕斯卡尔是个伟人，是思想界的弗朗吉帕尼，他原本是个工匠，但是现在这样一个人已经无人过问了。现在他们阅读胡格诺派教徒或英国人的煽动性书籍。或者他们撰写论文或所谓的科学巨著，他们在这些著作里对一切提出怀疑。什么都不对了，如今的一切应该来个改变！最近，据说在一玻璃杯水里就可以放养非常小的动物，这些动物过去从未见过；据说梅毒是种很普通的疾病，已经不是上帝的惩罚；据说上帝创造世界不是用七天，而是用千百万年，倘若他真是创世者的话；像我们这样的人都是野人；我们错误地教育我们的孩子；地球已经不再像以前那么圆，而是上方和下方扁平，像一只西瓜——仿佛这很重要似的！在每个领域里，人们都提出问题，进行钻研、探索、观察和试验。光说事物是什么和怎么样，已经不够了，如今一切都必须加以证明，最好是通过证人、数据和某种可笑的试验。狄德罗、阿朗贝尔、伏尔泰和卢梭们，还有其他作家——甚至教士和贵族也在其中！——他们的确已经做到，把他们自己背信弃义的不安情绪、对不满津津乐道的情趣和自己对世界上一切的不满，一句话，把占据在他们脑袋里的乱七八糟的思想扩展到整个社会。

目光所及，到处都是一派狂热病似的忙碌景象。男男女女都在读书。教士们蹲在咖啡馆里。若是警察进行干预，抓了这些高级坏蛋中的一个并把他投入监狱，那么出版商们就大声疾呼，递上申请书，上流社会的先生们和女士们就施加他们的影响，直至警察在几周之后又把这个高级坏蛋释放，或是把他流放到外国，而他在那儿又可以不受阻碍地撰写论战性的小册子。在上流社会沙龙里，人们仍然在无休止地谈论着彗星的轨道、考察探险活动、杠杆力、牛顿、运河的建造、血液循环和地球的直径。

甚至于国王也叫人表演一种新型的胡闹，一种称为"电"的人工雷电：在宫廷文武大臣面前，一个人磨擦一只瓶子，随即产生火花，据说国王陛下深受感动。而他的曾祖父，即真正伟大的路易国王——巴尔迪尼曾在他的为社会造福的统治下过了多年幸福的日子——无论如何不会允许在他面前做这样的表演！但这是新时代的精神，一切将以不幸而告终！

因为，当人们已经可以随随便便和以最放肆的方式怀疑上帝的教会之权威时；当人们谈论在很大程度上体现上帝意志的王朝和国王神圣的形象，仿佛这两者仅仅是人们在一整套其他政府形式的目录里可以随意选择的可变的职位时；当人们最终竟然——事实上已经发生——认为全能的上帝本身是可有可无的，并且一本正经地断言，没有上帝人世间也照样有制度、规矩和幸福，它们纯粹来自人的天生的道德和理性时……啊，上帝，啊，上帝！——如果一切都上下颠倒，道德沦丧，人类又受到自己所否认的东西的报应，那么，人们当然用不着大惊小怪了。结局将是恶劣的。人们津津乐道地谈论一六八一年出现的大彗星①，把它说成是一个星团；可这颗彗星正是上帝的一个警告信号，因为它——如今人们知道得很清楚——预告了一个社会解体、分崩离析、思想政治与宗教泥潭的世纪，而这泥潭，是人类自己创造的，人类有朝一日必然会在这泥潭里沉沦下去，泥潭里只会长出闪闪发光和散发出臭气的泥潭之花，犹如这个佩利西埃！

巴尔迪尼老头儿伫立在窗口，迎着西斜的太阳，带着憎恶

---

① 即哈雷彗星。

的目光眺望着塞纳河。载货的小船浮现在下面，缓缓地向西滑向新桥和卢浮宫画廊前的码头。没有哪条小船撑着篙逆流而上，它们都走岛另一侧的那条支流！在这儿，空船和载货的船，划子和渔夫的小船，肮脏的褐色河水和泛起金色涟漪的河水，这一切都缓慢地、坦荡地、不停息地流去。巴尔迪尼垂直地、紧挨着房子墙壁向下望去，奔流不息的河水就仿佛在吸吮着桥的基础，他觉得头晕目眩。

购买桥上的房子是个错误，而购买坐落在桥西侧的房子，更是个双重的错误。如今他经常望着奔流而去的河水。他觉得，他自己、他的房子以及他在几十年中赚得的财产，仿佛像河水一样流去。他觉得自己太老，身体太弱，无力阻止这强大的水流。有时他在河的左岸，即在巴黎大学周围地区或在圣绪尔比斯修道会附近忙碌，他就不从岛上或圣米歇尔桥经过，而是走远路经过新桥，因为新桥上没有造房屋。那么他就站到东边的护墙边，望着高处的河流，以便能够把向自己流来的一切收入眼底。好一会儿工夫，他沉浸在这样的想象中：他的生活趋向已经倒过来了，生意繁荣，家庭兴旺，妇女都喜欢，他的生计没有变坏，而是一天天好起来。

但是后来，当他把目光稍许向上抬的时候，他瞧见在数百米远处自己的房屋既单薄又狭窄，高高地在交易桥上，看见二楼办公室的窗户，看见自己站在窗边，看见自己在眺望着河，注视着奔流而去的河水，就像现在一样。于是美梦消失了，站在新桥上的巴尔迪尼转过身子，比以前更加垂头丧气，就像现在这样。这时他离开窗子，朝书桌那里走去，坐了下来。

12

他面前放着一小瓶佩利西埃的香水。香水清澈透明，一点也不浑浊，在阳光照射下发出金褐色亮光。它看上去纯洁无瑕，像清澈的茶——但是它除了五分之四的酒精外，还有五分之一的一种会引起全城轰动的神秘混合物。这份混合物可能又是由三种或三十种不同原料构成的，它们是按一定的无数种量的比例关系配合起来的。倘若人们可以对这个冷酷的商人佩利西埃的香水说什么灵魂的话，那么这份混合物就是香水的灵魂。巴尔迪尼现在就是要弄清这个灵魂的结构。

巴尔迪尼小心翼翼地擤去鼻涕，把窗子上的遮光帘往下拉一点，因为直射的阳光对任何香料和任何较精致的香水都是有害的。他从书桌的抽屉里取出一块洁白的高级手帕，把它铺开。然后他轻轻地旋动塞子，把香水瓶打开。他把头向后缩，紧闭鼻翼，因为他不想过早地直接从香水瓶获取对香味的印象。香水不能在高浓度情况下嗅，必须在完全散开、空气充足的情况下嗅。他洒几滴香水在手帕上，拿着手帕在空气中摆动摆动，以便让酒精挥发，然后把手帕放到自己鼻子的下方。他的鼻子迅速而有力地抽动三下，就像吸药粉一样把香味吸进肚里，随即又把它吐出来，给自己扇扇风，再次猛吸三下，最后深深地吸了一口，然后缓缓地、分成多次地、仿佛从一道平缓的长梯滑落下来似的把它呼出来。他把手帕扔到桌上，身子靠到单人沙发上坐了下来。

这香水好极了。这个蹩脚的佩利西埃可惜是个行家。真该死，是个师傅，而他过去什么也没学过呀！他希望这种"阿摩耳与普绪喀"是自己的产品。它没有一丝粗俗。绝对高级，它纯正、和谐。尽管如此，却很新颖，令人神往。它很清新，毫不刺鼻。它像花一般，并不多愁善感。它具有深度，一种美妙的、深褐色的、令人陶醉的、隽永的深度；却一点也不浮夸或华而不实。

巴尔迪尼几乎是怀着敬畏的心情站了起来，再一次把手帕拿到鼻子下。"妙极了，妙极了，……"他喃喃自语说，贪婪地嗅嗅，"它令人心旷神怡，实在可爱，像优美的旋律，使人情绪高昂……瞎说，情绪高昂！"他恼火地把手帕扔回到桌上，转身走到房间最后面的角落里，仿佛他在为自己的兴奋而害臊。

太可笑了！自己竟然说出这些恭维的话！"像优美的旋律。心旷神怡。好极了。情绪高昂。"——废话！多么幼稚可笑的废话。一时的印象。老毛病。气质问题。或者是意大利人的遗传成分。只要你在嗅,你就别评价!这是第一条规则,巴尔迪尼,老笨蛋!当你嗅时,你就嗅,等到嗅完了,你再评价!"阿摩耳与普绪喀"是一种蛮不错的香水。一种非常成功的产品。一种调配得巧妙的拙劣制品。其实可以说是一种骗人的把戏。对于像佩利西埃这样的人,根本不能指望他搞出与骗人的把戏不同的东西来。当然,像佩利西埃这样的家伙生产不出大众香水。这流氓以他高超的技艺骗人,以完美的协调蒙骗人们的嗅觉,此人是只披着第一流香水技术这张羊皮的狼,一句话,是个有才能的怪物。他比一个有着正确信念的庸人更坏。

但是你,巴尔迪尼,你是不会受迷惑的!你只是一瞬间对这拙劣的香水的第一个印象感到意外。但是人们是否知道,在一小时后,当它最易挥发的物质消失,而它的中心结构出现时,它究竟散发出什么气味?或者到今天晚上,当只能觉察到那些此时犹如在看不透的光线中散发出诱人花香的沉重的暗黑的成分时,它将是什么气味?等着吧,巴尔迪尼。

第二条规则说:香水活在时间里,它有其青年时代、成年时代和老年时代。只有在所有这三个不同时期都同样散发出宜人的香味,才称得上是成功的香水。我们曾制作一种混合香水,在头一次检验时,香味美妙清新,可是隔了一会儿,其气味就像烂水果,最后散发出令人讨厌的过量的麝猫香味,这种情况我们遇到得多着呢!当心麝猫香的量!

多一滴都会造成失败。这经常是失误的根源。谁知道——或许佩利西埃用了太多的麝猫香。或许到了今天晚上,他那野心勃勃的"阿摩耳与普绪喀"只剩下一丝猫屎的气味!我们会看到的。

我们会闻到的。正如一把利斧把一块木头劈成最小的木块,我们的鼻子也能把他的香水分成细小的分子,于是就证实这种所谓的魔香是通过非常正常的、大家熟悉的途径制作出来的。我们,巴尔迪尼,香水行家,一定会识破这个酿醋工佩利西埃的诡计!我们将剥去他的假面具,向革新者证明,老手艺是完全可靠的!我们将分毫不差地仿制出他的时兴香水。我们的双手将制作出新的香水,即仿制得完美无瑕,使这家伙本人也不能把它同自己的香水区别开来。不!我们的目标何止如此!我们要改造这香水!我们要给他指出错误,纠正错误,以这种方式当面责备他的错误:你是个草包,佩利西埃!你乳臭未干!香水行业里的一个暴发户,别的什么也不是!

现在开始干,巴尔迪尼!把鼻子搞得灵灵的,让它去掉多愁善感,好好地嗅!让它按照技艺的规则去分解香味!今晚你一定要把分子式搞出来!

他奔回书桌旁,拿出纸头、墨水和一块干净的手帕,把这些东西放好,开始他的分析工作。其过程是:他把刚蘸过香水的手帕迅速在鼻子下掠过,试图从飘过去的香雾中截住这个或那个成分,对于所有部分的复杂混合物则不大理会;随后,他用伸出的手拿着手帕,迅疾地挥笔记下所发现的成分的名称,接着又让手帕从鼻子下掠过,捕捉下一个香味成分,如此等等……

13

他连续工作了两小时。他的动作越来越匆促,他的笔迹越来越潦草,他从瓶子里倒到手帕上放在鼻下嗅的香水量也越来越多。

他现在几乎嗅不到什么了,他早就被他吸入的乙醚物质麻醉了,再也分辨不出他在开始检验时自以为毫无疑问地分析出来的成分。他知道,继续嗅下去毫无意义。他大概永远也弄不清楚这种新式香水的成分,今天根本弄不清,即使上帝保佑他的鼻子休息好,明天他也弄不清。他从来没学过分解性地嗅。分解一种香味,这事情他很不乐意做。把一个完整的、或多或少完好的结构分成其简单的碎屑,他一点也不感兴趣。他不想再做什么。

但是他的手继续机械地动着,用练过成千上万次的优美动作蘸那块高级手帕,摆动手帕,让手帕迅速从脸前掠过,每次掠过时,他就像抢夺东西似的吸入一份充满香味的空气,随后又按技术要求慢慢地吐出来。直至他的鼻子过敏,从里面肿起来,像用一个蜡制的塞子堵住,他才从痛苦中被解放出来。如今他根本不能嗅,也几乎不能呼吸。他的鼻子像害了重感冒一样塞住了,眼角聚集着泪珠。感谢上帝!此刻他可以结束了,良心上说得过去了。他已经尽到自己的责任,尽了最大努力,按技术上的一切规则行事,然而却像以往一样,以失败而告终。"任何人都没有责任做办不到的事。"收工休息。明天早上他会在不得已的情况下派人去买一大瓶"阿摩耳与普绪喀",并为维拉蒙特伯爵订的西班牙皮革喷洒香水。随后他会带着装有旧式肥皂、香脂和香囊的小箱子,到年迈的公爵夫人们的沙龙里去兜揽生意。总有一天,最后一位老公爵夫人会死去,他也就失去了他的最后一个女顾客。他自己也会成为老头,不得不卖掉自己的房子,把它卖给佩利西埃或随便哪个暴发户商人,或许为此他还可以拿到几千利佛尔。他将收拾好一两箱行李,若是他的老伴到那时尚未死去,将同她去意大利旅行。若是他旅行后依然活着,将在墨西拿附近买一幢小房子,那里的房子便宜。在那里,只要上帝召唤,这位巴黎往昔最大的香水专家吉赛佩·巴尔迪尼将一贫如洗地死去。这是挺不错的。

　　他把瓶子塞住,放下蘸水笔,最后一次用洒过香水的手帕擦擦额头。他觉察到正在挥发的酒精凉气,别的什么也没有。然后太阳下山了。

巴尔迪尼站起身子。他打开百叶窗,他的身子直至膝盖都沐浴在傍晚的光线中,像一把燃完后尚有微光的火炬那样发出亮光。他望着卢浮宫后太阳的深红色边缘和城市石板瓦屋顶上最柔和的光。在他脚下河水发出金灿灿的光,船只已经无影无踪。这时大概是刮起了一阵风,因为阵风像鳞片一样掠过水面,水面不时地闪烁发亮,越来越近,仿佛一只巨手在把千万块金路易撒进水里,河水的流向似乎一瞬间反过来了:熠熠发出金光的潮水向着巴尔迪尼涌来。

巴尔迪尼的双眼湿润而又悲哀。他默默地站了良久,注视着这美丽的景象。随后,他倏地打开窗子,把两扇窗开得大大的,使劲把那瓶佩利西埃的香水抛出去。他看到瓶子如何在水面上掠过,一瞬间划破了闪光的水面。

清新的空气流进室内。巴尔迪尼吸着空气,发觉自己的鼻子已经消肿。随后他把窗子关上。几乎在同一瞬间,夜幕蓦地降临。城市和塞纳河金灿灿的图画凝固成灰色的侧影。室内一下子暗了下来。巴尔迪尼又伫立窗前,姿势跟先前一样,凝视着窗外。"明天我不派人到佩利西埃那里去。"他说着,双手紧紧地抓住椅背,"我不叫人去。我也不到沙龙去巡回推销。明天我将去找公证人,把我的房子和店铺卖掉。这才是我要做的,就这样定了!"

他的脸部表情变得倔强,像孩子一般,突然觉得自己非常幸福。他又是过去那个年轻的巴尔迪尼了,像过去一样坚定和勇敢。敢于与命运对抗——即使在目前情况下，对抗只不过是撤退。一不做二不休！没有什么道路可走。时间不容许作出别的抉择。上帝创造美好的和艰难的时光，但是他的意图不是要我们在艰难的时光里悲叹诉苦，而是要像我们男子汉一样经受考验。他发出了信号！这幅城市的血红而金黄的幻象就是一个警告：行动起来，巴尔迪尼，事不宜迟！你的房子还牢固地矗立着，你的仓库还装有满满的货物，你还可以为自己不景气的生意赢得好价钱。决定权仍操在你手中。在墨西拿简朴地度过晚年，这固然不是你的生活目的，但是这比在巴黎摆阔气地毁灭更加体面，更加符合上帝的意愿。就让布鲁埃、卡托和佩利西埃去高兴吧！吉赛佩·巴尔迪尼让位。但这是自愿，不是屈服！

他此刻对自己感到骄傲，无比轻松。许多年来，引起脖颈抽搐和使肩膀不断弯曲成拱形的痉挛，第一次从他的背部消失，他毫不费劲地笔直站着，心情轻松，脸上流露出喜悦。他呼吸的气流轻快地通过鼻子。他清楚地嗅到了充满房间的"阿摩耳与普绪喀"气味，但是这香味对他已无所谓了。巴尔迪尼已经改变他的生活，觉得自己挺了不起的。多年来他已经没有这么良好的感觉。

他此刻真想上楼去找他妻子，把自己的决定告诉她，然后到圣母马利亚那边去朝拜，点上一支蜡烛，以便感谢上帝仁慈的指点和上帝赋予他——巴尔迪尼——令人难以置信的坚强性格。

他以近乎青年人的劲头把假发戴到光秃的脑袋上，披上蓝色的外衣，拿起放在书桌上的烛台离开办公室。他刚把蜡烛凑着楼梯间的油脂蜡烛点燃，以便为上楼去居室的路照明，这时听见一楼响起了钟声，这不是商店门口美妙的波斯钟乐，而是佣人入口处刺耳的钟声，这钟声老是打扰他，是令人讨厌的噪音。他时常想把那东西拆去，换上一口声音较悦耳的钟，可是后来一直经济拮据，如今他突然想到这事情，就咯咯地笑起来，现在已经无所谓了，他将把讨厌的钟随同房子一起出售。让后搬来的人去为此恼火吧！

钟声再次响起，他留心听着楼下的动静。谢尼埃显然已经离开商店。女佣看样子也不会来。因此巴尔迪尼就下楼去开门。

他把门闩抽开，打开沉重的门，但是什么也没看见。黑暗完全把烛光吞没了。后来，他才模模糊糊地看到一个小小的人影，一个小孩子或半大的少年，手臂上披着什么。

"你想干什么？"

"我从格里马师傅那里来，我送来了山羊皮。"这人影说，越靠越近，把搭着几张皮子的手臂伸向巴尔迪尼。在烛光中巴尔迪尼看出了一个少年的脸庞，少年的双眼怯生生地等待着。他蜷缩着身体，仿佛像个准备挨揍的人把身子躲藏在伸出的手臂后面似的。这个少年就是格雷诺耶。

14

制西班牙皮革的山羊皮！巴尔迪尼回想起来了。几天前他在格里马那儿预订了这种皮革，这种皮子精致柔软，可以洗涤，是供维拉蒙特伯爵作书写垫片使用的，每件十五法郎。可是他现在根本用不着了，他可以把这钱省下来。另一方面，如果他把这少年干脆打发回去……谁知道会发生什么事？这样做或许会给人不好的印象，人家会说闲话，谣言会产生：巴尔迪尼不守信用，巴尔迪尼不接受订货，巴尔迪尼无力付款……这些话不好，的确不好，因为它们可能使店里卖不出好价钱。明智一点的做法是把这些无用的山羊皮收下。不能让人过早地知道吉赛佩·巴尔迪尼已经改变了自己的生活道路。

"进来！"

他让这少年进屋。他们走到店铺那一边，巴尔迪尼手拿烛台在前，格雷诺耶带着皮革在后。这是格雷诺耶第一次走进一家化妆品商店，在这儿气味不是附属的东西，而是人们关注的中心。他当然认得城里的所有化妆品和药材店，许多个夜晚他都站在橱窗前，把鼻子挤到门缝里。他能识别在商店出售的全部化妆品的香味，他已经在心里从这些香味构想出最美妙的香水。这里并没有什么新的玩意儿在等待他。但是格雷诺耶像个有音乐才能的儿童热切希望能在附近观看一个乐队，或者像在教堂里爬到廊台上去看管风琴的手键盘那样，也热切希望能从里面参观一家化妆品店，他一听说要给巴尔迪尼送皮革，就争取自己能做这差事。

现在他站在巴尔迪尼的店铺里，就在巴黎的这个地方，在狭小空间里聚集了大量专门的香味。在一闪而过的烛光中他没看到许多东西，只看见摆着天平的账房间的影子，水池上的两只鹭鸶，一张供顾客坐的沙发，墙上暗黑的货架，黄铜器械短暂的闪光，玻璃杯和钵子上的白色标签。他闻不到他从马路来时闻到的气味。但是他立即觉察到占据这些房间的严肃，他差点儿说是神圣的严肃，倘若"神圣"这个词对于格雷诺耶还有某种含义的话；他觉察到冷静的认真，手艺人的客观，干巴巴的生意经，它们都贴在每件家具、每件器械、大圆木桶、瓶子和罐子上。他走在巴尔迪尼后面，即跟着巴尔迪尼的影子——因为巴尔迪尼不愿费劲给他照路——他心里油然升起这样的念头：他属于这儿，不属于其他地方，他要呆在这儿，他要从这儿彻底改造世界。

这个念头当然是荒唐的、非分的。对于一个自己跑来的出身可疑的制革伙计来说，在没有关系或者保护，没有最起码的等级地位的情况下，没有任何东西，而且现实中根本没有任何东西使他可以有如此的奢望：在巴黎最有声望的香料制品商店找到一份工作；更何况正如我们所了解的，恰好是在这家商店已经决定关闭之时。但是，格雷诺耶的非分念头表现出来的不仅是个希望，而且是个信心。他知道，他只需再离开这家店，到格里马那里去拿衣物，然后就不再离开了。这目标使他血液沸腾。多年来他一直默默无声，与外界隔绝，等待时机。如今不论情况顺利与否，他反正是跳下来了，毫无指望。正因为如此，他这次的信心才这么大。

他们两人穿过店堂，巴尔迪尼打开面向河一侧的后厅，这个厅部分用作仓库，部分作为工场和实验室，煮肥皂、搅拌香脂、在大腹玻璃瓶中调制香水，都在这儿进行。巴尔迪尼指着窗前的一张大桌说道："东西就放在那儿！"

格雷诺耶从巴尔迪尼的影子里走出来，把皮子放到桌子上，然后迅速地退回去，站到巴尔迪尼和门的中间。巴尔迪尼又停了一会儿。他把蜡烛稍许向旁边拿开一点，以免溶化的蜡滴到桌上，用手指背部抚摩光滑的皮子表面。随后他把皮子翻过来，抚摩那丝绒般的、同时又是不平和柔软的内面。这皮子质地非常好。特别适合于加工成西班牙皮革。这种皮子干燥时不走形，若是用削刮工具弄弄，皮子又会变得柔韧，他只需用拇指和食指捏捏，就立即觉察到这点。这种皮子洒上香水，可以保持芳香五至十年。这是一种优质皮革——或许他可以用来制作手套，为了到墨西拿旅行，做三副自己用，三副给妻子。

他把手抽回去。工作台多动人！一切都放得好好的：香水浴液的玻璃盆，便于使酊剂干燥的玻璃板，用来调和酊剂的碗、槌、抹刀、毛刷、削刮工具和剪刀。这些工具仿佛因为天黑睡着了似的，仿佛它们明天又要醒来。他或许该把这张桌子带到墨西拿？或许也该带一部分工具，最重要的工具……？坐在这桌子前工作非常舒适。它是用栎木板做成的，台座也同样，横向撑牢，因此这张工作台从不松动，它还耐酸、耐油、耐刀切——把它带到墨西拿去，即使用船拖，也得花一大笔钱呀！因此，明天只好把它卖掉，而放在它上面、下面和旁边的一切东西同样要卖掉！因为他，巴尔迪尼固然有颗多愁善感的心，但是他也有坚强的个性，因此无论他如何难过，他也要实施他的决定；他将挥泪卖出一切，尽管泪水汪汪，他也会这么做，因为他知道，这是正确的，他已经得到了一个预兆。

他转身要走。这个长成畸形的少年依然站在门口，他差点把他忘了。"太好了，"巴尔迪尼说道，"告诉你师傅，皮革很好。过几天我路过那儿时付款。"

"是的。"格雷诺耶说道。他依然站着，挡住巴尔迪尼离开工场的去路。巴尔迪尼愣了一下，他一点思想准备也没有，并不认为这少年的行为厚颜无耻，而是认为他腼腆。

"什么事，"他问道，"你还有什么事要转告我？尽管说吧！"

格雷诺耶弓着身子站着，用一种似乎是怯生生的目光凝视着他，这目光实际上是出于潜在的心情紧张。

"我想在您这里工作,巴尔迪尼师傅。我想在这儿,在您的商店里工作。"

说这话的口气并非请求,而是要求,也根本不是说出来的,而是从嘴里挤出来的,压出来的,相当阴险。巴尔迪尼又把格雷诺耶奸险的自信错当作儿童般的笨拙了。他对他友好地笑笑。"你是制革学徒,我的孩子,"他说道,"我用不着制革学徒。我自己有个伙计,不需要学徒。"

"您要给这些山羊皮洒香水吧,巴尔迪尼师傅?我给您送来的皮子,您可要洒上香水?"格雷诺耶嘟哝着,仿佛他压根儿没听到巴尔迪尼的回答似的。

"确实是这样。"巴尔迪尼说道。

"用'阿摩耳与普绪喀'来对付佩利西埃?"格雷诺耶问着,身子更向下弯曲。

巴尔迪尼全身微微抽搐了一下,感到可怕。这并非因为他在问自己,这小伙子从哪儿知道得如此清楚,而是因为这少年说出了这可恶的香水名称,今天他曾想解开香水的谜,但失败了。

"你怎么会有这种荒唐的想法,认为我将用别人的香水来……"

"您身上就有这种气味!"格雷诺耶嘟哝着,"您的额头上有这气味,您外衣右侧的口袋里有块洒上这香水的手帕。这种'阿摩耳与普绪喀'并不好,里头香柠檬太多,迷迭香油太多,而玫瑰油太少。"

"啊哈!"巴尔迪尼说,他对这话的用词如此准确感到惊讶,"还有什么?"

"橙花、甜柠檬、丁香、麝香、茉莉花、酒精和我说不出名称的另一些东西,在这儿,您瞧!在这个瓶子里!"他用手指指向黑暗。巴尔迪尼把烛台伸向所指的方向,目光跟随着少年的食指,落到货架里一个瓶子上,这只瓶子装着一种灰黄色的香脂。

"苏合香?"他问。

格雷诺耶点头。"是的。就在这里面。苏合香。"随后他像是一阵痉挛发作,全身蜷缩起来,喃喃地念着"苏合香"这个词,至少有十多遍:"苏合香苏合香苏合香苏合香……"

巴尔迪尼把蜡烛转向这个念叨着苏合香的小个子,心想:他要么是着了魔,要么是个骗子,或者是一个天才。因为用所说的材料正确合成产出"阿摩耳与普绪喀",这是完全可能的,甚至有极大的可能性。玫瑰油、丁香和苏合香——这三种成分他今天找了一个下午,但是没成功;其他成分可以同它们配合——他相信自己已经认识到这些成分——犹如一片蛋糕属于一个美丽的圆蛋糕那样。现在只有这样的问题:把这些成分配合起来究竟得按什么样的精确比例。为了弄清楚这个比例,他——巴尔迪尼——一连数天不得不进行试验,这是一种可怕的工作,比单纯鉴别成分更难办,因为这工作需要测定,需要称量和记录，而且需要特别小心，因为一不留神——滴管抖动一下，在数液滴时数错了——就会导致失败。而每次失败要浪费许多钱，每次的混合液相当于一小笔财产……他想试试这个少年，便问他"阿摩耳与普绪喀"的准确分子式。倘若他知道分子式，一克一滴都不差——那么他必然是个骗子，必定是通过某种方式把佩利西埃的配方骗到了手，以便在巴尔迪尼这儿找个工作。如果他只是大致上猜出来的，那么他是个嗅觉特灵的天才，而作为天才就会激起巴尔迪尼莫大的兴趣。谁知会不会动摇巴尔迪尼放弃这个商店的决心！他觉得，就香水而言，佩利西埃的香水对他是无所谓的。即使这少年给他搞到多少升香水，巴尔迪尼做梦也不会想到用这香水来喷洒维拉蒙特伯爵的西班牙皮革，但是……但是一个人一辈子是个制作香水的专家，一辈子尽在忙于调配香料，毕竟不是为了一个钟头一个钟头地丧失他的全部专业热情！此刻他感兴趣的是，弄清这该死的香水的分子式，并且进一步去研究这个可怕的少年的才能。他刚才竟然从自己额头上嗅出了一种香味。巴尔迪尼想知道，这究竟是什么原因。他对这非常好奇。

"年轻人，看来你的鼻子挺灵。"他在格雷诺耶停止念苏合香之后说道，并且退回到工场里，小心翼翼地把放在工作台上的蜡烛吹灭，"毫无疑问，鼻子很灵，但是……"

"我的鼻子是巴黎最灵的，巴尔迪尼师傅，"格雷诺耶截住话头说，"我认识世界上的一切气味，认识巴黎所有的气味,其中只有少数我说不出其名称,但我可以学习它们的名称,所有有名称的气味,这并不太多,不过几千种,我要学习所有的名称,我永远不会忘记这种香脂的名称,苏合香,这香脂叫苏合香,它叫苏合香……"

"住口!"巴尔迪尼喊了起来,"你别打断我说话!你这个人爱插嘴,太狂妄。没有哪个人能说出一千种气味的名称。就连我也说不出千种气味的名称,我只知道几百种,因为在我们这行业中最多只有几百种,所有其他的都不是气味,而是臭味!"

格雷诺耶在他长时间像火山爆发一样插话时身体差不多完全舒展开来了,激动之中甚至挥动了一会儿双臂,画出个圆圈,以便对他所知道的"一切,一切"加以描绘,但在巴尔迪尼给他当头一棒时,他又一下子蜷缩起来,犹如一只黑色的小蟾蜍,停在门槛上,一动不动地窥伺着。

"我当然早就知道,"巴尔迪尼继续说,"'阿摩耳与普绪喀'是由苏合香、玫瑰油、丁香以及香柠檬和迷迭香浸膏等等构成的。为了把它搞清楚,正如说过的,只需有一个非常灵敏的鼻子,很可能上帝给了你一个非常灵敏的鼻子,正如他也给了许多人一样——尤其是给你这样年纪的人。然而一个香水专家,"巴尔迪尼说到这儿举起他的食指,挺起他的胸脯,"一个香水专家不只需要一个灵敏的鼻子,他需要一个经过几十年训练的、坚定不移地进行工作的嗅觉器官,从而能够准确地弄清楚最复杂的气味的种类和数量,同时又能设计出新的前所未有的芳香混合物。这样一个鼻子,"他用手指轻轻触他的鼻子,"你可没有,年轻人!这样的鼻子只有通过长期坚持和努力才能取得。或许你能马上对我说出'阿摩耳与普绪喀'的精确分子式?马上?你做得到吗?"

格雷诺耶没有回答。

"也许你可以大致上给我透露一些?"说着,他身子略向前弯,以便更仔细地瞧瞧门口的那只蟾蜍,"说个大概?马上?说吧,你有个巴黎最灵敏的鼻子!"

可是格雷诺耶依然默不作声。

"瞧,"巴尔迪尼既满意又失望地说,重新站直身子,"你根本不会。当然不会。你怎么能会呢!你跟普通人一样,吃饭时只能闻出汤里有没有雪维菜或香菜。那么好吧——这也算是一点本事。但是正因为如此,你远远不是个厨师。在每项技术和每种手艺上——走之前,你得记住这点!——天才几乎毫无用处,但是通过谦虚和勤奋所取得的一切经验却是举足轻重的。"

他伸手去拿工作台上的烛台,这时格雷诺耶从门边发出低沉的声音:"我不知道分子式是什么,师傅,这我不知道,此外我什么都知道。"

"分子式是每种香水的核心,"巴尔迪尼生硬地回答,因为他想结束谈话,"它极其缜密地说明每种配料混合起来的比例关系,以便产生所期望的独特的香味;这就是分子式。它就是配合——这个词你更容易理解!"

"分子式,分子式,"格雷诺耶沙哑地叫道,他站在门口变得高了些,"我不需要分子式!我的鼻子里有配方。要我给您配制吗,师傅,要我配制吗?"

"究竟怎么做?"巴尔迪尼用相当响亮的嗓音嚷道,端着蜡烛照照这个侏儒的脸,"究竟怎么配制呢?"

格雷诺耶头一次没有缩回来。"可是所需要的都有,所有香料都有,都在这房间里!"他说着,又指向黑暗,"玫瑰油有!橙花有!丁香有!迷迭香有……"

"当然都有!"巴尔迪尼咆哮着,"一切都具备!但是我告诉你,笨蛋,如果没有分子式,还是等于零!"

"……那儿有茉莉花!有酒精!有香柠檬!有苏合香!"格雷诺耶继续沙哑地说,在提到每个名字时就指着房间里的一个角落,房间里如此昏暗,以致放着瓶子的货架的影子最多只能隐约感觉到。

"嗨,你夜里也看得见吗?"巴尔迪尼叱责道,"你不仅有最灵敏的鼻子,还有巴黎最锐利的眼睛,是吗?如果你还有相当好的耳朵,那就把它们竖起来,我要对你说:你是个小骗子!你大概是在佩利西埃那里偶然听到了什么,刺探到了什么吧?你以为你可以骗得过我?"

格雷诺耶此刻完全把身子舒展开来,即达到了整个身高,他站在门口,两条腿稍许叉开,双臂微微张开,看上去活像一只牢牢抓住门槛和门框的黑蜘蛛。"请您给我十分钟时间,"他相当流利地说,"我给您制作'阿摩耳与普绪喀'香水。现在马上制作,而且在这个房间。师傅,请您给我五分钟!"

"你以为我会让你在我的工场里胡闹?用价值连城的香精胡闹?让你?"

"是的。"格雷诺耶说道。

"呸!"巴尔迪尼叫道,同时把他胸中所有的气一下子吐了出来。随后他深深地吸了口气,久久瞅着这个蜘蛛般的格雷诺耶,思索着。他想,其实这是无所谓的,因为反正明天一切都结束。我虽然知道他并不会他所说的本事,而且根本不可能会,那样他就比伟大的弗朗吉帕尼更伟大了。但是为什么我不能让他在我面前证明一下我所知道的本事呢?否则将来在墨西拿总有一天会想到——一个人到了耄耋之年有时会变得古怪,坚持发疯的想法——我对上帝赐予我这样一个嗅觉天才,一个神童,竟没有识别出来……——这是完全不可能的,按照理智告诉我的一切,这是绝不可能的——但是奇迹是有的,这是否认不了的!总有一天我会在墨西拿死去,在弥留之际我会想到:当时在巴黎,在那天晚上,你竟闭眼不看奇迹……?这总是不太令人愉快的,巴尔迪尼!就让这傻瓜浪费几滴玫瑰油和麝香酊吧!你自己对佩利西埃的香水还确实感兴趣时,不是也浪费过吗?这几滴——即使很贵,非常非常昂贵!——与知识的可靠性和晚年的安定相比又算得了什么?

"注意!"他用生硬的嗓音说,"注意!我……——你叫什么名字?"

"格雷诺耶,"格雷诺耶说,"让-巴蒂斯特·格雷诺耶。"

"啊哈,"巴尔迪尼说道,"你听着,让-巴蒂斯特·格雷诺耶!我考虑过了。我同意给你个机会,现在马上就证明你说的话。这同时也是你通过明显的失败来学习谦虚美德的一个机会——很遗憾,像你这么小的年纪这样的美德或许尚未发展起来——是对你作为行会和阶层的一员,作为丈夫、臣民、人和善良的基督教徒今后继续发展的一个绝对必要的先决条件。我准备花我的钱让你接受这个教训,因为由于某些原因,我今天打算慷慨一下,谁知道呢,或许将来有一天回忆起这一情景时会给我带来点欢乐。但是你别以为你可以愚弄我!吉赛佩·巴尔迪尼的鼻子老了,但它是灵敏的,灵敏得足以立即断定你的配制物与这儿的产品之间的最细微的区别。"这时他从口袋里掏出洒过"阿摩耳与普绪喀"的小手帕,把它拿到格雷诺耶的鼻子前摆动着。"走近点,巴黎最好的鼻子!到这工作台前来,拿出你的本事!但是你得当心,别给我撞翻和打坏什么!别给我惹事!首先我得把灯点亮。我们要在光线充足的情况下做这个小试验,对吗?"

于是他从那张栎木制的大桌子边上又拿了两个烛台,把它们点燃。他把这三个烛台并排地放在桌子后部的长边上，把皮革推到旁边，把桌子的中间部分腾出来。随后他用稳健而又迅速的动作从一个小架子上取下做试验需要的仪器：大腹配制瓶、玻璃漏斗、滴管、大小量杯，并把它们整齐地排列在栎木板上。

格雷诺耶此刻已经把身子从门框松开。正当巴尔迪尼高谈阔论时，他已经摆脱了僵硬和蜷缩等待的姿势。他怀着一个儿童的内心喜悦只听到"同意"和"赞成"，这儿童依靠自己的顽强而获得了别人的让步，对于与此相联系的限制、条件和警告却毫不在乎。他放松地站着，头一次像个人而不是像只动物，听巴尔迪尼把他滔滔不绝的话讲完，他知道自己已经战胜了这个人，迫使他对自己作出让步。

当巴尔迪尼还在忙着桌上的烛台时，格雷诺耶已经悄悄地溜到工场一侧的黑暗处，那里的货架上放着价格昂贵的香精、油类和酊剂，他依照自己鼻子的可靠嗅觉，从架子上取下需要的小瓶子。一共九只小瓶子，计有橙花香精、甜柠檬油、丁香油、玫瑰油、茉莉花精、香柠檬精、麝香酊、迷迭香精和苏合香香脂。他迅速把它们取下来，摆好在桌子边上。最后他把一只大腹瓶百分之百酒精拖过来。然后他站到巴尔迪尼的身后，而这个巴尔迪尼，总是以学究式的方式来布置自己的调制容器，把这只玻璃杯向这边移动一点，又把那只玻璃杯朝那边移动一点，以便一切都按部就班、有条不紊，蜡烛光又能照得到。格雷诺耶颤抖着,不耐烦地等着老头走开,给他腾出位置。

"就这样吧!"巴尔迪尼终于说道,并退到一旁,"你的——且让我们友好地称之为'试验'所需要的一切已经摆好在这儿了。别弄破我的什么东西,别滴掉什么! 注意:你现在只许花五分钟时间进行试验的液体,价值连城,堪称稀有宝物,你今后一辈子再也拿不到如此浓缩的香精的!"

"我要给您做多少,师傅?"格雷诺耶问。

"做什么……?"巴尔迪尼说道,他的话还没有结束。

"做多少这种香水?"格雷诺耶说,"您想要多少? 要不要我把这瓶装得满满的?"他指着一只配制用瓶,它足足可以容纳三升。

"不,你不要这样!"巴尔迪尼大吃一惊地喊道,这喊声仿佛喊出了他对于浪费自己财产的根深蒂固和本能的恐惧。似乎他也觉得这一出洋相的喊声有失体面,便立即又接着吼道:"你也别打断我的话!"接着他用心平气和的、带着嘲弄的语气继续说,"咱们要三升咱们俩都鉴赏不了的香水干吗? 其实装满半量杯就足够了。可是由于这么小的量很难配制得精确。我允许你调制这配制瓶的三分之一。"

"好的,"格雷诺耶说,"我就把'阿摩耳与普绪喀'装到这瓶子的三分之一。但是,巴尔迪尼师傅,我是按自己的方式来配制的。我不知道这是不是行会的方式,因为我不了解行

香水 | 087

会的方式,但我要按我的方式做。"

"请吧!"巴尔迪尼说道。他知道,配制这种香水没有你的或我的方式,而只有一种,一种唯一可行和正确的方式。这个方式在于,在知道分子式和相应换算成最终要得到的量的情况下,用各种不同的香精制作出一种极为精确的浓缩物,接着这种浓缩物又按非常精确的比例关系与酒精拌和成最终的香水,这比例大多在一比十和一比二十之间。他知道别种方式是没有的。因此,他在一边旁观最初抱着嘲弄态度,继而觉得困惑不解,最后感到无可奈何的惊讶,他所观察到的做法对他来说无疑是个奇迹。这幕情景铭刻在他的记忆里,直至他生命的最后时刻始终没有忘怀。

15

格雷诺耶这小人儿首先拔去装酒精的大肚玻璃瓶上的塞子。他吃力地把这只笨重的玻璃瓶举起来。他必须举到几乎与头部一样高,因为配制瓶放得太高,上面还放了个漏斗,他不用量杯就直接把酒精从大肚玻璃瓶倒进漏斗。巴尔迪尼对这么多的无能做法感到毛骨悚然:这家伙没拿要溶解的浓缩物就先弄溶剂,把制作香水的程序完全颠倒过来了,不仅如此,他在体力上几乎也不能胜任！他费劲地颤抖着，而巴尔迪尼每时每刻都以为这只笨重的大肚玻璃瓶会掉下来裂开，桌子上的一切都要弄得粉碎。蜡烛，他想，上帝保佑蜡烛啊！马上就会发生爆炸，他要把我的房子烧掉……！他真想冲过去，从这小疯子手中夺过大肚玻璃瓶，而这时格雷诺耶自己却已把它放下来，平安无事地放到地上，把瓶塞塞上。又轻又透明的液体在配制瓶里晃动着——每一滴都发挥其作用。格雷诺耶歇了一会儿，脸部流露出满意的表情，仿佛他已经渡过了试验的最困难一关。事实上试验在继续进行，其速度之快是巴尔迪尼的眼睛跟不上的，更谈不上看出试验的顺序或是某种有规律的过程了。

表面上看来，格雷诺耶是在毫无选择地搬弄这一排装着香精的瓶子，把玻璃瓶的塞子拔出，拿到鼻子下闻一秒钟，然后从这瓶子里倒出，从另一个瓶子里滴一些，再从第三个小瓶子里倒出少许到漏斗里，如此等等。滴管、试管、量杯、小匙和搅棒——所有这些仪器，香水专家在进行复杂的配制过程时都用得着，可格雷诺耶却一次也没有动过，仿佛他只是在玩耍，像个小孩一样敲敲拍拍，掺水，把水、草和垃圾煮成恶臭的污水，随后又坚持说这是一锅汤。是的，像个小孩，巴尔迪尼心里想。突然间，他看上去也像个小孩，虽然他的双手粗笨，他的脸上有疤痕，他的鼻子像老年人成了块状。巴尔迪尼总以为他比实际年龄要老，如今却觉得他比实际年龄要年轻，觉得他只有三四岁，觉得他像那些难以接近的、不可理解的、固执的小猿人。这些猿人据说是清白无辜的，他们只想到自己，想要征服世界上的一切，若是人们听任他们狂妄自大，而不通过最严格的教育措施使他们逐渐遵守纪律，引导他们像完美的人那样控制自己，他们也确实会那么做。这个青年人还是个狂热的小孩，他的一对眼睛像火一样红，站立在桌子旁，完全把周围的一切忘了，简直不知道在工场里除了他和这些瓶子外，还有别的什么。他用灵巧的动作把这些瓶子拿到漏斗旁，以便配制他的荒唐的混合物，而过后他准会坚持说——而且也确实这么以为——这就是上等的香水"阿摩耳与普绪喀"。当在闪烁的烛光中观看这个如此与众不同、如此自信地操作的人时，巴尔迪尼感到毛骨悚然：像他这样的人——他这么想，顷刻间又像下午那么悲哀、痛苦和愤懑，当时他眺望着被晚霞映得火红的城市——像他这样的人过去没有过；这是一个完全新型的标本，只能产生于这个萎靡不振的、道德堕落的时代……但是他应该接受教训，这个傲慢的小家伙！在这场滑稽戏演完的时候，他将把他数落一番，叫他灰溜溜地离去，就像来时是蜷缩着身子的废物一样。坏家伙！当今简直不能再与任何人交往，因为世上到处都是坏家伙！

巴尔迪尼沉浸在内心的愤怒和对时间的厌恶中，以致当格雷诺耶突然把所有瓶子塞了起来，从配制瓶里抽出漏斗，用一只手抓住瓶颈，用左手掌封住瓶口并猛烈摇动时，他竟然没有理解这意味着什么。直到这瓶子多次在空中打转，里面装着的昂贵东西像果汁汽水一样从瓶肚冲到瓶颈然后又退回去,巴尔迪尼才发出愤怒和恐怖的叫喊。"住手!"他尖叫着,"够了!马上停!结束!马上把这瓶子放到桌上,别再摇了,你明白吗?别摇了!我要是听你瞎说,我一定会发疯的。你做事的方式方法、你的粗鲁行为,你的愚昧无知告诉我,你是个半吊子,一个野蛮的半吊子,又是一个极端放肆的小坏蛋。你不配当个汽水配制工,没有本事当最普通的甘草水商人,更谈不上当香水专家了!你的师傅若是让你继续处理皮革污水,你应该高兴,应该感激涕零,应该满意!但是你别再来,你听见我说没有?你别再次把脚跨过一个香水专家的门槛!"

巴尔迪尼这么说着。他还要说,这时他周围的空气已经弥漫着"阿摩耳与普绪喀"的香气。这香气的说服力比起语言、亲眼目睹感觉和愿望要强有力得多。这香气的说服力是无法抗拒的,它像呼吸的空气一直进到我们的肺里,它往我们体内倾注,把我们装得满满的,没有办法抵御。

格雷诺耶已经把瓶子放下来,把沾湿香水的手从瓶颈部位拿开,在衣边上擦干。他向后退一两步,在巴尔迪尼严厉训斥下他把身体向左侧并拢,啪嗒啪嗒的撞击在空气中掀起气浪,足够把新取得的芳香传播到四周。再多了也没必要。巴尔迪尼虽然还在狂怒、叫喊和谩骂,但他每吸一口气,外表上表现出来的愤怒在内心得到的支持就越少。他预感到自己已被驳倒,因此他的话到末了只不过是空洞的慷慨激昂。等他沉默下来,沉默了一会儿之后,已经根本用不着再去听格雷诺耶的话:"做好了!"他反正已经知道了。

尽管如此,尽管这时他已被四面八方的"阿摩耳与普绪喀"的浓重气味所包围,他还是走到那张旧栎木桌前检验。他从外衣的左侧口袋里抽出雪白的新手帕,把它展开,用他那长滴管从配制瓶里吸出几滴香水滴在上面。他把小手帕放在伸出的手臂上摆动,以便使香味通通空气,然后用熟练优美的动作把它在鼻子下掠过,同时把香气吸进去。他让香气一阵阵地流了出来,自己坐到一张凳子上。先前他还由于发怒而满脸涨成猪肝色,这时突然变得脸色苍白。"真令人难以置信,"他低声地喃喃自语,"老天爷作证,叫人难以相信!"他一次又一次地把鼻子凑到小手帕上嗅嗅,摇摇头,喃喃地说,"叫人难以相信!"这的确是"阿摩耳与普绪喀",毫无疑问是"阿摩耳与普绪喀",令人可恨的绝妙的香味混合物,仿制得这样精确,就连佩利西埃本人也不可能把它同自己的产品加以区别。"真叫人难以相信……"

伟大的巴尔迪尼坐在凳子上,缩得小小的,脸无血色,手里拿着他的小手帕,外表滑稽可笑,像个患了伤风的少女拿着手帕揩鼻子一样。此时他完全说不出话来。他不再说"令人难以置信",而是不停地微微点着头,凝视着配制瓶里的香水,只发出单调的"嗯,嗯,嗯……嗯,嗯……嗯,嗯,嗯,嗯……"过了一会儿,格雷诺耶走过来,悄没声地像个影子走到桌子旁。

"这不是好香水,"他说道,"它配制得非常糟糕,这种香水。"

"嗯,嗯,嗯,"巴尔迪尼说道。格雷诺耶接着说:"如果您允许的话,师傅,我想再改进一下。请您给我一分钟,我用它作出一种像样的香水给您!"

"嗯,嗯,嗯,"巴尔迪尼说着,点点头。这并不是因为他表示赞成,而是因为他此时无精打采,无能为力,对什么都只能说"嗯,嗯,嗯"和点头了。他继续点着头,喃喃地说"嗯,嗯,嗯",当格雷诺耶第二次开始配制,第二次把酒精从大肚玻璃瓶里倒进配制瓶,加到已在瓶子里的香水中去,第二次似乎是不管先后顺序、不论分量地把小瓶里的香精倒入漏斗时,他并不准备进行干预。直至这配制程序接近尾声——格雷诺耶这次不振摇瓶子,而是像摆动法国白兰地那样轻轻摆动着瓶子,或许他考虑到巴尔迪尼敏感的感情,或许因为他认为这次的香水更加昂贵——到这时,当香水配好了在瓶子里旋动时,巴尔迪尼才从麻木状态中醒过来。他站起来,自然仍一直用小手帕捂着鼻子,仿佛要做好准备抵抗对他内心的新进攻似的。

"做好了,师傅,"格雷诺耶说道,"现在这是一种相当好的香水。"

"是的,是的。挺好,挺好。"巴尔迪尼回答,摆动他空着的手以示拒绝。

"您想检验一下吗?"格雷诺耶继续咕咕哝哝地问道,"您不想检验吗,师傅?"

"等一会儿,"巴尔迪尼说,"我现在不想检验……我脑子里在想别的事。你现在走吧!跟我来!"

他拿起一个烛台,朝门口走过去,走进了店堂。格雷诺耶跟在他身后。他们来到通往佣人入口处的狭窄走廊。老头踢踢嗒嗒地朝小门走去,把门闩拉开,打开门。他往旁边跨一步,让这少年出去。

"现在允许我在您这儿工作吧,师傅,允许我吗?"格雷诺耶问道,他已经站在门槛上,又把身子蜷缩着,露出期待的目光。

"我不知道,"巴尔迪尼说,"我还要仔细考虑一下。你走吧!"

随后,格雷诺耶突然走开,消失得无影无踪,仿佛被黑暗吞没了似的。巴尔迪尼伫立着,直愣愣地望着夜空,他右手端着烛台,左手拿着小手帕,像个鼻子出血的人,内心充满恐惧。他急急忙忙把门闩上。然后他把保护性的手帕从脸上拿下来,塞进口袋里,穿过店堂走回工场里。

这香味美妙极了,以致巴尔迪尼眼睛里一下子饱含了泪水。他无需检验,只管站在工作台边,在配制瓶前嗅吸。这香水真美。它与"阿摩耳与普绪喀"比较,宛如一部交响曲同一把小提琴孤独地乱奏一通的对比。不仅如此。巴尔迪尼闭起眼睛，看见最细致入微的回忆在心里苏醒。他看到自己还是个青年人时傍晚在那不勒斯公园里漫游；他看见自己躺在一个有黑色鬈发的妇女怀里，看到窗台上玫瑰花丛的侧影，一阵夜风正吹过窗台；他听到被驱散的鸟儿唱歌，听到远处码头上一家小酒馆传来的音乐；他听到紧贴着耳朵的窃窃私语，他听到"我爱你"，发觉自己由于幸福而毛发直竖，就在现在，在现在这一时刻！他睁开眼睛，高兴得叹了口气。这种香水不像人们迄今为止所见到的香水。这不是驱除臭味的香水，不是盥洗室用品！这是一种完全新型的东西，它可以创造出整整一个世界，一个魔术般的富裕世界，人们顷刻间就忘却周围令人厌恶的事物，觉得自己多么富有，多么幸福，多么自由，多么美满……

巴尔迪尼手臂上那竖起的汗毛软了下来，迷人的心灵平静占据了他。他取过放在桌子边沿的皮子，即山羊皮，拿了一把刀把皮子切开。他把切开的一块块皮子放入玻璃盆里，浇上新的香水。他在盆上盖了一块玻璃板，把剩余的香水抽出装进两个小瓶，给瓶子贴上标签，上面写了名称："那不勒斯之夜"。然后他把灯熄灭离去。

在楼上夫人那里吃饭时，他什么也没说。他对下午才作出的神圣决定只字不提。他夫人什么也没说。因为她发觉他很高兴，这样她就满意了。他也没有再去圣母院，去感谢上帝使他的性格坚强起来。的确,他这天甚至第一次忘记了夜间的祷告。

16

翌日上午,巴尔迪尼径直来到格里马处,首先他付了山羊皮的钱,而且是不折不扣地付清,不唠叨,不讨价还价。随后他邀请格里马去"银塔"酒店喝一瓶白葡萄酒,并从他那里把格雷诺耶赎过来。当然,他并没有透露他为什么赎他,为什么需要他。他扯谎说自己接受了一大宗香皮的订货,因而需要一个尚未满师的帮手,需要一个知足的小伙子给他干最普通的活,切切皮革等等。他又要了一瓶葡萄酒,开口出了二十利佛尔的价,作为格里马少了格雷诺耶造成不便的补偿费。二十利佛尔可是一大笔钱啊!格里马立即同意。于是两人一同到了制革工场。真奇怪,格雷诺耶已经捆好行李在等候。巴尔迪尼付了二十利佛尔,怀着这辈子做了一笔最好交易的自鸣得意的心情,立即把他带走了。

格里马这方面也深信做了一笔有生以来最好的生意,他回到"银塔"酒店又喝了两瓶葡萄酒。后来将近中午时分,他又换到河对岸的"金狮"酒店去,在那儿喝得酩酊大醉,后来晚上他又想换回到"银塔"酒店去,却把热奥弗鲁瓦·拉尼埃大街和诺奈迪埃尔大街搞混了,因而没有能如愿直接来到玛丽桥上,而是非常不幸地到了奥尔姆码头,从那儿他头朝前纵身啪的一声跳进水里,仿佛跳到一张柔软的床铺上一样。他当即便淹死了。浅浅的河水把他冲走,经过系泊的小货船旁,带到水流较急的河心,过了相当长的时间,直到次日清晨,制革匠格里马,或者更确切地说是他的湿淋淋的尸体,才向西漂流而下。

当他无声地经过交易桥时没有撞上桥墩,格雷诺耶在他的上方二十米处正好上床。他在巴尔迪尼工场后面的一个角落里搭了张木板床,这张床归他所有,而这时他从前的主人正摊开四肢沿塞纳河漂下去。格雷诺耶惬意地蜷缩起来,缩得像只扁虱。他开始安睡,越来越深地沉入到自我中去,胜利地进入他内心的堡垒中,在这堡垒里他梦见自己参加了气味上的祝捷盛会,一次为表彰他自己而举行的香烟和没药气体缭绕的盛大狂欢会。

17

随着格雷诺耶参加工作,吉赛佩·巴尔迪尼的商店开始上升为具有民族乃至欧洲声望的商店。波斯的钟乐不再沉寂无声,鹭鸶在交易桥上的商店里又开始吐出香水。

头一天晚上,格雷诺耶就又调制了一个大肚玻璃瓶的"那不勒斯之夜",翌日装在小香水瓶里卖出八十多瓶。这香水的信誉以惊人的速度传播开来。谢尼埃数钱,数得目光都变得呆滞了,由于不得不老是九十度鞠躬而腰酸背疼,因为来这儿的都是高贵的女士们和先生们,或至少是高贵女士和先生们的仆人。有一次,门甚至飞开了,发出嗒嗒的响声,进来的是阿尔让松伯爵的男仆,他像其他男仆一样叫喊他需要五瓶新的香水,谢尼埃事后还害怕得颤抖了一刻钟之久,因为这个阿尔让松伯爵是皇帝陛下的高级官员和国防部长,巴黎的铁腕人物。

当谢尼埃一个人在店堂里应付蜂拥而来的顾客时,巴尔迪尼和他的新学徒则关在工场里。他对谢尼埃总是用所谓"工作分工和合理化"作借口来对这种情况进行辩护。他解释道,多年来他耐着性子目睹佩利西埃之流敌视行会的家伙从他这里把顾客诱走,使生意变得不景气。现在他再也不能容忍了。如今他接受挑战,对这些狂妄的暴发户进行还击,而且是用这些人自己的手段进行还击:在每个旅游旺季,每个月,若有必要则是每周,抛出新的香水和别的玩意儿!这就要他充分地利用自己的创造性才能。因此他认为自己必须——仅仅靠没有满师的助手支持——进行香水的生产,而谢尼埃则专门负责售货。用这个现代化的方法可以为化妆品商店史翻开新的一章,把竞争者扫除干净,成为百万富翁——他之所以有意识地强调"人们",因为他想,对于这百万巨富,他的老伙计也有一定的贡献。

几天以前，巴尔迪尼师傅若是讲这种话，谢尼埃准会把这看成是开始发疯的征兆。"现在他已经病入膏肓了，"他或许会这样想，"直到他最终放下手中的槌子，时间不会长了。"但他现在不再想了。他简直没有时间去想，他实在太忙了。他整天忙得不可开交，以致每天晚上都由于精疲力竭而无力把钱箱里的钱出清，把自己的一份留下来。他做梦也不会怀疑，巴尔迪尼几乎每天都有一种新的香水从工场里配制出来，这一点并不奇怪。

它们都是什么样的香水和化妆品啊！不仅有最高级的香水，而且有润肤膏、扑粉、肥皂、洗发剂、化妆水、油脂……一切应该散发香味的东西，如今都散发出全新的香味，与过去不同，比过去美妙。对于一切东西，确确实实是一切东西，甚至对于巴尔迪尼有一天由于高昂的情绪而生产出来的香水发带，顾客都像着了魔似的争先恐后购买，根本不问价钱如何。巴尔迪尼所生产的一切，都成了畅销货品。这种成就产生了巨大作用，以致谢尼埃把它当作一个自然而然的事件，不再探求它的产生根源。比方说新来的学徒，那个笨拙的侏儒，像条狗一样住在工场里，有时师傅出来，人们可以看见他站在后面的次要地位上，擦玻璃杯和清洗臼钵——若是人家告诉谢尼埃，说生意如此传奇般的兴隆是同这个家伙有关系，那他无论如何是不会相信的。

当然，这侏儒同这一切都有关。巴尔迪尼送到店堂里交给谢尼埃出售的化妆品，只是格雷诺耶关起门来配制的东西的一部分。巴尔迪尼靠嗅觉已经来不及嗅了。有时他得在格雷诺耶配制的美妙香水中进行选择，这确实伤透了脑筋。这个变魔法的学徒满可以为法国所有的香水专家提供配方，而且从不重复，都是优质的、并非低劣或一般化的产品——这意思是说，他并不能给他们提供配方——即分子式，因为格雷诺耶配制他的香水仍然采用那种混乱的、完全不符合专业要求的方法，巴尔迪尼已经看出来，他似乎是乱七八糟地随手把各种成分配在一起。对这种不合规范的操作即使不能检查，至少也要能有所理解，因此有一天巴尔迪尼要求格雷诺耶，他在配制混合物时必须使用天平、量杯和滴管，哪怕他认为不必要；还要求他养成习惯，不把酒精当香料，而是看成溶剂，必须放到后面才掺入；最后要求他慢慢地、从容不迫地、真正像个工艺人一样地进行操作。

格雷诺耶照办了。巴尔迪尼第一次能够观察到这位魔术师的一个个操作过程，并把它们记录下来。他带着蘸水笔和纸坐在格雷诺耶身旁记笔记，反复提醒他放慢速度，弄清这东西多少克、那东西多少刻度、第三种配料多少滴，再放进配制瓶里。用这种特殊的方式，即通过用同样方法在事后对一个过程进行分析的方式，巴尔迪尼终于掌握了合成的规程，而在过去不使用这种方法时，这种过程根本不可能发生。格雷诺耶没有合成的规程怎么竟能配制出香水来，这对巴尔迪尼固然仍是个谜，更确切地说是个奇迹，但他如今至少已经把这个奇迹写成了分子式，而因在某种程度上对他渴望规则的心是个安慰，并使他对香水的认识免于彻底崩溃。

巴尔迪尼逐渐使格雷诺耶把至今所发明的全部香水的配方都说出来，最后甚至于禁止他在巴尔迪尼未带蘸水笔和纸、用百眼巨人的眼睛细心观察和一个步骤一个步骤记录的情况下配制新的香水。他把自己的笔记——很快就有了数十个分子式——极其细心地用写得像刻出来的字体抄在两个不同的小本子上，他把一个本子锁进耐火的钱柜，另一本他始终带在身上，夜里睡觉时也带着它。如今只要他愿意，他就可以亲自领略格雷诺耶的奇迹，他第一次经历这些奇迹时，心情激动极了。他相信现在用他记录的分子式本子，可以祛除从他的学徒内心产生的可怕的创造性的混乱。就连他不再是笨手笨脚地在一边惊讶，而是细致观察和记录，参与创造性活动这一事实，对巴尔迪尼也产生了安慰的作用，增强了他的信心。过了一阵他甚至以为，自己已经对这些极精致的香水的成功做出了不小的贡献。既然他已把这些香水记入他的小本本，并把它们保存在钱柜里和自己的胸前，他反正不再怀疑，它们完全是属于自己的。

但是，格雷诺耶也从巴尔迪尼迫使他采取的有条不紊的工作方法中获得了好处。他自己虽然并不依靠这种工作方法，为了在数周和数月后复制一种香水，他从不查阅一个旧的分子式，因为他从不会忘记气味。可是他在被迫使用量杯和天平时，学会了化妆品商店的语言，而且他本能地觉得，这种语言的知识对他是有用的。短短几星期后，他不仅掌握了巴尔迪尼工场里的所有香料的名称，而且也能自己把香水的分子式，或者相反，把别人的分子式和说明转变成香水和别的香料制品写下来。不仅如此！他学过用克和滴来表达自己制作香水的设想后，就不再需要试验的中间步骤了。若是巴尔迪尼交代他制作一种新香水，无论是用于手帕、香囊或脂粉的香水，格雷诺耶都不再去拿小香水瓶和香粉，而是干脆坐到桌旁，把分子式记下来。他学会了围绕列出分子式扩展从心里对香味的想象到制成香水的方法。对于他来说，这是一条弯路。在世人的眼中，也就是在巴尔迪尼的眼中，这是个进步。格雷诺耶的奇迹仍然没有变化。但是现在他知道了配制香水的配方，没有理由再害怕了，这是有利因素。格雷诺耶对于工艺要领和工作方法掌握得越熟，他用化妆品商店的习用语言来表达得越正常，巴尔迪尼对他的恐惧和疑心就越小。不久，巴尔迪尼固然仍认为他是个非凡的天才的气味专家，但已不再把他视为第二个弗朗吉帕尼或是一个可怕的玩弄魔术的人，格雷诺耶对此很满意。他利用工艺准则作为受人欢迎的伪装。在称配料时，在振动配制瓶和轻轻涂抹试验的白手帕时，他就是拿自己的样板方法来哄巴尔迪尼。他几乎能像师傅一样优美地抖动手帕，灵巧地使手帕从鼻子旁飞过。偶或在用心算出剂量的间歇中，他故意出错，以使巴尔迪尼觉察到：他忘记了过滤，天平未校准，龙涎香酊的剂量高得惊人……让巴尔迪尼指出错误，以便随后自己再改正。这样他成功地使巴尔迪尼沉迷在幻想中：最后一切事情都是这样进行的。他确实不想吓唬巴尔迪尼。他的确是要向他学习。不是学配制香水，不是学一种香水的正确组分，当然不是在这一方面，世上没有哪个人可以对他进行什么教导，而巴尔迪尼商店里现有的配料也远远不够让他实现一种真正伟大的香水的设想。他帮助巴尔迪尼在气味方面所实现的事情，同他自己所设想的、总有一天他会实现的气味加以比较只不过是儿戏。但他知道，为此他需要两个不可缺少的先决条件：其一是公民身份的外衣，至少得是个伙计，他依靠这身份的保护可以沉溺于自己本来的激情，不受干扰地实现自己本来的目标。另一个就是对那些工艺方法，即人们制作、隔离、浓缩、保存香水并使之具有更高用途的工作方法的知识。因为格雷诺耶虽然事实上有个世界上最好的鼻子，在分析和预知方面均如此，但是他还没有能力像占有物品一样占有气味。

18

因此，他乐于让人给自己传授这些技术：用猪油煮成肥皂,用可洗涤的皮革缝制手套,用大麦粉、杏仁粉和紫罗兰根磨成的粉配制成扑粉,用木炭、硝酸钾和檀香木屑卷成香烛,用没药、安息香和琥珀粉压制成东方的丸剂,把香、虫胶和桂皮捏成香丸,用碾碎的玫瑰叶、薰衣草花和加斯加利刺①皮筛出和制成"皇帝的粉末",搅拌白色和像血管一样蓝的粉末,制作口红,掺水制作最精细的指甲粉和薄荷味牙粉,配制假发药水、鸡眼药水、皮肤雀斑增白药、眼用颠茄精、男士斑蝥发泡软膏以及女士卫生醋……生产一切护肤液、粉剂、卫生用品和美容药品,但也制作茶和香料混合粉、利口酒、腌泡汁等,总之,巴尔迪尼教给他这些包罗万象的祖传知识,格雷诺耶虽然并不抱着特殊的兴趣去学,但也毫无怨言,学得非常出色。

与此相反,巴尔迪尼在教他制作酊剂、浸汁和香精时,他却怀着特殊的热情。他可以不辞辛苦地用螺旋压榨机压碎苦杏仁核,捣碎麝香颗粒,用菜刀劈开龙涎香块茎,用礤床儿把紫罗兰根擦成屑,然后用最优质的酒精浸渍碎屑。他学会使用分离漏斗,用这漏斗可以把柠檬壳榨出的纯正油从混浊的浆粉中分离出来。他学习在格栅上阴干药草和花,把窸窣作响的叶子保存在罐子和箱子里,用蜡封口。他学会了分离润发油和制造、过滤、浓缩、提纯与精馏搽剂的技术。

当然,巴尔迪尼的工场还不适于大批量生产花油和草油。

---

① 加斯加利刺为大戟科植物,产于西印度,其皮用作健胃剂,亦用作薰剂。

在巴黎也的确没有足够数量的新鲜植物。有时市场可以廉价购到新鲜迷迭香、鼠尾草、薄荷或大茴香子，或是来了一大宗鸢尾球茎、缬草根、和兰芹、肉豆蔻或干丁香花，巴尔迪尼的化学家血管即沸腾起来，他拿出他那铜制的大蒸馏锅，锅上面装有冷凝器——正如他自豪地说的，这是一个所谓的摩尔人头状蒸馏器——四十年前，他曾经用这个锅在利古里亚山①南坡和卢贝隆高地②上的野外蒸馏过薰衣草。当格雷诺耶切碎须蒸馏的花草时，巴尔迪尼非常迅速地——因为迅速加工是干这种活计的关键——在砌起的灶里生火，铜锅就放在灶上，锅里放了足够的水。他把切细的植物扔进锅里，把双层壁的摩尔人头状蒸馏器装到套管上，连接进水和排水的两条软管。这套提纯冷却水的装置，他说，是他后来自己装设的，因为当时在野外人们自然只是用扇子扇风进行冷却。然后他把火吹旺。

锅里开始沸腾。过了一会儿，馏出液先是慢慢地一滴滴淌，然后就像细线一样从摩尔人头状蒸馏器的第三根管子里涓涓流入巴尔迪尼接好的佛罗伦萨壶里。起初这蒸馏液并不好看，像稀薄而又混浊的汤。但是渐渐地，主要是在给注满的瓶子换上新瓶并放到一旁之后，蒸馏液分离出两种不同的液体：下面是花或草的水，上面浮着一厚层油。若是人们小心地把散

---

① 位于意大利北部热那亚海湾处。
② 位于法国东南部，四周是国家公园。

发出柔和香味的花液从佛罗伦萨壶的壶口淌出来，那么留下来的就是纯正的油，即植物的精华，气味很浓的香精。

格雷诺耶被这过程吸引住了。如果说他这一生中有过什么事在他心中激起热情的话——当然不是表现得很明显，而是隐而不露，如同在冷冷的火焰中燃烧的激情——那就是用火、水、蒸汽和挖空心思想出来的器械提取种种东西的芳香灵魂的方法。这种芳香灵魂，即芳香油，是这些东西的精华，是唯一使他感兴趣的事物。而其余的东西：花、叶、壳、果实、颜色、美、活力以及隐藏在它们之中的多余物质，他却毫不关心。这只是外壳和累赘。这是要扔掉的。

有时候，当馏出液呈现水一样的晶莹后，他们就把蒸馏锅从火上端下来，揭开后倒出煮烂的东西。这些东西看上去软绵绵的，像泡软的禾草一样灰白，像小鸟的白骨，像煮得太久的蔬菜，混浊，散成细丝，烂成泥状，几乎看不出本来的形状；像尸体发臭那样令人作呕，完全失去本身的气味。他们把这些烂东西从窗子倒进河里。然后他们又装入新鲜的植物，注入水，又把蒸馏锅放到炉灶上。锅子又开始沸腾，植物的液汁又流入佛罗伦萨壶。往往就是这样通宵达旦地工作。巴尔迪尼照看炉子，格雷诺耶注视着佛罗伦萨壶，在变换操作之间的时间里没有更多的事可做。

他们围着火坐在凳子上，两个人都被粗笨的圆木桶吸引住了，两个人都迷住了，尽管是由于不相同的原因。巴尔迪尼欣赏炽热的火、火焰和铜的闪烁的红光，他喜欢燃烧着的木柴劈啪作响，喜欢蒸馏锅的水流声，因为这和从前一样。这时人们可以高兴一番！他从店堂里拿来一瓶葡萄酒，因为炎热使他口渴，于是他喝着葡萄酒，这也和从前一样。然后他开始讲当年的故事，讲个没完没了。他讲到西班牙争夺王位继承权的战争，他曾在这场战争中站在反对奥地利一边作战，起了决定性作用。他讲到加米萨德人，他曾同他们一道搅得塞文山脉不得安宁，讲到在埃斯特雷尔的一名胡格诺教徒的女儿，她被薰衣草香麻醉后委身于他；讲到他差点引起一场森林火灾，这场大火若烧起来会使几乎整个普罗旺斯陷入一片火海，这是千真万确的，因为那时正好刮起一阵强劲的西北风。他还讲到蒸馏的事，而且总是再三讲到夜间在野外，在月光下喝着葡萄酒，听着蝉的鸣声。他讲到他生产的一种薰衣草油非常精美，使人强健，以致有人愿意用银子来购买；讲到他在热那亚的学习时光，讲到漫游年代和格拉斯城，在这个城市香水专家像其他地方的鞋匠那么多，其中有些人非常富，生活得像诸侯一样，他们住在豪华的房屋里，房屋四周有绿树成荫的花园，还有屋顶平台，有装有护墙板的餐室，他们在餐室里用配有金制餐具的瓷盆进餐，等等……

老巴尔迪尼讲着这些故事，喝着葡萄酒，他的脸颊由于喝酒，由于炽热的火光，由于对自己的故事津津乐道而变得通红。但是格雷诺耶却多半坐在阴影里，根本心不在焉。他对古老的故事不感兴趣，使他发生兴趣的唯有眼前的新过程。他目不转睛地注视着蒸馏锅顶上的小管子,蒸馏液正像一条细细的光线从管子里流出。他凝视着,仿佛觉得自己就是一只蒸馏锅,正像眼前的锅里一样在沸腾,锅里流出一种类似这儿的蒸馏液,只不过更美、更新、更不平常,是他自己栽种在心里的精美植物的蒸馏液,这些植物在那儿开花,除了他自己以外别人嗅不出,它们以其独特的香味可以使世界变成一个散发芳香的伊甸园,他觉得园中的生活对他的嗅觉来说是可以忍受的。使自己成为一个可以用自己生产的蒸馏液来淹没所有人的大蒸馏锅,这就是格雷诺耶所抱的梦想。

但是正当巴尔迪尼乘着酒兴,讲着关于往昔的越来越离题的故事,越来越狂放不羁地陷入自己的幻想时,格雷诺耶却很快就放弃了他那古怪的幻想。他首先把对于大蒸馏锅的想象从脑子里驱逐出去,思考着如何把刚学到的知识用于更容易理解的目的。

19

没过多久,他就成了蒸馏方面的专家。他发现——他的鼻子比巴尔迪尼的规则更管用——火的热度对于蒸馏液的质量具有决定性影响。每一种植物、每一朵花、每一块木头和每一种油料作物都要求特殊的程序。有时要求特别强的蒸汽,有时需要适当煮沸,而有些花朵,只有用文火蒸馏,才能收到最佳的效果。

加工方法也同样重要。薄荷和薰衣草可以整把蒸馏。其他的在放进铜锅前,必须细心挑拣、剥碎、剁碎、擦成屑、捣碎或甚至拌成糊状。但有些东西根本就不能蒸馏,这使格雷诺耶伤透了脑筋。

巴尔迪尼看出格雷诺耶已经可靠地掌握了整套装置,就放手让他操作蒸馏锅。格雷诺耶充分利用给他的自由。他白天配制香水,制作其他芳香产品和香料产品,夜里则独自潜心钻研蒸馏技术。他的计划是生产全新的香料,以便至少能用这些香料制作出几种他心里设想过的香水。起初他也小有收获。他成功地生产了一种荨麻花油和独行菜籽油,用接骨木刚削下的皮和紫杉枝条生产一种溶液,其蒸馏液固然在香味上还像原始材料,但是依然足以使他有兴趣去对它们继续加工。当然也有些材料应用这种工作方法是完全无能为力的。比方说格雷诺耶试图蒸馏玻璃的气味,即光滑的玻璃像黏土一样凉爽的气味,这气味普通人是觉察不到的。他弄来了窗玻璃和瓶玻璃,把它们加工成大块、碎片、碎屑和粉状——但是毫无结果。他蒸馏了黄铜、瓷器、皮革、谷物和砾石。他蒸馏了纯净的土、血、木材、新鲜的鱼、他自己的头发。最后,他甚至蒸馏水,塞纳河的水,他觉得这河水的独特气味值得保存。他相信,借助蒸馏锅可以像从百里香、薰衣草与和兰芹籽中提取香味那样,从这些材料中提取独特的香味。他根本不知道,蒸馏无非是把混合起来的物质分离成容易挥发和不易挥发的成分,而对于化妆品行业,只能是把某些植物易于挥发的芳香油同无香味和没多少香味的剩余物分离开来。对于那些已经丧失芳香油的物质,蒸馏的方法当然毫无意义。我们今天的人学过物理,人家一提我们就明白。可是对于格雷诺耶来说,这种认识却是经历了一连串令人失望的试验辛苦得来的结果。他一连数月熬夜坐在蒸馏锅旁,想方设法尝试用蒸馏法生产人世间尚无浓缩状态的新的香水。除了馏出了一点令人可笑的植物油以外,什么收获也没有。他的想象尽管像井那么深,那么不可估量,但是他却无法从中汲出一滴在他脑海里经常浮现的那种具体的香精,搞不出一个原子来。

当他明白失败后,他就停止了试验,生了一场大病。

20

他发高烧,最初几天还伴随着出汗,后来出了无数脓疱,仿佛皮肤上的毛孔都不够用似的。格雷诺耶的身体布满了这些红色的小水疱,其中许多破裂了,流出水状的脓,然后又重新胀满,其他的则发展成疖子,肿胀得大大的,呈红色,像火山口一样裂开，喷出黏稠的脓和带有黄色黏液的血来。过了一阵，格雷诺耶看上去活像个从里边被用石头砸死的殉难者，身上有一百处伤口在流脓。

巴尔迪尼当然感到忧虑。正当他准备把自己的生意扩展到首都以外，甚至全国以外的时候，偏偏失去了自己宝贵的学徒，这无疑使他非常不快。因为事实上，对于这些使巴黎倾倒的新型香水，不仅来自省里，而且来自外国宫廷的订货也越来越多。为了满足市场的需要，巴尔迪尼已经设想在圣安托万市郊开个分店，一个真正的手工工场，那里将大批配制最时兴的香水，并成批装入令人可爱的小香水瓶里，再由可爱的小姑娘包装，发往荷兰、英国和德意志帝国。对于一位定居在巴黎的工匠师傅来说，这样的冒险举动并非合法，但是他最近获得了上层社会的保护，他提炼的香水给他创造了这种保护，不仅高级官员，而且重要人物，例如巴黎的关税承包人先生、王家财政部要员、繁荣经济事业的促进者费多·德·布鲁先生都可以成为他的保护人。德·布鲁先生甚至可望得到王室的特权，即人们所能期望的最佳情况，这个特权就是不受一切国家和阶层管束的一种通行证，是摆脱一切做生意方面的困扰和获得稳固的、毫无疑义的富裕的一种永恒的保证。

后来，巴尔迪尼脑子里又酝酿了另一个计划，即一个可爱的计划，一个与圣安托万手工工场相反的规划，按照这规划，工场不是大批量地进行生产，而是生产供给个人的产品：他想为一小批上流社会的顾客设计个人用的香水，更确切地说，是要像裁剪适合一个人穿的衣服一样设计只供一个人用的香水，这香水采用高贵的名称。他设想一种"德·拉塞尔内侯爵夫人香水"、一种"德·拉维拉尔元帅香水"、一种"达阿基荣公爵香水"等等。他梦想一种"蓬皮杜侯爵夫人①香水"，甚至一种"国王陛下香水"，这些香水装在磨得非常精致的玛瑙制的香水瓶里，瓶子有雕花的金边，在瓶脚内侧不显眼处镌刻"吉赛佩·巴尔迪尼，香水专家"的字样。国王的名字和他的名字同时在一件东西上！巴尔迪尼竟敢想象得如此美妙！但如今格雷诺耶生病了！当年格里马——愿上帝保佑他进天堂！——曾经发过誓，能顶住一切的人永远不损失什么，他甚至可以把瘟疫弄到别处。而他如今竟要在我这儿病死！万一他死了呢？多可怕呀！那么，手工工场、可爱的小姑娘、特权和国王香水的宏伟计划也完蛋了！

于是巴尔迪尼决定，千方百计地挽救他学徒的宝贵生命。他安排人把格雷诺耶从工场的木板床搬到楼房里的一张洁净的床上。他叫人给这张床铺上绸被。他亲自协助把病人抬上楼梯，尽管他对脓疱和化脓的疖子感到难以形容的厌恶。他吩咐妻子煮葡萄酒鸡汤。他派人去请本地区一个名叫普罗科帕的最

---

① 路易十五的情妇，其爵位是国王特颁的；她在文教方面颇有贡献，曾大力促成法国第一本百科的出版。

著名的医生，预先付给他二十法郎作车马费。

大夫来了，用指尖挑开床单，朝着看上去像被百粒子弹射穿的格雷诺耶的身体只瞥了一眼，连皮包也不打开就离开房间，他的皮包一直由跟在后面的助手拿着。这病情，他开始对巴尔迪尼说，非常清楚。这是一种梅毒性疱疮变异症，并且并发了晚期化脓性麻疹。大夫认为，病人没有必要治疗，因为他的身体正在腐烂，像一具尸体，不像活着的机体，因此根本不可能在这身体上按照要求地装好放血的器械。他说，尽管现在还闻不到这种病症典型的瘟疫般的恶臭——这当然令人感到惊奇，从严格的科学观点来看确实是件小小的怪事——但病人在四十八小时内必死无疑。这就如他叫普罗科帕大夫一样确实。他又要求为他这次出诊和作出预后诊断付出二十法郎——其中有回扣五法郎，用作别人把这典型症状的病人托他诊断的用途——然后告辞。

巴尔迪尼气得要命。他悲叹着，绝望地叫着。他为自己的命运愤愤不平，咬着自己的手指。他的宏伟计划在接近目的时又一次成了泡影。当初，佩利西埃和他的伙计一个发明接着一个发明。如今这个少年在新的气味方面已拥有取之不尽的知识，这个用金子根本买不到的肮脏小鬼，偏偏现在，在事业正向上的时候，害了梅毒性疱疮和晚期化脓性麻疹，偏偏现在！为什么不在两年后？为什么不在一年后？到那时我早就像掠夺一座银矿和一只金驴子一样把他的油水榨光了。一年以后他满可以放心地死去。但是现在,在四十八小时内,他可不能死,仁慈的上帝啊!

有一瞬间,巴尔迪尼曾想到去圣母院那里进香,点上一支蜡烛,祈求圣母让格雷诺耶恢复健康。但随后他又放弃了这个念头,因为时间太紧迫了。他跑出去拿了墨水和纸,把妻子从病人的房间里赶走。他要独自在此守候。然后他坐到床边的椅子上,把记笔记的纸放在膝盖上,手里拿着蘸水笔,等待格雷诺耶作香水方面的忏悔时做笔记。愿上帝保佑他不至于悄悄地把他生命中所拥有的宝贝带走!但愿他在生命的最后时刻里能够把遗嘱留给可靠的人,以便后世可以了解各个时代最美的香水!他,巴尔迪尼,将忠实地掌握这份遗嘱,一切最香的香水的分子式,并使之发扬光大。他将把这不朽的荣誉归于格雷诺耶名下,的确,他将——在此他向所有神明发誓!——把这些香水中最好的香水装在一个玛瑙制的香水瓶里献给国王,瓶上雕着金花和刻着题词:"让-巴蒂斯特·格雷诺耶,巴黎香水专家奉献"。巴尔迪尼这么说着,或者更确切地说,巴尔迪尼对着格雷诺耶的耳朵发誓地、恳求地、恭维地、不停地悄声细语着。

但这一切都是徒劳的。格雷诺耶只是一个劲儿淌着水状的分泌物和脓血。他默不作声地躺在绸被里,尽管流出这令人作呕的液体,并没有留下他的宝贝,说出他的知识,连一个香水分子式也没说出来。若是事情成功有望……若是与他的基督教博爱的观点不那么明显地相抵触的话,巴尔迪尼真想把他扼死,真想把他打死,或从他那垂死的身体内把那些宝贵的秘密打出来!

他继续用甜蜜的语调对病人低声细语,抚摩着他,用凉凉的手帕——即使这要他克服恐惧的心理——轻轻地给他擦去额头上的汗湿和伤口流的脓血,用汤匙把葡萄酒送进他嘴里,以期使他说话,整夜都这么做着,但是毫无效果。拂晓时他终于罢手了。他疲惫不堪地坐到房间另一头的一张单人沙发上,两眼发直,不再愤怒只是听天由命地凝视着对面床上格雷诺耶那瘦小的濒于死亡的身体,既无力挽救他,也不能从他嘴里得到什么,只好眼睁睁地看着他死去,犹如一个船长看着一艘船连同船上的一切财物往深海里沉没。

突然,这垂死的病人张开嘴唇,用异常清楚和坚定、丝毫没有预感到自己面临死亡的嗓音说:"请您告诉我,师傅,为了取得一个物体的香味,除了压榨和蒸馏外,还有别的办法吗?"

巴尔迪尼以为这声音来自他的幻觉或是天国,便机械地回答:"是的,有办法。"

"哪种办法?"床上发出声音问道,巴尔迪尼睁开疲倦的眼睛,格雷诺耶躺在床上一动也不动。是尸体在说话吗?

"哪种办法?"又一个声音问道,这次巴尔迪尼认出格雷诺耶的嘴唇在动。"现在完了。"他想,"现在他完了,这是高烧性谵妄或回光返照。"他站起身子，走到床边，俯下身看着病人。病人睁开双眼，以同样奇特的期望的目光瞧着巴尔迪尼，他们第一次见面时，他就是用这种目光来看巴尔迪尼的。

"哪种办法？"他问道。

这时巴尔迪尼终于下定决心——他不想拒绝一个垂死的人的最后一个要求——答道："我的孩子，有三种办法：热提取法、冷提取法、油提取法。它们在许多方面都胜过蒸馏法，人们使用这些方法可以得到一切芳香中最美的芳香：茉莉花、玫瑰花和橙花的芳香。"

"在哪里？"格雷诺耶问。

"在南方，"巴尔迪尼回答，"主要在格拉斯市。"

"好的。"格雷诺耶说。

他说着闭起眼睛。巴尔迪尼缓缓地站起来。他垂头丧气。他把记笔记用的纸集中到一起，这些纸没有哪一张写上了一行字。他吹灭蜡烛。外面已经天亮。他累极了。必须叫人去找一个教士，他想。他随手用右手草草地划了个十字，走了出去。

格雷诺耶并没有死。他仅仅是睡得非常熟，梦得很沉；他的血液又回到了身上。他皮肤上的疱疹已经枯萎，脓口开始收干，他的伤口开始愈合。不到一个星期，他的病体就完全康复了。

21

格雷诺耶真想立即离开这儿,到南方去,在那儿他可以学习老头儿对他说的新技术。但是这谈何容易呀!他无非是个学徒,而学徒是个微不足道的人。严格地说,巴尔迪尼对他说——他是在自己对格雷诺耶恢复健康最初感到的高兴过去以后说的——严格地说他比微不足道的人还要微不足道,因为一个正派的学徒的出身必须是无可指摘的,即必须是婚生后代,有合乎身份的亲戚关系,有艺徒学习合同,而这一切他都不具备。若是他,巴尔迪尼,有一天要成全他,给他一张满师证书,那无非是考虑到他还有些才能,考虑到他今后的行为会规规矩矩,同时也是因为他——巴尔迪尼——心地无限善良的缘故,即使这样的好心常常给他带来损失,他也从来不会违背的。

当然,这种好心的诺言拖了好长时间,即将近三年后才兑现。在这期间,巴尔迪尼依靠格雷诺耶的帮助,实现了他的雄心勃勃的梦想。他在圣安托万市郊建起了手工工场,在宫廷打开了高级香水的销路,获得了王室的特权。他的精致香料产品远销彼得堡、巴勒莫、哥本哈根。含有麝香的化妆品甚至在君士坦丁堡也很受欢迎，谁都知道，那里盛产自己的香料。在伦敦城的账房间里，在帕尔马的宫廷里，在华沙的宫殿里以及利珀—德特莫尔德的伯爵宫殿里，都散发出巴尔迪尼的香水气味。巴尔迪尼在已经心甘情愿地准备去墨西拿穷困潦倒地度过晚年之后，如今却以七十高龄成了欧洲最大的香水专家和巴黎最富有的市民之一。

一七五六年初——在此期间，他已经在交易桥上原来的房屋旁又造了一幢房子专供居住，因为老房子直到屋顶都堆满了香料制品和香料——他坦率地对格雷诺耶说，他如今准备给予他自由，当然附有三个条件：第一，在巴尔迪尼这里生产的一切香水，不许他自己制造，也不许把它们的分子式传给第三者；第二，他必须离开巴黎，在巴尔迪尼有生之年不得再来；第三，他必须对前两个条件绝对保密。这一切他必须向所有圣者、向他母亲的在天之灵并以自己的荣誉发誓。

格雷诺耶既不相信荣誉和圣者，也不相信他母亲可怜的灵魂，他宣了誓。他对这一切都宣誓。他接受巴尔迪尼的每个条件，因为他想要这张可笑的满师证书，这张证书将使他可以不引人注意地生活，不受阻碍地旅行和寻找工作。他觉得其他事都无所谓。这些究竟是什么条件呀！不得再来巴黎？他为什么要来巴黎！他对巴黎很熟悉，就连发出臭气的角落都熟悉，他无论走到哪里，都把它带在身边，多年来他拥有巴黎。不生产巴尔迪尼的名牌香水，不把分子式传给别人？就仿佛他发明不了一千种别的同样优良和质量更佳的香水似的，只要他愿意！但是他根本不想这么做。他根本不想同巴尔迪尼或随便哪个市民香水专家竞争。他根本不想靠自己的手艺来发财，若是有别的方式可以生活的话，他甚至不想靠它来生活。他想转让他的内心，这不是别的，而是他认为比外部世界所提供的一切更为美妙的内心。因此，格雷诺耶觉得巴尔迪尼的条件不是什么条件。

春天里，五月的一天清晨，他出发了。他从巴尔迪尼那里拿到一只旅行背包，另加一件衬衣、两双袜子、一大条香肠、一条粗羊毛毯和二十五法郎。巴尔迪尼说，这比他应该给的要多得多，尤其是格雷诺耶对于自己所接受的渊博教育，并没有付过一个苏的学费。他认为自己只需给二法郎路费，别的就不是他的责任了。但是他觉得自己不能违背自己的良心，不能违背自己多年来在心中积累的对善良的让-巴蒂斯特的深切同情。他祝他旅途幸福，再次提醒他不要忘记自己的誓言。于是他把他带到佣人入口处门内——他从前就是在这儿接待他的——打发他离去。

巴尔迪尼没有跟他握手，他的同情并没有到这种程度。他从来就不跟他握手。他出于一种无恶意的厌恶，一向避免触摸他，仿佛自己有被传染和弄脏的危险。他只干巴巴地说了声"再见"。格雷诺耶点点头，身子蜷缩着离开了。马路上一个人也没有。

22

巴尔迪尼目送着他,望着他拖拖沓沓地从桥上过去,朝着岛那里过去,身体矮矮的,弯着腰,背包放在背上,像是驼着背似的,从后面看他活像个老头。在国会大厦那边,小巷拐了个弯,巴尔迪尼目送到看不见他了,心情感到特别轻松。

此时他终于可以承认了,他从来就没喜欢过这个小家伙。他安顿他同自己住在一幢房屋里,从他身上把香水分子式挤出来,在这段时间里他并不觉得好过。他的心绪不佳,如同一个品行端庄的人第一次做了违禁的事,用不许可的手段玩了个把戏一样。当然,人们识破他的诡计的危险并不大,而成功的前景却是巨大的,但是精神不安和良心上的自责也同样巨大。事实上在过去这些年里,没有哪一天他是在摆脱不愉快的想象中度过的,他想象自己与这个人交往,一定会以某种方式为代价。他再三忧心忡忡地祷告,但愿事情顺利!但愿我成功地获得这种冒险的果实,无须支付什么代价!但愿我取得成功!诚然,我这么做并不合适,但是上帝会睁一眼闭一眼的,他一定会这样!他在我的一生中无缘无故地多次惩罚我,把我整得够呛,若是他这次能够友好相待,这也是在理的。如果我有过失的话，那么过失究竟在哪里？充其量无非是，我在行会规定之外稍有活动，我利用了一个未受过专门训练的人的奇异天才，并把他的才能冒充为自己的。充其量无非是，我稍稍偏离了手工业者职业道德这一传统道路。充其量无非是，我今天做出了我在昨天还诅咒过的事。这是一种罪过吗？别人一辈子都在行骗。我只不过是这几年有点不老实。何况在这方面我这唯一的一次机会也纯属偶然。或许这根本不是偶然，或许是上帝亲自把这位魔法师送到我家，以便补偿我被佩利西埃及其同伙侮辱的那段时间。或许上帝的安排压根儿不是针对我，而是针对佩利西埃的！这是非常可能的！若是上帝想惩罚佩利西埃，不通过抬高我，又有什么别的方法？因此我的幸福就是上帝的正义的手段，我不仅可以而且必须接受下来，受之无愧，丝毫用不着懊悔……

巴尔迪尼在过去几年里经常这么想。上午，每逢他下楼梯到店堂里时，晚上，每逢他带着钱箱上楼，数着沉重的金币和银币放进自己的钱柜里时，夜里，每逢他躺在发出鼾声的妻子身旁，由于害怕自己的幸福而不能成眠时，他都这么想。

但是现在，这些闷闷不乐的思想终于一去不复返了！这个可怕的客人走了，永远不再回来。可是财富却留了下来，未来有了保障。巴尔迪尼把一只手放在胸脯上，透过外衣的料子感觉到放在心口上的小本本。本子上记录了六百个分子式，几代香水专家将把它们付诸实施。即使他现在失去一切，那么光靠这个奇妙的小本本,他在一年之内又可以成为一个富翁。确实如此,他还有什么更高的要求!

早晨的阳光落在对面房子的山墙上,把墙上染黄,同时又暖融融地照在他的脸上。巴尔迪尼仍一直望着南方朝国会大厦方向去的马路——再也看不见格雷诺耶,太令人高兴了!——并且决定,出于感激的激动之情今天过河到圣母院去朝拜圣母,往捐献箱里丢一个金币,点燃三支蜡烛,跪着感谢天主给他这么多的幸福并保护他免于遭人报复。

但是这时他遇上了一件令人恼火的事。下午,当他正想动身去教堂时,谣言传开了,说什么英国人已经对法国宣战。这本来就是件令人不安的事。因为巴尔迪尼恰好在这几天想发一批香水到伦敦去,他就把到圣母院朝拜圣母的事推迟了,而是到城里去打听消息,接着到圣安托万市郊他的手工工场去,第一件事就是撤回发往伦敦的货。夜里他躺在床上,在入睡前不久,他想到一个绝妙的主意:考虑到面临着争夺新大陆殖民地的战争,他想生产一种香水投放市场,这香水取名为"魁北克的魔术",是一种含树脂的英雄香水,它的成功——这是确定无疑的——将补偿英国这笔生意的损失,而且绰绰有余!他把头轻松地枕在枕头上,感到枕头下压着的分子式小本本,心里乐滋滋的。巴尔迪尼师傅就在他的糊涂而年老的脑袋里装着这甜蜜的念头,渐渐沉入了梦乡,而且再也没有醒来。

这天夜里发生了一场小小的灾难,这灾难导致了国王在适当的拖延后发布命令：巴黎所有桥上的所有房屋都必须逐步拆除。事情就是在交易桥的西侧，第三和第四桥墩之间原因不明地坍塌了。两幢房子坍入河里，整个房子陷下去，而且那么突然，所以屋里的人没有哪个得救。幸好屋里只有两个人，即吉赛佩·巴尔迪尼和他的妻子泰蕾萨。佣人们有的得到允许，有的没有得到允许，都离开了房子。谢尼埃在次日清晨才喝得微醺地回店——更确切地说是想回店，因为房子已经不在那儿——精神上彻底崩溃了。他三十年来一直抱有希望，这个没有子嗣和亲戚的巴尔迪尼将在遗嘱里立他为继承人，如今全部遗产、房屋、商店、原料、工场、巴尔迪尼本人，甚至对手工工场的财产或许还有指望的遗嘱，这一切一下子都完了！

什么也没有找到，两具尸体、钱柜、记录六百个分子式的小本本都没有找到。这个欧洲最大的香水专家吉赛佩·巴尔迪尼留下的唯一的东西就是麝香、桂皮、醋、薰衣草和一千种别的香料的混合香味，这香味在从巴黎到勒哈弗尔①的塞纳河河道上空又飘了数星期之久。

---

① 法国第二大港。

第二章

23

  吉赛佩·巴尔迪尼的房子倒塌时,格雷诺耶正走在通往奥尔良的马路上。他已经把这个大城市的烟云抛在后头,他离开这城市越是往前走,他周围的空气就越明朗、清新和洁净。空气似乎变得稀薄。这里不再有成千上万种不同的气味一米一米地相互追逐,飞快地变换着,这里只有少数的气味——沙土公路、草地、泥土、植物、水的气味——它们顺着漫长的道路越过广阔的土地缓缓地吹,缓缓地消失,几乎从未突然中断过。
  格雷诺耶感到这种单纯宛如一种解救。舒适的香味迎着他的鼻子飘来。他有生以来第一次无须每次呼吸都得准备嗅到一种新的、意外的、敌视的气味,或是失去一种舒适的气味。他第一次用不着再等候时机嗅,几乎可以自由地呼吸。我们说"几乎",是因为实际上当然没有任何气体真的自由地流过格雷诺耶的鼻子。即使他没有任何理由这么做,他身上始终有一种本能的保留态度,抵制从外部来并要进入他身上的一切。他这辈子,即使在他感受到满足、满意,或许甚至幸福的短暂时刻里,呼和吸对比,他情愿呼——正如他的生命并非以充满希望的吸气,而是以凶手般的叫声为开始一样。但是除了他身上这种体质上的限制之外,格雷诺耶离开巴黎越远,他的心情越舒畅,他的呼吸越轻松,他的步子也越快,他偶尔甚至提起精神挺直身子,以致从远处看,他几乎像个平平常常的手工业伙计,即像个完全正常的人。

他最感到自由的是远离了人。在巴黎,狭小的空间里比世界上任何一个城市都住着更多的人。当时巴黎有六七十万人。马路和广场上挤满了人,所有房子从地下室至阁楼都塞满了人。巴黎几乎没有哪个角落没有人生活,没有哪块石头、哪一小块土地不在散发出人的气味。

格雷诺耶现在才明白,就是这种堆积在一起的人的蒸汽,像雷阵雨闷热的空气一样压抑了他十八年,他此时才开始躲开这种蒸汽。迄今他一直以为这大体上就是世界,而他必须弯着腰离开它。但这并非世界,而是众多的人。看来,在这个世界,在这个人烟稀少的世界,是可以生活的。

旅行的第三天,他进入了奥尔良的嗅神经引力区。在某种明显的迹象表明已靠近城市之前很久，格雷诺耶已经觉察到空气中人的气味越来越浓，他决定违反他原来的意图，避开奥尔良。他不甘心这么快就让窒息人的空气把他才得到的呼吸自由破坏了。他绕了个大弯避开这个城市，到达托纳夫附近的卢瓦尔河，在苏利附近过河。他带的香肠足够维持到那里。他又买了一条，然后离开河道，向内陆行进。

他现在不仅避开城市，也避开村庄。他仿佛被越来越稀薄、离开人越来越远的空气陶醉了。只有为了补充干粮，他才向居民点或孤独的宅院走去，买了面包后又消失在森林里。几星期后，他甚至觉得在偏僻的路上同少数旅游者相遇都是累赘，他再也忍受不了在草地上割头茬草的农民隐隐约约出现的气味。他胆怯地让开每一群羊，这并非羊的缘故，而是要避开牧羊人的气味。若是他闻到有一队骑兵在离他尚有几小时路的地方朝他奔来，他就走进田野里，情愿绕好几里弯路。这并不是因为他像其他手工业伙计和流浪者那样害怕受到检查、查看证件和被抓去服兵役——他还不知道已经发生战争——唯一的原因是他厌恶这些骑兵的人味。因此他将取最近的路途去格拉斯的计划，只不过是自发的，并无特别的决心，因而逐渐淡漠了；就是说，这计划像所有其他的计划和意图一样，在自由之中溶化了。格雷诺耶不再想去某个地方，而只是想远远地离开人。

最后，他只在夜间行走。白天他躲进矮树林中，在人迹罕至的灌木林里睡觉，蜷缩得像只野兽，土褐色的粗羊毛毯盖在身上和头上，鼻子像楔子一样插进肘弯处，朝着地面，目的在于不使最细微的陌生气味来扰乱他的美梦。太阳下山时他醒了过来，朝四面八方嗅了嗅，当他确实嗅到最后一个农民已经离开田地，最大胆的游人在天黑前已经找到住处时，当黑夜以人们信以为真的危险把人们从原野驱走时，格雷诺耶才从他的藏匿处爬出来，继续他的旅行。他不需要光线观看。以前他在白天走路时，常常几个钟头闭起眼睛，只根据鼻子的判断行走。用眼睛观看风景的刺眼画面、令人眼花缭乱的景物、突然出现和鲜明的事物，他都觉得非常难受。他唯独喜欢月光。月光不分颜色，只是淡淡地绘出地形的轮廓。它把大地盖得灰蒙蒙的，窒息生命达一夜之久。在这个像是用铅铸出来的世界里，除了有时像个影子落到灰蒙蒙的树林上的风以外，就没有什么在动，除了光秃秃的土地的气味就没有什么是活着的，这样的世界就是他所承认的唯一的世界，因为这与他的灵魂世界相似。

他就这样朝着南方走去。大概是向着南方，因为他不是照磁性的指南针指示的方向走，而是按照自己鼻子的指南针走，这指南针使他绕过每个城市、每个村庄、每个居民点。一连几个星期他都没有遇上一个人。倘若不是这灵敏的指南针纠正他的看法，他或许会毫不怀疑地相信，在这黑暗的或在清冷的月光照射下的世界上只有他独自一个人。

夜里照样有人。即使在最偏僻的地区也有人。他们只是像老鼠一样回到自己的窝里睡觉。土地并非纯洁得没有他们的踪迹，因为即使在他们睡觉时也散发出他们的气味。这种气味通过敞开的窗户和房屋的缝隙到达野外，污染了似乎孤立无援的大自然。格雷诺耶越是习惯于较纯洁的空气，对这样一种人的气味也就越敏感，这气味突然出人意料地在夜间飘来，像粪便的臭气那样令人恶心，这气味表明某个牧羊人的住处、烧炭人的茅屋或贼窝就在眼前。他继续逃避，对于越来越稀少的人的气味更加敏感地作出反应。因此他的鼻子把他引到越来越偏僻的地区，使他更远地离开人，越来越猛烈地把他推向最孤独的磁极。

24

这个极点，即整个王国的最远点，位于奥弗涅中央山脉，在克莱蒙南面约五天行程的一个名叫康塔尔山的两千米高的火山山顶上。

这座山峰由一块巨大的铅灰色圆锥形岩石构成，周围是一望无垠的、贫瘠的、只生长着灰色苔藓和灰色灌木林的高原，高原上偶尔有宛如腐烂牙齿的褐色岩石尖端和几棵被火烧焦的树拔地而起。即使是最晴朗的白天，这个地带也是那么萧索，就连贫困省份的最穷的牧羊人也不把他的羊群赶到这儿来。夜里,在惨白的月光下,这个被上帝摈弃的荒凉地带似乎脱离了这个世界。甚至奥弗涅山区被通缉的土匪勒布伦也宁愿到塞文山脉去艰苦度日,宁愿让人抓去五马分尸,也不愿躲在康塔尔山上,这儿当然没人来找他,也找不到他,但是他在这儿肯定会终身孤独地死去,死得更可怕。在这座山方圆数里的地区内无人居住,也没有像样的温血动物,只有几只蝙蝠、几只甲虫和游蛇出没。几十年来没有人登上过这座山峰。

格雷诺耶于一七五六年八月的一天夜里抵达这座山。破晓时分,他站在山顶上。他还不知道,他的旅行到此结束了。他想,这仅仅是他进入越来越纯洁的空气途中的一个阶段。他的身子转了一圈,让他的鼻子感受这火山上不毛之地的全景:向东,那里有广阔的圣弗卢尔高原和里乌河的沼泽地;向北,那里是他来的地区,是他一连数日穿过岩溶山脉漫游的地方;向西,清晨的轻风迎着他吹来,送来了岩石和硬草的气味;最后向南,康塔尔山的余脉连绵数里一直延伸到特吕耶尔河阴暗的峡谷。四面八方都同样地离开了人,同时,每向这些方向迈出一步,又意味着向人靠近一步。指南针像陀螺在旋转。它不能再指明方向。格雷诺耶已经到达了目的地。但同时他也被俘虏了。

太阳升起时,他依然站在原地不动,探着鼻子在呼吸空气。他拼命想嗅出危险的人味从何而来,想嗅出他必须继续逃奔的相反方向。在每个方向上他都疑心发现了一点儿隐蔽的人味。但事实上并没有。那里只有平静,若是可以这么说,只有气味上的平静。周围只有无生命的岩石、灰色地衣和枯草的均匀气味,像一阵轻风那样飘过,别的什么也没有。

格雷诺耶需要很长时间,才能相信什么也没闻到。他对自己的幸福没有思想准备。他的怀疑久久抵制着更美好的观察。当太阳升起时,他甚至依靠眼睛搜索了地平线,以寻找人的最细小的迹象,寻找一间草舍的屋顶、炊烟、一段篱笆、一座桥和一群羊的迹象。他把两手放在耳朵上,细细听着,比方说细听捶打大镰刀的声音、狗吠声和小孩的叫声。整个白天,他都坚持呆在康塔尔山顶上的炎热中,徒劳地等待着最微小的证据。直到太阳下山时,他的怀疑才逐渐让位于越来越强烈的精神快感:他逃脱了可憎的仇恨!他真的完全是独自一个人!他是这个世界上唯一的人!

他心中高兴极了。如同一个乘船遇险的人在经过数周迷航之后极度兴奋地欢呼第一个住人的岛屿,格雷诺耶也在庆祝他来到荒僻的山上。

他高兴得喊叫起来。他把旅行背包、羊毛毯、拐杖扔掉,两只脚跺着地,双臂举得高高,转着圈跳起舞来,向四面八方喊出自己的名字,攥紧拳头,对着他脚下的广阔原野和正在下山的太阳,欢欣鼓舞地挥动着拳头,欢呼雀跃,仿佛他个人已经把太阳赶跑了似的。直至深夜,他完全像个疯子那样在自个儿演戏。

25

　　一连数天,他作好了在山上住下去的准备,因为对他来说,不会那么快就离开上帝恩赐的地方,这是肯定的。他首先闻到水的气味,并在山峰下的一道裂谷里找到了水,在那里水像一层薄薄的薄膜顺着岩石流。水量不多,但只要他耐着性子舔上一个钟头,也就满足了他一天对水分的需求。他也找到了食物,即蝾螈和游蛇,他把它们的头掐下来,连皮带骨把它们吞下肚。另外他还吃地衣、草和苔藓浆果。这种营养方式按市民的角度衡量很成问题,但一点也不使他苦恼。其实早在近几个星期以至近几个月,他已经不再吃人生产的食物,例如面包、香肠和干酪,他觉得饥饿时,不管碰到什么可以吃的东西,他都吃下肚。他并不比美食家逊色。若是享用的并不是纯粹无形体的气味,而是别的,那么他压根儿就不贪图享用。他也不追求舒适,即使把铺位安排在光亮的岩石上他也会感到满意。但是他发现了更好的。

　　就在发现水的地方,他发现了一条天然的坑道,它弯弯曲曲地通到山里面,大约走了三十米后就被堵住了。坑道尽头处狭窄不堪，格雷诺耶的双肩都碰到石头，同时又非常低矮，以至他只能弯着腰站立着。但是他可以坐，若是他蜷缩身子，甚至可以躺。这完全可以满足他对舒适的要求了。这个地方有不可估量的优点：在坑道的尽头处，白天也像黑夜一样，死一般的寂静，空气含有盐分，潮湿、凉爽。格雷诺耶立即闻出来，这地方还没有生物来过。当他占下这个地方时，一种无限畏惧的感觉向他袭来。他小心地把粗羊毛毯铺到地上，仿佛遮盖一座祭坛似的。随后他躺了上去。他觉得跟在天堂一样。他躺在法国最荒凉的山中地下五十米深处，像躺在自己的坟墓里。他在一生中，甚至在他母亲的肚子里，从未感到自己如此安全。即使外面世界燃烧起来，他在这儿也觉察不到。他开始无声地哭起来。他不知道，他这么幸福该感谢谁。

此后，他到坑道外面去，只是为了舔水、大小便和猎获蜥蜴与蛇。在夜里它们容易捉到，因为它们回到了石板下或小洞穴里，他用鼻子一嗅就可以发现。

在开头几个星期里，他又上过几次山顶，以便把地平线嗅一遍。但这很快就变得与其说是必要还不如说是累赘的习惯了，因为没有哪一次他嗅到过什么危险的情况。于是他最终停止了这样的游览。每当他纯粹为了活命而完成了最急需的事以后，唯一关心的就是尽快回到自己的墓穴。因为他本来就是住在这个墓穴里。这就是说，他一天有二十多个小时完全不动地坐在完全黑暗、完全寂静的石道尽头的粗羊毛毯上，背靠着卵石,双肩夹在岩石之间,自得其乐。

人们见过寻找孤独的人:忏悔者、失败者、圣者或先知。他们喜欢隐居在沙漠里,靠蝗虫和野蜂蜜为生。有些人也居住在荒岛上的洞穴里、峡谷里或是蹲在笼子里——这有点耸人听闻——笼子装在杆子上,高高地在空中飘动。他们这么做,是为了更靠近上帝。他们靠孤独来刻苦修行,通过孤寂来忏悔。他们凭着过上帝所喜爱的生活这一信念行动。他们数月以至数年在孤寂中等待着得到神的旨意,然后他们想尽快在人们当中传播这一旨意。

所有这一切对格雷诺耶都不合适。他在思想上同上帝没有一点关系。他不忏悔,不期待获得更高的灵感。他只是为他自己的、唯一的愉快而隐居,只是为了独自生活。他沉浸在自己不再受任何事物干扰的生活中,觉得这样的生活很美。他像一具尸体躺在岩石墓穴里,几乎不再呼吸,心脏几乎不再跳动,但是却坚强而放荡不羁地生活着,外面世界上从来还没有一个活着的人如此生活过。

26

这种放荡不羁的活动场所是——不可能是别的——他内心

的帝国，他从诞生时起，就把曾经闻到的一切气味的轮廓都埋在心里。为了提高自己的情绪，他首先像变魔法一样招来最早的、最遥远的气味：加拉尔夫人卧室充满敌意的、蒸汽般的臭气；她那皮肤显得干枯的手上的香味；泰里埃长老酸得像醋一样的呼吸气味；歇斯底里的比西埃乳母身上像母亲一样充满着热气的汗味；圣婴公墓的臭气；母亲身上的那种凶气。他沉浸在厌恶和憎恨中，他的毛发由于惬意的惊恐而一根根竖起。

有时，这些令人恶心的开胃气味还不够提起他的情绪，他又添上回忆格里马那里的气味这个小节目，回味生肉皮和制革污水的臭气或者想象盛夏闷热中六十万巴黎人聚集在一起的蒸汽。

后来，随着强烈的欲望的力量，他所郁积的仇恨一下子——这就是演习的意义——爆发出来。它像一阵雷雨朝着那些胆敢侮辱他的尊贵鼻子的气味席卷而来。它像冰雹打在庄稼地上那样把那些气味摧毁，像一场飓风喷洒在这些污秽上，并使之埋没在浩瀚纯洁的蒸馏水洪流中！他的愤怒多么恰如其分！他的仇恨如此之大！啊！多么崇高的一瞬间！小个子格雷诺耶激动得颤抖起来，他的身体高兴得抽搐，朝上拱起来，以致不一会儿工夫他的头顶就撞到了坑道的顶部，然后又慢慢地缩回并躺下，感到解脱和非常满足。所有令人作呕的气味消灭时像火山爆发似的情景实在太可爱，实在太可爱了……他几乎觉得这节目是他内心世界的剧院里全部演出剧目中最受欢迎的节目，因为它促成了非常疲乏时的奇异感情，而这只有在真正做出伟大的英勇的事迹后才会产生。

他现在可以心安理得地休息一会儿了。他舒展四肢，身体尽可能在狭窄的石室里躺好。至于内心，他则在扫净的灵魂席子上完全舒适地展开了，遐想着，让绝妙的香气在鼻子周围戏耍：比方说，像从春天草地上飘来的有香味的空气，掠过新绿的山毛榉树叶而吹来的柔和的五月风；从海上吹来的像咸杏仁一样刺鼻的微风。当他起身时，已经是下午将近黄昏了——可以说是将近黄昏，因为这里自然没有下午、上午、晚上或清晨，没有光，没有黑暗，也没有春天的草地，没有绿色的山毛榉树叶……在格雷诺耶的内心宇宙里压根儿没有东西，只有东西的气味。（因此这是一种特定的说话方式，把这宇宙说成一个地方，是一种当然合适的和唯一可能的表达方式，因为我们的语言不适合描写嗅觉的世界。）已经是下午将近黄昏时，这就道出了格雷诺耶心灵上的情况和时间，就像他在南方时午睡结束的样子，中午的麻痹状态正缓慢地离开这地方，受到抑制的生活又将开始。炎热——高贵的香味的大敌——已经消失，所有恶魔已被消灭。内心世界正赤裸裸和柔和地躺在苏醒的放荡的安静中，等候着主人发落。

格雷诺耶起身——这已经说过了——并伸展四肢，抖去睡意。他——伟大的精神上的格雷诺耶——站起身，像一个巨人站立在那儿，他英俊，高大，看上去很神气——没有人看到他，真有点可惜！——他骄傲而威严地环视四周。

是的！这是他的王国！独一无二的格雷诺耶王国！它是由无与伦比的格雷诺耶建立的，归他统治，什么时候他高兴，就能把它毁掉，然后再建立起来，把它扩大到无边无际，用亮光闪闪的剑来保卫，抵御每个侵略者！在这儿，他的意志，伟大的、英俊的、无与伦比的格雷诺耶的意志在发挥作用。在清除往昔令人作呕的臭气之后，他如今要让自己的王国散发出芳香！他迈着坚定的步伐到达无人耕种的田野上，播种了各种香料作物，在一望无际的广阔的种植园和小小的可爱花坛里，这儿多播了些，那儿少播了点，大把的种子撒下去，或是一粒粒放到经过自己选好的地点。伟大的格雷诺耶像发疯的园丁一样，一直奔到他的王国的最边远地区，不多久就再也没有哪个角落不曾播种香料种子了。

当他看到，事情做得不错，整个大地都播上了他那神奇的格雷诺耶种子，伟大的格雷诺耶就降了一阵酒精雨，细蒙蒙的，连绵不断，到处都开始发芽和抽枝，全部种子都发了芽，他心中无比高兴。不久种植场上已是枝叶茂密，在绿茸茸的园子里植物茎部液汁充沛。花蕾几乎全从花中绽放出来。

这时伟大的格雷诺耶制止降雨。果然雨停了。他派遣他的微笑的温和太阳普照大地，一下子出现了万花竞放、鲜艳夺目的美丽景象，从王国的这一端到另一端，形成用无数名贵花朵编织起来的一整块彩色斑斓的地毯。伟大的格雷诺耶看到这很好，非常非常好。他把自己气息形成的风吹遍大地。可爱的花朵散发着香味，把它们的芳香混合成一种不断闪光的、但又是在经常的变化中融合起来的无所不有的香味，对他这伟大人物，独一无二的人，美丽的格雷诺耶表示敬意，而格雷诺耶则坐在金光灿灿的、散发香味的云端王位上，重又嗅着，把气息吸入，他觉得吸进的气味非常舒适。他屈尊多次为他的杰作祝福，而他的杰作又欢欣鼓舞地并再次发出绝妙的香味向他致谢。这时晚上已经来临，香气继续散发出来，在蓝色的夜空混合成更加奇妙的芳香。一个真正的香味舞会即将随着点燃巨大的五光十色的烟火而来临。

伟大的格雷诺耶有点累了，他打着哈欠说："瞧，我完成了一项伟大的事业，我对此非常满意。但是如同一切完成的事物那样，它开始使我感到无聊。我现在想告退了，在这充满工作的一天结束时，在我心灵的房室里再做件令人高兴的小事。"

伟大的格雷诺耶说着，张开两只翅膀从金光灿灿的云端飞越他心灵的夜色大地回到家里，即自己的心里，而那些芳香精灵则在他的下方载歌载舞地欢庆。

27

啊！回家真让人高兴！这个兼有复仇者和世界创造者的双

重身份让人花的力气可不小,此后让自己创造的精灵欢庆几个小时,这也不是最地道的休息。伟大的格雷诺耶对神圣的创造职责和代表职责感到厌倦,渴望着家庭的欢乐。

他的心脏像一座紫色的宫殿。它坐落在一片隐蔽在沙丘后面的石头荒漠里,周围有一块沼泽地绿洲,后头有七道石墙。只有飞才能到达那里。宫殿有一千个房间,一千个地下室,一千个高级沙龙,其中一个沙龙里有一张简单的紫色长沙发,格雷诺耶在劳累一天后就躺在上面休息,他此时已经不再是伟大的格雷诺耶,而是完全不对外的格雷诺耶或是普通的可爱的让-巴蒂斯特。

在宫殿的房间里摆着货架,架子从地板直顶到天花板,架子上放着格雷诺耶有生以来收集的所有气味,有数百万种。在宫殿的地下室里,桶里放着他一生中最好的香水。这香水若是成熟了,就被抽到瓶子里,然后摆在数里长的潮湿阴凉的走道里,按年份和来历分类,多得一辈子也不能把它们全部喝下去。

这位可爱的让-巴蒂斯特终于回到他"自己的家",躺在紫色沙龙他那普普通通而又舒适的长沙发上——若是愿意的话,最后再脱去靴子——他拍拍手掌,喊来他的仆人,即看不见的、感觉不到的、听不见的、首先是嗅不到的、完全是想象中的仆人,吩咐他们到各房间里去,从气味的大图书馆里拿来这本或那本书,到地下室去给他取来饮料。想象中的仆人急急忙忙,而格雷诺耶的胃却意外地痉挛起来。突然,他像个站在酒柜旁感到恐惧的酒徒那样情绪低劣，人家会以某种借口拒绝给他想要的烧酒。什么，地下室和房间一下子都空了？什么，桶里的酒都坏了？为什么让他等着？为什么人还不来？他马上要喝，他马上要。他这时正发瘾，若是要不到他马上就会死。

但是别激动，让-巴蒂斯特！安静，亲爱的！人马上就来，马上就把你要的东西拿来。仆人们已经飞跑过来了。他们端着托盘，上面放着气味之书，他们用戴着白手套的看不见的手拿来一瓶瓶名贵的饮料，他们把东西放下来，非常小心，他们鞠着躬，走开了。

终于剩下了他一个人——又一次！——孤单一人！让-巴蒂斯特伸手去拿那本气味之书，打开第一只香水瓶，给自己斟了满满一杯，举起来送到唇边，喝了起来。他一口喝下一杯凉爽的香水，真可口！喝下去舒服极了，以致可爱的让-巴蒂斯特幸福得流出了眼泪。他立即又斟了一杯香水：那是一七五二年的香水，其香气是那年春天日出之前在国王桥上把鼻子向着西方吸来的，当时从西面吹来一阵轻风，风里混合着海的气味、森林的气味和停靠在海岸边的小船的一点点焦油气味。这是他未经格里马许可在巴黎游荡度过的头一个夜晚将近结束时的香味。这是白天即将来临、他自由自在地度过的第一个拂晓的新鲜气味。当时这气味向他预告了自由。那个早晨的气味对于格雷诺耶来说，是一种希望之气味。他小心翼翼地保存下来。他每天都在喝它。

在他喝完第二杯以后,所有紧张情绪、怀疑和不安都消失了,他的内心又平静下来。他把背部紧压在长沙发的软垫上,翻开一本书,若有所思地读起来。他读到儿童时期的气味,上学时期的气味,马路和城市角落里的气味,人的气味。他打了个舒适的寒战,因为这些全是可憎的气味,它们消失了,现在又被召唤出来。格雷诺耶怀着厌恶的兴趣读着令人作呕的气味之书,若是反感超过了兴趣,他就把书合上,扔在一旁,另拿一本来看。

此外他还不停地喝着高级香水。喝过装着希望香水的那瓶以后,他又打开一瓶一七四四年生产的,瓶里装满加拉尔夫人屋前温暖的木头气味。然后,他喝了一瓶充满香气和浓郁花香的夏夜香水,它是一七五三年在圣日耳曼附近一个公园边上收集的。

他现在肚子里装满了芳香。四肢越来越重地放在软垫上。他的神志已经非常模糊。然而他的狂饮尚未到达尽头。虽然他的眼睛不能再读,那本书早已从他的手里滑落下来,但是他若不喝光最后一瓶,即最美的一瓶,他今晚是不肯罢休的。这最美的一瓶就是马雷街那少女的芳香……

他虔诚地喝着,为此,他笔直地坐在长沙发上,虽然他觉得很吃力,因为紫色的沙龙在摇晃,每动一下都绕着他旋转。小格雷诺耶以学生的姿势,两只膝盖并拢,两只脚靠紧,左手放在左边大腿上,喝着从他心灵的地下室取来的最美的芳香,一杯又一杯,越来越悲哀。

香水

他知道自己喝得太多了。他知道自己喝不了这么多好饮料。但是他还是把这杯喝光了。他经过昏暗的过道从马路走进后院。他迎着亮光走。少女坐着，在切黄李子。远处发出火箭和烟花爆竹劈劈啪啪的响声……

他把杯子放下，由于多愁善感和喝得太多而发愣，又呆了几分钟，直至余味从舌头上消失。他直愣愣地望着。他的脑袋突然像瓶子一样空空如也。然后他倒向紫色长沙发的一侧，昏昏沉沉地睡着了。

与此同时，外表上的格雷诺耶也在他的粗羊毛毯上睡着了。他睡得和内心里的格雷诺耶一样沉，因为非凡的业绩和纵欲使两者都精疲力竭了，两者毕竟是同一个人。

但是无论如何，他醒过来时，并不是在他紫色宫殿的紫色沙龙里，并不是躺在七堵石墙之后，也不是在他心灵的春天般的芳香中，而是独自一人在坑道尽头的洞穴里，在黑暗中硬邦邦的土地上。他又饥又渴，难受得想呕吐，像个酒瘾特别厉害的酒徒在通宵狂饮后那样感到寒冷和痛苦。他匍匐在地上爬出坑道。

外面正是一天的某个时刻，多半是入夜或即将天亮的时候，但即使是半夜，星光的亮度也像针一样刺痛他的眼睛。他觉得空气中灰尘多，气味浓烈，肺部吸了它们像是在燃烧似的。周围地方坚硬，他与岩石为邻。就连最柔和的气味也在刺激他已经不习惯于世界的鼻子。格雷诺耶这只扁虱，已经变得像脱了壳裸露身体在海里游着的虾子那样敏感。

他走到流水处，从石壁上舔水，一舔一两个小时，这是一种折磨，现实的世界烧灼着他的皮肤，这时间没完没了。他从岩石上撕下几片青苔，塞进嘴里咽下去，蹲下来，一边吃一边拉屎——快，快，做什么都得快——仿佛他是一只软肉的小动物，而天上有一群苍鹰在盘旋，他像是被追逐似的跑到自己的洞穴里，直到放着粗毛毯的坑道尽头。在这儿他终于又可以高枕无忧了。

他把身子靠回到卵石上，伸出两腿等待着。他必须使自己的身体保持静止状态，绝对静止，他慢慢地控制住呼吸。他那激动的心搏动得更加平稳，内心波浪的拍打已经减弱。孤寂突然像一个黑色的镜面向他的情绪袭来。他闭起眼睛。通往他内心的黑暗的门已经敞开，他走了进去。格雷诺耶心灵上的下一场演出开始了。

28

就这样，一天天，一星期又一星期，一个月又一个月过去了。就这样，过去了整整七年。

在这期间，外面世界发生了战争，而且是世界大战。在西里西亚和萨克森，在汉诺威和比利时，在波希米亚和波莫瑞，人们互相打着。国王的军队不是在路途中死于伤寒,就是死在黑森、威斯特法伦、巴利阿里群岛、印度、密西西比河地区和加拿大。战争使一百万人丧生,使法国国王失去了殖民地,使所有参战的国家损失了许许多多的钱,以致它们最后终于沉痛地决定结束战争。

格雷诺耶在这期间,有一年冬天差点不知不觉地冻死。当时他在紫色沙龙里躺了五天,当他在坑道里醒来时,他冻得几乎不能动弹。他又立即闭起眼睛,准备在睡眠中死去。但是后来气候突变,他被融化了,因而得救了。

有一次,雪积得很高,他没有力量把雪扒开挖地衣,就以被冻僵的蝙蝠充饥。

一次,一只死乌鸦躺在洞口。他把它吃了。这就是他在七年里所了解的外部世界所发生的事件。在其他情况下,他只住在山里,只呆在他自己创造的心灵王国里。倘若不是发生了一次灾难,把他从山里赶出来并把他推回到世界中,想必他会留在那儿一直到死(因为他并不缺少什么)。

29

这次灾难不是地震,不是森林大火,不是山崩,不是坑道坍塌。它压根儿不是外部的灾难,而是一次心灵上的灾难,因而特别难受,因为这次灾难堵住了格雷诺耶所喜欢的逃路。它发生在他睡觉的时候,说得更好些是在他梦中,更确切地说,是他在心里幻想中的睡梦中。

当时他躺在紫色沙龙里的长沙发上睡觉。他周围放着空瓶子。他喝得太多了,最后还喝了两瓶红发少女的芳香。这大概是太多了,因为他的睡眠尽管像死一样沉,这一次并不是不做梦,而是像幽灵一样古怪的梦影贯穿睡觉的始终。这些梦影很明显是气味的一部分。起初它们只是以稀薄的轨迹飘过格雷诺耶的鼻子,随后它们变浓了,像云朵一样。这情况恰似他站在沼泽中,沼泽里升起了雾气。雾气缓缓地越升越高。格雷诺耶很快就完全被雾气包围了,被雾气湿透了,在雾团之间几乎没有自由的空气。他若是不想窒息,就必须吸进这种雾气。而雾气正如说过的,是一种气味。格雷诺耶也知道,这是什么气味。雾气就是他自己的气味。格雷诺耶的气味就是雾气。

如今可怕的事实是,尽管格雷诺耶知道这气味是他的气味,可他却不能嗅它。他完全消失在自己的内心里,为了世界上的一切,不能嗅自己的气味。

当他明白这点后,他大喊大叫,仿佛他在被活活烧死。叫喊声冲破了紫色沙龙的墙壁、宫殿的墙壁,从心里出发越过沟渠、沼泽和沙漠,像烈火狂飙飞过他心灵的夜景,从他嘴里尖声叫出来,穿过弯弯曲曲的坑道,传向世界,远远越过圣弗卢尔高原——仿佛是山在呼喊。格雷诺耶被自己的叫喊唤醒了，醒来时他朝自己周围乱打，仿佛他要把窒息他的嗅不到的雾气赶跑。他怕得要死，由于死亡的恐怖而全身颤抖。若是叫喊声驱散不了雾气，那么他自身就会被淹死——多么可怕的死。他一想到这，就毛骨悚然。他颤抖地坐着，试图捕捉他那些混乱的胆怯的念头，有一点他是完全清楚的：他将改变自己的生活，即使仅仅是因为他不愿再次做这样可怕的梦。这个梦再做一次他是受不了的。

他把粗毛毯披在肩膀上，爬到洞外。外面正是上午，二月底的一天上午。阳光灿烂。大地散发出潮湿的岩石、青苔和水的气味。风里已经有一点银莲花的香气。他蹲在洞穴前的地上。阳光温暖着他的身体。他吸入新鲜空气。他回想起他已经逃脱的雾气，仍然感到不寒而栗，当他的背上感觉到暖和时，由于舒适而打着寒噤。这个外部世界依然存在，即便只是一个消失点也是好的。假如他在坑道出口处没有再发现世界，那么其恐怖是不堪设想的！假如没有光，没有气味，什么也没有——里里外外，到处只有这可怕的雾气……

惊恐逐渐退却。畏惧渐渐松开了手，格雷诺耶开始觉得安全多了。将近中午时，他又变得从容了。他把左手的食指和中指放在鼻子下，穿过两指进行呼吸。他闻着潮湿的、银莲花香的春天空气。他从自己的指头上什么也没闻到。他把手翻过来，嗅着掌心。他感觉到手的温暖，但是什么也没闻到。他把衬衣的破袖子捋得高高的，把鼻子埋在肘弯部位。他知道这是所有人散发自己气味的部位。但他什么也没闻到。在腋下，在脚上，他什么也没嗅到，他尽可能弯下身子去嗅下身，什么也没嗅到。事情太滑稽了，他，格雷诺耶，可以嗅到数里开外其他任何人的气味，却无法嗅到不足一个手掌距离的自己下身的气味！尽管如此，他并不惊慌，而是冷静考虑着，对自己说了下面的话："我并非没有气味，因为一切都有气味。更确切地说是这样：我嗅不出自己的气味，因为我一生下来就日复一日地嗅过我的气味，因此我的鼻子对我自己的气味麻木不仁了。如果我能把我的气味或至少一部分气味同我本人分开，分离一段时间后再回到它那里，那么我就能很好地嗅到它——也就是我。"

他放下粗毛毯，脱去他的衣服，或者说，脱下他原来衣服上尚存的破布、碎布。这些衣服他穿了七年，从未脱过。它们自然浸透了他的气味。他把它们扔到洞穴入口处的废物堆上，立即走开。然后他，七年以来第一次，重新登上山顶。在那里，他站到当年抵达时站过的那个位置上，鼻子朝西，让风在他那赤裸的身体四周呼啸而过。他的意图是，把自己身上的气味全吹光，尽可能用西风——就是说用大海和潮湿的草地的气味——来填满，使这气味超过他自己身体的气味，他希望因此在他——格雷诺耶——和他的衣服之间产生气味差，从而使他可以清楚地觉察出来。为了使鼻子尽可能不嗅到自己的气味，他把上身向前弯，把脖子尽可能伸长迎着风，把手臂向后伸。

他活脱是个即将跳入水中的游泳运动员。

一连几个小时,他都保持着这种极其滑稽可笑的姿势,尽管阳光还很弱,他那早已不习惯光、像蛆一样白的皮肤已经晒得像龙虾一样红。傍晚他又回到洞穴里。他老远已经看到了那堆衣服。在离它们几米处,他捂住鼻子,直到把鼻子垂到贴近衣服时才把手放开。他做着从巴尔迪尼那里学来的那种嗅气检验,猛地把空气吸进,然后分阶段地让气流出来。为了捕捉气味,他用两只手在衣服上方做成一口钟的形状,然后把鼻子像一个钟舌一样插进去。他想尽一切办法要从衣服中把自己的气味嗅出来,但是衣服里没有这种气味。它肯定不在里面。里面有一千种别的气味。有石头、沙子、青苔、树脂、乌鸦血的气味——甚至几年前他在苏利附近买来的香肠的气味,至今还可以清晰地闻出来。衣服里还有近七八年来的一本嗅觉方面的笔记的气味。它们唯独没有他自己的气味,没有在这期间始终穿着这些衣服的他本人的气味。

现在他有点害怕起来。太阳已经下山,他赤裸着身体站在坑道的入口处,坑道漆黑的尽头就是他住了七年的地方。风凛冽地吹着。他在挨冻,但是他没觉得寒冷,因为他身上有种能对抗寒冷的东西,这就是害怕。这不是他在梦中所感觉到的害怕,即那种担心自己被窒息的害怕,那种害怕无论付出什么代价他都必须摆脱,同时他也可以逃脱。此时他所感觉到的害怕,是对自己一无所知的害怕。这是和那种害怕对立的。这害怕他逃脱不了，而是必须迎上前去。即使这认识很可怕，他也无疑得知道，他究竟有没有一种气味。而且现在马上就要知道。马上。

他走回自己的坑道。才走了几米，他已经完全被黑暗包围了，但是他仍像在最亮的光线中那样找到了路径。这条路他走过数千次，每一步、每一个弯他都熟悉，嗅过每一块垂挂下来的悬岩和每一块突出的石头。寻找道路并不难。困难的事是，他越向前走，就越要对潮水一般在他内心高高泛起并溢出的幽禁恐怖梦幻的回忆进行斗争。但他是勇敢的。这就是说，他怀着不知道的害怕心理对害怕知道的心理进行斗争，他成功了，因为他知道他没有选择余地。当他到达坑道尽头，即填埋了许多卵石的地方时，他才摆脱了两种害怕。他的感觉镇静，他的脑袋清醒，他的鼻子像一把解剖刀一样锋利。他蹲坐下来，把两手放到眼睛上方嗅着。在这地方，在这远离世界的石墓里，他躺了七年之久。若是世界上有什么地方散发出他的气味，那么必定就是这里。他缓慢地呼吸。他仔细地检查着。他需要时间进行判断。他蹲了一刻钟。他的记忆力惊人，他准确地知道七年前这地方散发出的气味，即散发出岩石味和潮湿、含盐的凉爽气味，这气味如此纯洁，说明在任何时候都没有生物、人或动物到过这地方……而如今这里的气味依然如故。

他又继续蹲了一会儿，安安静静地蹲着，只是轻轻地点点头。然后他转过身子走开，先是弯下身子，到了坑道的高度许可时，他就挺直身子，走到洞外。在外面他穿上自己的破烂衣服（他的鞋子多年前已经腐烂），把粗羊毛毯披在肩上，当天夜里离开了康塔尔山，向南方走去。

30

他的外表十分可怕。头发一直垂到腘窝，稀疏的胡须直到脐部。他的指甲像鸟的爪子，在烂布无法遮掩身体的背部和腿部，皮肤一片片脱落下来。

他所遇到的头一批人，是在皮埃尔福市附近一块田里的农民，他们一看到他，立即叫嚷着跑开了。与此相反，在城里他引起轰动，数百人向他聚拢过来围观他。有些人认为他是一个被判处在橹舰上服苦役的逃犯。有些人说，他不是真正的人，而是人和熊生的杂种，一头森林怪物。一个过去曾漂洋过海的人坚持说，他看上去像个大洋对岸卡宴①的一个不开化印第安部落的人。大家把他带到市长跟前。他在那儿令围观者吃惊地出示了他的满师证书，张开嘴巴，用有点咕噜咕噜的语音说话，因为这是相隔七年后他说出的头几句话，但是意思是很明

---

① 法属圭亚那一渔港。

了的。他说自己在漫游途中被强盗袭击、绑架，在一个洞穴里被关了七年之久。他还说，他在这七年里既没有见到阳光，也没有见到一个人，靠一个由看不见的手放到黑暗中的篮子生存，最后借助一架梯子才得到解放，自己不知道是为什么，也没有见到过绑架他的人和他的救命恩人。这种说法是他自己编造出来的，因为他觉得这比事实更可信。而真实情况也是如此，类似这些强盗袭击事件，在朗格多克、奥弗涅山和塞文山脉并不罕见。无论如何，市长毫不迟疑地作了记录，把这情况报告给德·拉塔亚德-埃斯皮纳斯侯爵，他是图卢兹的庄园主和市议会议员。

这位侯爵四十岁时即离开凡尔赛宫，回到自己的庄园从事科学活动。他撰写了一部关于搞活国民经济的重要著作，书中他建议废除土地税和农产品税，实施与此相反的累进所得税，这与最穷苦的人的利益密切相关，促使他们更强地发挥自己的经济积极性。在这本小书取得成功的鼓舞下，他写了论述五至十岁男孩和女孩教育问题的一篇论文，此后他专心致志于农业实验，想把公牛的精子移到各种草类上，培植出一种可以取得奶的动植物杂交品种，即一种乳房花。这项试验取得了初步成功，他甚至制出了一块草奶干酪。里昂科学院认为这块干酪"虽然有点苦味，却含有山羊般的味道"，但因为喷洒在田里的公牛精子每百升耗资巨大，所以他不得不停止试验。可是无论如何，对于农业生物学问题的探索不仅唤起了他对农田中的土坷垃的兴趣，而且唤起了他对土壤和土壤与生物界的关系的兴趣。

他刚一结束乳房花的实际工作，就以研究者趁热打铁的热情投入到撰写关于接近土壤和生命力之间关系的一篇重要文章上来。他的论点是，生命只有同土壤保持一定距离才能发展，因为土壤本身经常排出一种腐烂的气体，一种所谓的"致命气体"，它麻痹生命力并迟早使之停顿。因此，他认为，所有生物都努力通过生长而远离土壤，从土壤里生长出来，而不是生长进去；因此，它们所长的最有价值的部分总是向着天空，例如庄稼长出的穗子，花卉开出的花朵，人长出的头；因此，当它们老了，又朝着土壤弯下时，它们难免受到致命气体的影响；而它们本身经过衰变过程，死后最终也转变成致命的气体。

当德·拉塔亚德-埃斯皮纳斯侯爵听说在皮埃尔福发现在洞穴里——即四周完全是腐烂的成分土壤——住了七年之久的人时，他真是喜出望外，叫人立即把格雷诺耶带到他的实验室，为他作了彻底的检查。他觉得自己的理论最清楚地得到了证实：致命气体已经严重地损害了格雷诺耶，他二十五岁的身体已经明显地出现了老人一般的衰变现象。唯有这一情况——塔亚德-埃斯皮纳斯这么说——即格雷诺耶在他被关期间仍食用离开土壤的植物，可能是面包和水果，阻止了他的死亡。他认为，如今只有使用他设计的活力空气换气设备把有害气体彻底驱逐出去，才能恢复到过去的健康状况。他在蒙彼利埃市[①]的王府贮藏室里有一套这种设备，他说，若是格雷诺耶同意让自己作为科学上验证的对象，他不仅可以把他从绝望的土壤气体污染中解救出来，而且理所当然地还会使他得到一大笔钱。

两小时后，他们便坐在了车子里。虽然道路非常糟糕，但他们还是花了不到两小时的时间就走完了到达蒙彼利埃的六十四里路程；尽管侯爵已上了年纪，可他仍坚持鞭打马车夫和马匹，有几次车杠和弹簧断了，他也亲自动手修理。他为自己幸运地发现这稀罕的人而欢欣鼓舞，迫切希望能尽快把他交给有教养的公众。与此同时，格雷诺耶一次也不能离开马车。他穿着破烂，全身裹着一条沾满湿泥和黏土的粗羊毛毯，只好坐着。在路上他靠野菜根充饥。侯爵希望通过这种方式使土壤气体污染的理想状况再保持一段时间。

到达蒙彼利埃后，他叫人把格雷诺耶立即送到王府的地下室，发出请帖给医学院、植物协会、农业学校、化学物理协会、共济会分会以及这个城市至少不下于一打的所有其他学术团体的成员。几天以后——即格雷诺耶离开山上孤寂的生活整整一周后——格雷诺耶出现在蒙彼利埃大学礼堂的小讲台上让四百个学者观看，成为这一年科学上轰动的事件。

德·拉塔亚德-埃斯皮纳斯侯爵在报告里把他称为致命的

[①] 法国南部城市，以拥有众多大学、医学院而著称。

土壤气体理论之正确性的活证明。他逐渐撕去他身上的破布,同时解释腐烂的气体对格雷诺耶身体所产生的毁灭性影响:这儿有气体腐蚀引起的脓疱和疤痕,那儿胸部有一个巨大的亮晶晶的红色癌肿,皮肤到处都在坏死,甚至骨骼也出现气体引起的明显的畸形,畸形足和驼背显而易见。脾、肝、肺、胆等内脏和消化器官也已受到气体的严重损害,他说,若对放在这展出的人脚前一只碗里的、大家看得见的粪便样品进行分析,无疑可以证明这点。因此可以概括地说,生命力由于"塔亚德致命气体"七年的污染所受的麻痹已经发展到如此地步,以致这个被展出的人——此外,他的外表已经显示出显著的鼹鼠般的特征——与其说是个活着的人,不如说是个走向死亡的人。然而演讲人又说,他将自告奋勇,对这必死无疑的人进行换气治疗,并辅之以健身的饮食,在八天内做到让每个人都一眼看出完全治愈的迹象。他要求在座的人在一周内亲眼观看这一预后诊断的成功,而这成功无疑应当被视为致命的土壤气体理论之正确性的有效证明。

讲话取得巨大成功。学者们对讲演者报以热烈的掌声,然后从格雷诺耶所站的小讲台前鱼贯走过。格雷诺耶衣衫破烂不堪,身上有旧的疤痕,身体畸形,这些事实使他的外表给人以非常可怕的印象,以致每个人都认为他已经烂掉一半,无可救药了,虽然他觉得自己是绝对健康、精力充沛的。一些先生像医生那样为他叩诊,给他量量身子,瞧瞧他的嘴和眼睛。几个人和他说话,打听他在洞穴里的生活,询问他现在的健康状况。但是他严格遵守侯爵事先的吩咐,只用一声压低的喉音来回答这些问题,同时他用两只手指着自己的喉头作出无能为力的姿势,以便表明喉头也已经被"塔亚德致命气体"蚀坏。

展出结束后,塔亚德-埃斯皮纳斯又把他装入马车,运回家放在王府贮藏室。在那里,侯爵在医学院几位选出来的大夫参加下把他关进健身空气换气设备,这是一座用松木板造起来的小房子,它借助一个比屋顶还高得多的吸气烟囱通入完全没有致命气体的高处空气,这空气再通过装在地板上的皮革制活瓣流出。这套设备由一组工作人员夜以继日地精心操作,始终保持运转状态,保证安装在烟囱内的通风机不致停转。格雷诺耶就这样不停地由清洁的空气冲洗着,而且每隔一个钟头,一扇装在侧面双层墙内的空气小闸门为他供应一次远离土壤的有营养的食品:鸽子汤、云雀酥饼、野鸭肉丁、糖水水果、用生长得特别高的大麦制作的面包、比利牛斯山葡萄酒、岩羚羊奶和用养在王府阁楼上的鸡制作的泡沫冰淇淋。

这种去除污染和恢复活力的治疗持续了五天。后来,侯爵叫人关闭通风机,把格雷诺耶带到盥洗室去洗雨水澡,他在温水里泡了几小时,最后用安第斯山的城市波托西的核桃油肥皂从头到脚擦洗了一番。人家给他剪手指甲和脚趾甲,用淘得很细的白云石灰给他洁牙,把他的头发剪短、梳理、烫好并扑上粉。请来了裁缝和鞋匠,格雷诺耶得了一件绸衬衫,衬衫的胸

香水 | 155

口有白襞饰，袖口有白褶。他有了丝袜、外衣、裤子和蓝色天鹅绒背心，有了漂亮的带扣黑皮鞋，右脚的一只鞋胶合得非常精巧，正适合他的畸形脚。侯爵亲手为格雷诺耶有疤痕的脸涂脂抹粉，给他的嘴唇和脸颊涂上胭脂红，拿椴木软炭笔给他画了高雅的拱形眉毛，随后还为他喷洒自己的私人香水，一种相当普通的紫罗兰香水。最后他向后退了几步，过了很长时间，才由衷地说出了他激动不已的话。

"先生，"他开腔说道，"我为自己高兴。我对自己的才能感到惊异。我固然对自己关于气体的理论从未怀疑过，当然没有；但是通过实际治疗而如此精彩地证实这一理论，这的确使我震惊。您本来是一个动物，我把您变成了人。这简直是神奇的业绩！请允许我如此激动——请您站到这面镜子前，瞧瞧您自己！您将在自己的一生中第一次认出自己是个人，当然不是一个特别非凡或杰出的人，但毕竟是个还不错的人！先生，请您走走！请您瞧瞧自己，请您欣赏我在您身上创造的奇迹！"

他当面称呼格雷诺耶为"先生"，这还是头一次。

格雷诺耶朝镜子走去，朝镜子里看。迄今他还从未朝镜子里看过。他看到一位先生站在自己面前，身穿蓝色长袍和白衬衫，脚穿丝袜。他完全是本能地蜷缩着，正如他在斯文的先生面前总是蜷缩着身体那样。可是那位斯文的先生也蜷缩起来，当格雷诺耶重新站直身子时，那位斯文的先生也这么做，然后两人都在发愣,相互凝视。

使格雷诺耶最为惊讶的是,他的外表如此令人难以置信的正常。侯爵说得对:他看上去并不特殊,不好看,但也不特别难看。他的身材矮小了点,他的姿势有点歪向左侧,他的脸部缺乏表情,简而言之,他的外表就像成千上万的其他人一样。如果他现在走到马路上去,没有人会掉转头来瞧他一眼。如果他遇上一个像他现在这样的人,那么他自己也不会对这个人特别留意。他会闻到,这个人除了散发出紫罗兰香味外,就像镜子中的先生和站在镜子前的他本人一样没有什么气味。

可是,十天前当农民见到他时,还惊叫着跑开。他当时的感觉与现在的并没有什么不同,此刻当他闭起眼睛时,他感觉和当时没有一丁点儿不同。他吸进在他身旁升起的空气,闻着低劣的香水、天鹅绒和刚上胶的皮鞋味;他闻着丝绸织品、扑粉、胭脂和波托西产的肥皂的微弱香味。突然,他明白了,使他成为正常人的并非鸽子汤和所谓换气的把戏,而是几件衣服、发式和一些化妆品。

他睁开眼睛眨眨,看到镜子里的先生也对他眨着眼,他那胭脂红的嘴唇掠过几丝微笑,仿佛他要告诉他,他觉得他并非完全不讨人喜欢。格雷诺耶还发现,镜子中这个已经打扮成人的、没有气味的形体可不能小看,至少他觉得,这形体——只要把他化装得尽善尽美——可以对外部世界产生影响,而他,格雷诺耶,从来也不相信会有这样的影响。他对这形体点点头，看到他也一边点头，一边偷偷地鼓起鼻子……

31

翌日——侯爵正准备教他在即将举行的社交活动中登场时最必需的姿势、手势和舞步，格雷诺耶假装头晕发作，浑身无力并像要窒息似的跌在长沙发上。

侯爵惊慌失措。他呼唤仆人，喊叫要扇扇子，要轻便的通风机。当仆人们急急忙忙跑来时，他在格雷诺耶一侧跪下来，拿着他洒过紫罗兰香水的手帕给他扇空气，恳求着，哀求他重新站起来，现在不能咽气，要尽一切可能拖延到后天，否则关于致命气体的理论将受到最严重的威胁。

格雷诺耶蜷缩着，喘着气，呻吟着，迎着手帕挥动手臂，最后像演戏一样从长沙发上跌下去，爬到房间里最远的角落。"不要这种香水！"他竭尽全力地嚷道，"不要这种香水！它会把我憋死的！"直到塔亚德-埃斯皮纳斯把他的手帕扔出窗外，把他同样散发出紫罗兰香味的外衣扔进隔壁房间后，格雷诺耶才停止发作，用变得平静的嗓音叙述起来。他说他是个香水专家，有着符合这职业要求的敏感的鼻子，特别是当现在康复的时候对于某些香水有非常强烈的反应。偏偏是一种非常可爱的花——紫罗兰——的香味使他如此大伤元气，他说只能这样来解释：在侯爵的香水里紫罗兰根的提炼物含量很高，而这种提炼物由于来源于地下，对于受过致命气体损害的人，比如像他，格雷诺耶，就有着破坏性的影响。早在昨天第一次使用这种香水时，他已经觉得头晕目眩，而今天他再一次闻到紫罗兰根气味时，他仿佛觉得人家又把他推回到自己曾经过了七年艰苦生活的可怕的令人窒息的地洞。他的天性对此非常反感，他只能这么说，因为在侯爵老爷的技术给他送来摆脱致命气体的人的生命后，他宁肯立即死去，也不愿再次受令人憎恶的气体摆布。如今他只要想到用花根制作的香水，他身上的一切就会收缩。但是他深信，如果侯爵许可的话，他马上就会复元，设计出自己的香水，以便把紫罗兰芳香完全驱除。这时他想到一种轻得像空气一样的香水，它的主要成分是离开土壤的配料，如杏花水、橙花水、桉叶油、松针油和柏树油。他说只需在他的衣服上喷洒一丁点儿、在脸颊和脖子上洒上几滴这样的香水——他就会一辈子不再得刚才所患的这种可怕的病……

　　为了明了起见，我们在这儿用正规的间接引语复述了他的话。实际上，格雷诺耶断断续续地表达出这些来，却花了半个小时，说话时常常被咳嗽、喘气和呼吸困难打断，其中还穿插着颤抖、挥手和转动眼睛这些动作。侯爵得到的印象并不深。他的被保护人所表达的精辟论据，完全符合致命气体理论，远比那疾病的症状更能使他信服。当然是紫罗兰香水！一种令人厌恶的接近土壤的、甚至是土壤下的产品！多年来他使用这香水，或许本身已经受到感染！至于他由于这香气而一天天接近死亡，那他心中无数。痛风、脖颈僵直、阴茎疲软、痔疮、耳膜压痛、蛀牙——这一切无疑是由气体污染的紫罗兰根的臭味引起的！这个小笨蛋，在房间那边角落里的可怜虫，使他明白了这点！他情绪激动。他真想走到那里，把他扶起来，让他紧贴在自己开明的胸前。但是他担心自己身上依然散发出紫罗兰香味。于是侯爵再一次喊叫仆人，吩咐他们把房子里的一切紫罗兰香水拿走，给整个宫殿通通风，用通风机吹吹他的衣服，去除污染，立即让格雷诺耶坐上轿子，把他送到城里最优秀的香水专家那儿。格雷诺耶装病的目的正是如此。

在蒙彼利埃，香水业有古老的传统。尽管它最近与竞争城市格拉斯相比有些衰退，但在这城市仍然住着几位有名望的香水专家和制手套师傅。他们中最有名望的师傅叫吕内尔，他表示，鉴于他同德·拉塔亚德-埃斯皮纳斯侯爵的业务关系——他是侯爵的肥皂、香油和香料的供应者——他准备采取不寻常的步骤，把他的工作室让给这个用轿子抬来的不寻常的巴黎香水伙计使用一小时。这个伙计无须别人说明，也不询问什么东西在哪里，就说他已经熟悉环境，样样有了头绪，并把自己关在工场里，呆了足足一小时。吕内尔则带着侯爵的总管到一家酒店去喝几杯葡萄酒，在那儿了解为什么人家不再喜欢他的紫罗兰香水。

吕内尔的工场和商店的设备远远不像原来在巴黎巴尔迪尼的香料商店那么齐全。一个普通的香水行家，光拥有一些花油、香水和香料，是很难腾飞的。但格雷诺耶吸了第一口气，就知道现有的材料完全够他用。他不想配制高级香水，不想像当年为巴尔迪尼那样配制为名人特制的香水，而是要制作一种突出于无数平庸产品之上的、使众人折服的香水。像他许诺侯爵那样的普通的橙花香水，根本不是他本来的目标。他想用橙花、桉树叶和柚树叶的常见香精来遮掩他本来要制作的芳香：而这就是人的香味。他想拥有他自己所没有的人的气味，即使这暂时只是一种低劣的代用品。当然，人的气味是没有的，就如同人的容貌那样。每个人的气味都不同，没有哪个人比格雷诺耶知道得更清楚，他已经能识别成千上万个人的气味，从生下来开始就能通过嗅觉来区别人。但是，人的气味在香味上有一样基本东西，而且是相当普通的东西：一种汗腻的、像干酪一样酸的东西，一种从整体上来说够令人讨厌的基本东西，所有人都带有这基本东西。而在这基本东西之上，才飘浮着个性气息的非常精美的分子。

可是这种气息，即个人气味的极复杂的独特的暗号，绝大多数人无论如何是觉察不到的。绝大多数人压根儿不知道他们有这种气息，而且尽一切可能把它藏在衣服和时髦的人造香味下。他们只熟悉那种基本气味，那种原始的人的气味，他们只在这气味中生存，觉得自己是安全的，谁若是仅仅散发出令人作呕的普通雾气,就会被他们视为自己的同类。

格雷诺耶在这一天配制的是一种奇特的香水。比这更奇特的香水至今在世上还没有。它的气味并不像一种芳香,而是像**散发香味的一个人**。若是有人在一个暗黑的房间里闻到这种香水,那么他必定会以为这儿站着另一个人。假如一个本身具有人的气味的人用了这种香水,那么我们会觉得他带有两个人的气味,或者比这更糟糕,像个可怕的双重身体的人,像个无法确认的形体,因为它看上去非常模糊,像一幅描绘一个湖的湖底、而湖面上水波荡漾的画。

为了仿制这种人的气味——当然就他所知,这是相当不够的,但是却完全足以蒙骗别人——格雷诺耶在吕内尔工场里搜集最奇特的配料。

在通往院子的一扇门的门槛后有一小堆猫屎,看上去是猫刚拉下不久的。他取来半小匙,用几滴醋和捣碎的盐和在一起,放入配制瓶里。在工作台下,他发现一块大拇指指甲那么大的干酪;显然,这是吕内尔在一次就餐时掉下来的。这块干酪已经放了很长时间,已经开始分解,散发出刺鼻的气味。他从放在商店后部的沙丁鱼桶盖上,刮下了一点散发出鱼哈喇味的东西,把它和臭蛋、海狸香、氨、肉豆蔻、锉下的角质物和烧焦的猪皮碎屑混合起来。另外,他还加了相当多的麝猫香,然后把这些可怕的配料用酒精拌和,蒸煮、滤净后放入另一只配制瓶。这液体的气味可怕极了。它像阴沟里排出的腐烂臭气,若是用扇子把它的臭气同纯净空气混合到一起,那么其情况恰似置身在炎热的夏日站在巴黎弗尔大街的洗衣作坊街角上,从商场、圣婴公墓和拥挤不堪的房屋飘来的气味都在那儿汇合起来。

在这与其说像人,不如说像腐烂的动物尸体一样散发臭气的可怕的基本气味上,格雷诺耶现在又加上一层新鲜香油的气味:薄荷、薰衣草、松脂精、桉叶,同时他用细腻的花油,如老鹳草、玫瑰花、橙花和茉莉花的花油的芳香来控制它们的气味并使之发出宜人的香味。在用酒精和一些醋继续冲淡后,从全部配制物的基味中就再也闻不出令人作呕的气味了。潜伏着的臭味由于新鲜的配料而消失殆尽,令人作呕的气味已由花的芳香美化,几乎变得很有趣味,怪哉,腐烂的气味再也闻不出,一丁点儿也闻不出来了。正相反,一种极为轻松的生命芳香似乎从这香水里产生了。

格雷诺耶装了两小瓶这种香水,塞上软木塞,收到自己身上。随后他细心地用水冲洗瓶子、研钵、漏斗和小匙,用苦杏仁油擦净,以便弄去一切气味的痕迹。他拿了第二只配制瓶,用这只瓶迅速合成另一种香水,即头一种香水的仿制品,它同样是用新鲜和芳香的成分构成的,但这香水不再含有魔幻的液汁成分,而是完全按传统方式含点麝香、龙涎香、少许麝猫香和香柏木油。这香水本身不同于第一种香水,比第一种更加淡,更加纯正,更不具传染性,因为它缺少仿制的人的气味的成分。可是如果一个普通人使用这种香水,而且把它同自己的气味结合起来,那么它同格雷诺耶完全为自己制作的香水就再也没法区别了。

他把第二种香水也装到小香水瓶里,随后他脱光衣服,用第一种香水喷洒自己的衣服。然后他轻轻地搽腋下、脚趾间、下身、胸前、脖子、耳朵和头发,又穿上衣服,离开工场。

32

当他踏上街道时,突然感到恐惧起来,因为他知道,这辈子他第一次传播了人的气味。但他也发觉自己在散发臭气,发出地道的恶臭。他无法想象,别人会觉得他的气味是无臭的,他不敢径直到酒店里去,因为吕内尔和侯爵的总管家正在等着他。他觉得在人所不知的环境中试验新的人味香水,危险性比较小。

他穿过最狭窄和最阴暗的巷子,蹑手蹑脚地走到河边,那里有制革匠和染匠的工场,他们在那里干着散发出臭气的活计。每当有人迎着他走来,或是他从有儿童们游戏或老太太们闲坐的门口走过时,他就强迫自己放慢脚步,在这么浓的人的雾气中带着自己的气味向前走。

他从青年时代已经见惯了他身旁走过的人从不理睬他,他曾一度相信,他们并非鄙视他,而是因为他们压根儿没有觉察到他的存在。他的周围没有空间,他没有像他人一样在大气中造成的波,没有在别人脸上投下的影子。只有当他在拥挤的人群中或是十分突然地在一个街角径直同某人相撞时,人家才会对他瞧上一眼。与他相撞的人通常是大吃一惊地退回去,凝视着他,约有数秒钟,仿佛看到了本来不该存在的生物,这种生物,虽然无法否认地就在那儿,但却以某种方式并不在场。此人随后就向远处望去,马上又把他忘了。

但是现在,在蒙彼利埃的巷子里,格雷诺耶觉察并清楚地看到——而每当他重又看到这点时,他心里都萌生了强烈的自豪感——他已经对人产生了影响。当他从弯着身子站在井边的一位妇女身旁走过时,他注意到她把头抬了一会儿,看看谁在那儿,后来显然是放心了,又把身子对着自己的水桶。一个背向着他站立的男子,把身子转过来,好奇地瞧了他好长一会儿。与他相遇的儿童们都躲开——不是因为害怕,而是为了给他让路;即使他们从门口一侧跑来,突然碰上了他,他们也不害怕,而是理所当然地悄悄从他身旁走过,仿佛他们已经预感到他要到来似的。

通过几次这样的遭遇,他学会了更加准确地估计他的新气味的力量和作用样式。他更迅速地朝着人走去,更贴紧他们身旁走过,甚至稍许张开一只手臂,仿佛偶然地擦到一个过路人的胳膊。有一次他想赶到一个男子前面，撞到了那人，表面上像是疏忽似的，立即止住脚步道歉；而那个人，就在昨天还被格雷诺耶的突然出现吓得如五雷轰顶，这时却仿佛什么事也没发生似的，接受他的道歉，甚至微笑了一会儿，拍拍格雷诺耶的肩膀。他离开巷子，走上圣皮埃尔大教堂前面的广场。钟在响着，教堂大门两侧挤满了人。一个婚礼仪式才结束。大家都想瞧瞧新娘。格雷诺耶跑过去，混在人群里。他挤着，挤进了人群，他想挤到人群中最拥挤的地方，让人们身子贴着身子围住他，目的在于让他们嗅嗅自己的气味。他在人群中间张开胳膊，叉开两腿，扯开领子，让气味可以毫无阻碍地从他身上流出……他察觉，别人一点也没发觉，的的确确什么也没发觉，挤在他周围站着的所有男人、女人和小孩是那么容易上当受骗，把他用猫屎、干酪和醋拌在一起的臭气当作与他们一样的气味吸进去，并把他，格雷诺耶，他们中间的坏蛋，当作人群中的一个人加以接受，他感到无比的高兴！他在膝盖部位觉察到有个小孩，一个小姑娘，她像个楔子一样站在成年人中间。他把她举起来，假装关心爱护的样子，把她放在一只胳膊上，以便仔细地瞧着她。孩子的母亲不仅容许这么做，而且还对他表示感谢，小姑娘高兴得欢呼起来。

格雷诺耶就这样假正经地在自己胸前抱着一个陌生小孩，在人群中大约站了一刻钟。正当参加婚礼的队伍在震耳欲聋的钟声和人们——有人往他们头上撒下雨点般的硬币——欢呼声的陪伴下走过时,格雷诺耶的心里也发出另一种欢呼,一种阴险的欢呼,一种邪恶的胜利感,它像色欲发作一样使他颤抖和入迷,他费了很大力气,才克制住对所有的人喷射出毒液和对他们呼喊:他不怕他们;几乎也不恨他们;而是怀着全部热情轻视他们,因为他们又臭又笨。因为他们受了他的骗。因为他们什么也不是,而他就是一切!他把小孩抱得更紧,仿佛要嘲弄人们似的,他吸足气,同其他人齐声喊叫:"新娘万岁!新娘万寿无疆!美丽的新娘新郎万岁!"

当婚礼队伍走远,人群开始散开时,他就把小孩还给了她的母亲,然后走进教堂,以便从激动中恢复过来,歇息歇息。大教堂的空气中充满了香烟味,这些香烟从祭坛两侧的两只香炉里升起,呈寒冷的烟雾,像个闷人的罩子一样,盖在刚才在这儿坐过的人的柔和气味之上。格雷诺耶蹲在圣坛下的一条长凳上。

突然,他感到极大的满足。这不是当时在山洞里独自欢乐时所感到的醉心的满足,而是意识到自己力量所产生的一种冷静和清醒的满足。他如今知道了他能胜任什么。他使用极小的辅助手段,主要依靠自己的天才,仿制出人的香味,并且做得如此巧妙,以致连小孩都会受他蒙骗。他现在知道,他还能做更多的事。他知道自己可以改良这种香味。他会设计出一种不仅是人的,而且是超人的芳香,一种天使的芳香,妙得难以用文字形容,充满活力,谁闻到这香味就会入迷,必定会从心底里爱上他,格雷诺耶,这香味的载体。

的确,如果他们对他的香味入了迷,他们就会爱他,不仅只承认他是他们的同类,而是爱他爱得发狂,爱到可以牺牲自己,高兴得颤抖起来,幸福得喊叫号哭,而且不知道为什么,只要一嗅到他,格雷诺耶,他们就会跪下来,如同跪在上帝冷冷的香烟之下!他要成为现实世界中和凌驾于现实的人之上的全能的芳香上帝,如同他在幻想中已经做过的一样。他知道,他完全能做到这点。因为人们可以在伟大、恐怖和美丽之前闭起眼睛,对于优美旋律或迷惑人的话可以充耳不闻,但是他们不能摆脱气味。因为气味是呼吸的兄弟,它随着呼吸进入人们体内,如果他们要生存,就无法抵御它。气味深入到人们中间,径直到达心脏,在那里把爱慕和鄙视、厌恶和兴致、爱和恨区别开来。谁掌握了气味,谁就掌握了人们的心。

格雷诺耶心情非常轻松地坐在圣皮埃尔大教堂里的长凳上,微微笑着。当他决定要控制人们时,他没有精神快感的情绪,眼眶里没有狂人的目光,脸上没有疯子怪脸的表情。他没有丧失理智。他的思想十分清晰和明朗,以致他询问自己究竟为什么要这么做。同时他微笑着,心满意足。他的外表像任何幸福的人那么纯洁。

他肃穆安静地坐了好一会儿,深深吸入饱含焚香烟雾的空气。他的脸上又掠过开心的微笑:这上帝闻的气味多么可怜呀!这上帝自身散发出的香气,造得是多么拙劣呀!从香炉里袅袅上升的香烟,并不是真正的神香。它是拙劣的代用品,是用椴木、桂皮粉和硝石拌和假冒的。上帝在散发臭气!上帝是个散发臭气的小可怜虫!这个上帝受骗了,或者他本人就是个骗子,和格雷诺耶没有什么两样——只不过还要坏得多!

33

德·拉塔亚德-埃斯皮纳斯侯爵对新的香水欣喜若狂。他说,就连他这个致命气体的发现者也不无惊讶地看到,一种如此无关紧要的和挥发性的东西,例如一种香水,根据它是否产生于与土壤结合的或是与土壤分离的来源,对于一个人的一般情况竟产生了何等明显的影响。几小时前脸色苍白并几乎昏迷地躺在这里的格雷诺耶,他说,现在看上去像他那年龄的任何一个健康人那么充满活力,真的可以说,他——尽管带有一个像他这样阶层和缺乏教养的人所有的一切局限——几乎获得了像大人物一样的气质。他,塔亚德-埃斯皮纳斯,无论如何将在他即将出版的关于致命气体理论的专著的营养学一章中对这件事加以阐述。但是他认为当前首先得用这芳香配制出香水。

格雷诺耶交给他两小瓶用花制成的传统的香水,侯爵用它们来喷洒自己的身子。他对其效果非常满意。他承认，他在被像铅一样重的可怕的紫罗兰香压了多年之后，此时他仿佛觉得自己长出了花的翅膀；如果他没搞错的话，他的膝盖可怕的疼痛和两耳嗡嗡的响声都已减轻；总的说来，他觉得自己轻松愉快，变得身强力壮，年轻了好几岁。他朝格雷诺耶走去，拥抱他，称他为"我的气体兄弟"，并且补充说，这不是社交上的称呼，而是"考虑到致命气体理论"的单纯精神上的称呼。所有人在这致命气体理论之前——并且只在这致命气体理论之前——一律平等；他也打算——他说着，同时和格雷诺耶松开，而且是非常友好地，丝毫没有厌恶情绪地，几乎是像与自己同样身份的人松开——在不久的将来建立一个国际性的超阶级的共济会分会，该会的宗旨是要完全除去致命的气体，争取在最近用纯洁的活力气体来代替，他现在就许诺将吸收格雷诺耶为第一个皈依该分会的人。然后他叫人把用花配制的香水配方写在纸条上，把纸条放在身上，并送给格雷诺耶五十金路易。

德·拉塔亚德-埃斯皮纳斯在他第一次报告后的整整一周，再次让他的被保护人在大学礼堂里露面。人群拥挤不堪。蒙彼利埃全城的人，不仅科学工作者，而且社会上的人，其中有许多女士都来了，他们想观看这个传奇性的穴居人。尽管塔亚德的反对者，主要是"大学植物园友社"的代表和"农业促进协会"会员，把他们的追随者都动员起来了，这次活动仍取得了卓越的成绩。为了便于观众回忆格雷诺耶在一周前的情况，塔亚德-埃斯皮纳斯让人传阅描绘这个穴居人的丑陋和褴褛不堪的画片。随后他叫人把新的格雷诺耶带进来——身穿漂亮的天鹅绒蓝色外衣和绸衬衫，涂了胭脂，拍上粉，理了发。他笔挺地迈着优美的步伐，腰部摆动得像个绅士，这种走路的方式和他完全不靠别人帮助向大家致意，一会儿朝这儿一会儿朝那儿深深鞠躬，微微笑着登上讲台的风度，使所有怀疑者和批评者都哑口无言。就连大学植物园的朋友们也难堪地沉默着。这种变化太明显了，看来在这儿发生的奇迹太令人倾倒了：一周前，那里蹲着一头历经磨难的野蛮的动物，现在则的的确确站立着一个体态健美的文明人。大厅里洋溢着近乎庄严肃穆的情绪，当塔亚德-埃斯皮纳斯开始讲演时，厅里寂静无声。他再次发展了他那已经颇为出名的致命的土壤气体理论，后来阐述了他用何种机械的与饮食的方法把这种气体从被展示者的体内驱出，代之以活力气体。最后，他要求所有在座者，无论是朋友或持不同意见的人，鉴于如此令人信服的事实，放弃对这种新学说的抵制，同他，塔亚德-埃斯皮纳斯，一道对这凶恶的气体进行斗争，为善良的活力气体敞开道路。说到这里，他展开臂膀，眼睛对着天空，许多学者也模仿他这么做，妇女们则放声哭泣。

格雷诺耶站在小讲台上，不去听侯爵的高谈阔论。他怀着极为满足的心情观察一种完全不同的气体，即一种现实得多的气体——自己的气体——的作用。他按照大礼堂空间的要求，给自己喷洒了大量的香水，还没有登上讲台，自己浓重的香气就从身上散发出来。他看到这香气——他甚至真的用眼睛看到了！——抓住了坐在前面的观众，然后继续向后面传播，最后抵达后几排的观众和回廊。它抓住了谁——格雷诺耶高兴得心都要跳出来了——谁就明显地发生变化。在他的香气作用下，人们不知不觉地改变了他们的脸部表情、他们的举止、他们的感情。起初瞪大眼睛惊讶地看着他的人，此时则用和善的目光瞧着他；先前皱着眉头、嘴角明显下拉、背部始终靠在椅子上的人，现在松动了身子，背部向前倾了；甚至那些只是带着恐惧目光和始终抱着疑惑表情的神经敏感的人，胆怯的人和恐惧的人，此刻当香气传到他们身上时，在他们的脸上也泛出了友善，泛出了同情。

报告结束时全场起立，爆发出热烈的掌声。"活力气体万岁！塔亚德-埃斯皮纳斯万岁！气体理论万岁！打倒正统医学！"法国南部最著名的大学城蒙彼利埃的学者们这样喊叫着。这是德·拉塔亚德-埃斯皮纳斯侯爵一生中最伟大的时辰。

格雷诺耶现在从自己的小讲台上走下来，挤到人群中，他知道这样的欢呼只有他才能领受，这只是对让-巴蒂斯特·格雷诺耶一个人的欢呼，即使大厅里没有哪个欢呼者预料到这一点。

34

他在蒙彼利埃又呆了几个星期。他颇有点名气了,人们邀请他出入沙龙,询问他在洞穴的生活,打听侯爵给他医治的情况。他只得再三讲述把他掳走的强盗们的故事,讲述放下来的篮子和梯子的故事。每次他都添枝加叶,虚构新的细节。因此他在说话方面又得到了一定的锻炼——当然这是十分有限的,因为他这辈子并不热衷于语言——他觉得更重要的是如何自圆其说地说谎。

其实,他十分肯定地说,他想对人们讲什么就可以讲什么。他们只要相信过一次——他们在吸入第一口他配制的气味时,就对他表示信任了——那么他们对一切都会相信。此外,他在社交中获得了某种自信。这种自信他过去从未有过,它甚至在身体方面表现出来。他觉得自己似乎长高了。他的驼背似乎消失了。他差不多完全挺直身体走路。若是有人同他攀谈,他已经不再抽搐,而是笔直地挺立,经受住向他投来的目光。当然他在这期间还没变成地道的男子汉,还不是沙龙的雄狮,不是独立自主的社交上的清客。但是很明显,蜷缩着身子和侧向左边的情况已经没有了,自然的谦虚和任何情况下都带点天生腼腆的姿态已经显示出来，这种姿态给某些先生和女士留下了动人的印象——当时在上流社会圈子里，人们偏爱自然的姿态和一种毫无变化的魅力。

三月初他整理好行装，并在一天清晨城门刚打开时，穿上了前一天在旧衣市场上买来的一件不显眼的蓝色外衣，戴上一顶破旧礼帽，这顶帽子把半个脸部遮住了。他偷偷地离开了。没有人认出他来，没有人看到或注意他，因为他在这天特意没有使用他的香水。将近中午时分，侯爵打听他的情况时，哨兵信誓旦旦地说，他们虽然看到了所有离城的人，但是没有看见那个大家熟悉的穴居人，那穴居人一定会引起他们注意的。侯爵于是叫人散布说，格雷诺耶是经他同意才离开蒙彼利埃，回巴黎处理家事的。可是暗地里他恼火到了极点，因为他已经筹划好和格雷诺耶一起游历整个法国，以便争取追随者支持他的气体理论。

过了一段时间，他的心情才平静下来，因为即使不出去旅游，几乎不用他自己努力，他的名声就传开了。关于塔亚德致命气体的长篇论文发表在《科学报》乃至《欧罗巴信使报》上，许多受致命气体传染的病人远道而来求医。一七六四年夏天，他建立了第一个"活力气体共济会分会"，该分会在蒙彼利埃有一百二十名会员，在马赛和里昂有支会。后来他决定到巴黎去，以便从那里出发争取整个文明世界对他的学说的支持，可是为了进行宣传支持他的远征，他首先要完成一项伟大的气体事业，它使得医治穴居人以及其他一切实验都黯然失色，十二月初，他由一群毫不畏惧的门徒陪同，出征卡尼古山峰，它与巴黎位于同一经线上，被认为是比利牛斯山的最高山峰。这个已经接近老年的男人打算叫人把他抬到2 800米高的山峰上，在那里呆上三个星期，呼吸最纯洁、最新鲜的活力空气，以便如他所宣布的，准时在圣诞前夕变成一个二十岁的健壮少年重新下山。

他的门徒在到达韦尔内——可怕的山脚下的最后一个居民点——不久即退出远征，但侯爵一点也不介意。他在冰天雪地中脱去他的衣服，发出欢呼声，开始一个人登山。人们最后看到的，是他极度兴奋地朝天举起双手，唱着歌消失在暴风雪中的侧影。

圣诞前夕，门徒们等候着德·拉塔亚德-埃斯皮纳斯归来。但是他们白等了，他既没作为老头也没成为青年回来。第二年初夏，一批最勇敢的人外出寻找，登上终年积雪的卡尼古山峰，可是没找到他的任何东西，没发现衣服，也没发现他身上的任何部分和小骨头。

可是这对于他的学说并未造成什么损失。情况正相反。不久有了这样的传说：他在山顶上与永恒的活力气体结了婚，自己融化在气体中，气体融化在他身上，继续永远年轻地飘过比利牛斯山的山峰，谁也看不见，谁上山去找他，就分享到他，一年中不会生病，不会衰老。直至十九世纪，有人还在医学讲座上为塔亚德的气体理论辩护,在许多神秘的团体里还用它来治病。直至今天,在比利牛斯山两侧,即在佩皮尼昂和菲格拉达福兹,还存在着秘密的塔亚德主义者共济会分会,他们一年一度聚会在一起攀登卡尼古山峰。

他们在那里燃起篝火,据说是为了迎接冬至的来临和纪念圣约翰的缘故——但实际上是为了对他们的师傅塔亚德-埃斯皮纳斯表示尊敬,对他的伟大气体表示崇拜,为了获得永生。

第三章

35

格雷诺耶游历法国的第一阶段花了七年时间,而第二阶段他却用了不到七天。他不再避开热闹的马路和城市,不再走弯路。他有了气味,有了钱,有了自信。他匆匆忙忙。

就在离开蒙彼利埃后的当天晚上,他到达埃格莫特西南一个港口小城市,他在那里上了一艘开往马赛的货船。在马赛他没有离开码头,这条船继续沿着海岸把他送往东部。两天后他到达土伦,再过三天到了戛纳,剩下的路程他步行。他顺着一条通往北方的小路登上小山。

两小时后,他便站立在圆圆的山顶上,面前展现出方圆数里的大盆地,盆地四周是缓缓升起的小山和陡峭的山岭,盆地广阔的凹地上有新耕作过的田地、园圃和橄榄树林。盆地的气候独特而又宜人。虽然大海离此很近,从小山顶上一眼就可以望见,但这里丝毫没有海洋的特点,没有盐、沙,一点也没开化,而是偏僻、闭塞的;人们到了这里,仿佛到了离海滨许多天行程的地方。虽然北面是白雪皑皑的大山,可这里却感觉不到阴冷或贫瘠的迹象;这儿没有凛冽的寒风;这儿的春天远比蒙彼利埃来得早。温和的雾气像一个无形的罩子罩在田野上。杏树和巴旦杏树的花朵盛开,温暖的空气中充满水仙花的香气。

在大盆地的另一端,或许有两里距离,坐落着一个城市,或者说得更确切些,一个城市贴在屹立的山边。这个城市从远处给人的印象并不特别壮观。那里没有耸立在房屋之上的大教堂,只有一座小教堂钟楼;没有占主体地位的城堡,没有特别豪华的建筑物。城墙的作用似乎不是为了防卫,到处都有房屋突出在城墙之外,尤其向下面平地的一侧更是如此,因而市区的外观显得有些破损。似乎这地方过去经常是兵家争夺之地,似乎它如今已经厌倦对即将到来的入侵者再作认真的抵抗——但是这并非由于软弱,而是出于懒散,或者甚至是由于感到强大。它看上去仿佛无须显示出豪华。它的脚下有散发芳香的巨大盆地,它觉得这就足够了。

这个外表并不引人注目但同时又自信的地方就是格拉斯市,数世纪以来它都是香料、化妆品、肥皂和油的无可争议的生产和交易中心。吉赛佩·巴尔迪尼说到这个城市时总是眉飞色舞。他说，这个城市就是芳香的罗马，香水行家向往的地方，谁没有在这儿留下他的足迹，他就不配当个香水行家。

格雷诺耶怀着非常冷静的目光望着格拉斯这个城市。他并不是寻找化妆品行业的圣地，他望着紧贴山坡的房屋，并没有心花怒放。他来这里是因为他知道，这里比别的地方可以更好地学到生产香水的技术。他要掌握这些技术，因为他需要它们为自己的目标服务。他从口袋里掏出装着他的香水的瓶子，精打细算地轻轻涂着自己，并且立即动身。一个半小时后，即将近中午时分，他抵达了格拉斯。

他在城市高处空旷的广场旁的一家客栈里用餐。广场的中间有一条小河穿过，制革匠就在河边冲洗皮革，随后把皮革摊开晾干。皮革的气味刺鼻，致使一些顾客食欲大减。但这并不影响格雷诺耶的食欲。他熟悉这种气味，它给予他一种安全的感觉。在任何一个城市里，它总是首先寻找制革匠聚居区。随后他就会觉得，仿佛他这个从臭气环境中来并由此了解这地方的其他地区的人，已经不再是个陌生人了。

整个下午，他都在城里游逛。这城市脏得出奇，尽管是或者确切地说正是因为水量过多，这些水从数十个泉井冒出，汇入毫无规则的沟渠和小河向城市的低处流去，使大街小巷泛滥，泥沙为患。在某些区里，房屋挤在一起，以致留给通道和台阶的地方只有一尺宽，在泥泞中经过的人都得摩肩接踵。即使在广场和少数几条较宽的街道上，车子相遇也几乎无法避让。

然而，尽管一切都脏乱不堪，街巷狭窄，但是这城市各行业却非常活跃，仿佛要爆炸似的。格雷诺耶在他的漫步中看到肥皂作坊不下七家，看到了一打化妆品和手套师傅、数不清的小酒店、润发脂店、香料店以及大约七个大量销售香料的商人。

这些当然是拥有真正的大香料店的商人。从他们的房屋往往认不出来。面向街道的房屋正面看上去相当简朴。可是在其后面，在贮藏室和大地下室内，是一桶桶油，一堆堆高级薰衣草肥皂，一瓶瓶花精水、葡萄酒、酒精，一袋袋、一箱箱、一柜柜塞得满满的香料……格雷诺耶透过最厚的墙详尽地嗅到了这一样样东西，这就是财富，就连君主们也是没有的。若是他透过朝向街道的普通的店堂和库房更仔细地嗅去，那么他就会发现，在这些小方格形市民房屋的背面，有着最奢华的建筑。在夹竹桃和棕榈郁郁葱葱及有花坛和美丽喷泉的小花园周围，延伸着庄园真正的厢房，多半呈 U 形朝南建成：在楼屋里充满阳光的、用绸子作裱墙布裱好的卧室，豪华的、用外国木材做护墙板的面向平地的沙龙，偶尔也像露台一样突出到露天的餐厅——餐厅里真的像巴尔迪尼所说的，人们在用金制的餐具吃着瓷制盆里的东西。住在这简朴布景后面的老爷们，身上散发出金子、权力和沉重而又保险的财富的气味，它们比格雷诺耶迄今为止在这个省份旅行中在这方面所嗅到的一切气味还要浓烈。

他在一座不引人注目的宫殿前伫立良久。这建筑物位于德鲁瓦大街的起始处,那是一条自西向东穿过该城市的主要街道。它并不太壮观,当然正面要比邻屋宽阔一点,可是绝对没有宏伟的气魄。在大门口停着一辆载桶的车子,桶经过一块木板被卸下来。一个男人带着证件走进账房,又同另一个男人走出来,两人消失在大门口。格雷诺耶站在街道的对面一侧,观看熙熙攘攘的情景。至于那里发生了什么,他并不关心。尽管如此,他还是止住脚步。有点什么吸引了他。

他闭起眼睛,聚精会神地嗅着从对面这建筑物朝他吹来的气味。首先是圆桶、醋和葡萄酒的气味,其次是仓库成百种浓烈的气味,然后是财物的气味,像纯金的汗一样从墙里蒸发出来的气味,最后是一个花园的气味,这个花园想必是坐落在房屋的另一侧。截住花园散发出的轻柔香味并不容易,因为它们就像细薄的线条一样越过房屋的山墙向下飘到街道上。格雷诺耶从中发现了木兰、风信子、欧亚瑞香和杜鹃花……但是这花园散发的香味,似乎有些不同,是好得要命的气味,是他这辈子从未闻到过的好闻气味——或者说他只闻过唯一一次的气味……他得朝这香味靠近些。

他考虑着是否应该径直穿过大门口进入庄园。但这时在那里有许多人在忙着卸下并检查圆桶,他肯定会引人注意。他决定退回到街道上来，以便找到一条巷子或一条也许顺着房屋横向一侧延伸的通道。走了几米后，他已经到达德鲁瓦大街起点处的城门。他穿过城门，靠着左边行走，沿着城墙的走向下山。没走多远，他嗅到了花园的气味，起初是淡淡的，还混杂着田野的空气，随后越来越浓。最后他知道他已经靠近花园。花园与城墙毗连。他此时就在花园旁。他只要向后退一点，就可以越过城墙望见橙树最上方的枝条。

他又闭起眼睛。花园的香味轮廓清晰得像一条虹的彩带一样向他袭来。一种香味，一种珍贵的香味，一种他认为重要的香味就在其中。格雷诺耶幸福得热起来，恐惧得冷下去。血液像一个被逮住的顽童向他脑袋升腾，然后又退回到身体的中部，再上升，又退回，他无力抗拒。这种气味的进攻太突然了。一刹那，吸一口气的时间，永远，他觉得时间仿佛延长了一倍，或是倏地消失了，因为他再也不知道，现在就是现在，这儿就是这儿，或者更确切地说，不知道现在就是当时，这儿就是那儿，就是一七五三年九月巴黎的马雷大街，从花园里飘来的香味，就是他当时害死的那红发少女的香味。如今他在世界上又找到了这种香味，这使他热泪盈眶——至于这事可能不是真的，又使他怕得要死。

他感到头晕，踉跄了一阵，不得不往墙上靠，倚着墙慢慢地向下滑到禾草堆上。他在那里集中注意力，抑制自己的精神，开始以较短促而不太冒险的呼吸吸入这令人不快的气味。

他断定墙后这气味同红发少女的气味固然极为相似，但是却不完全一样。当然它同样是来自一个红发少女，这是不容置疑的。格雷诺耶好像在自己面前的一幅图画上看到了他嗅觉想象中的这个少女：她并没有安静地坐着，而是跳来跳去，身上热起来，又凉下去，显然她是在做一种须剧烈运动、然后又迅速停止的游戏——此外，她是在同另一个完全没有自己特征气味的人做游戏。这少女有洁白的皮肤，有淡绿色眼睛，脸上、脖子上和胸前有雀斑……这就是说——格雷诺耶的呼吸停顿了一会儿，他更猛烈地嗅，试图遏制对马雷大街那少女的气味回忆——这就是说，这个少女还没有真正意义的乳房！她的乳房几乎还没有开始发育。她只不过有散发出非常柔嫩和少量香味的、周围长了雀斑的、也许是近几天来、也许是近几小时来……甚至是此刻才开始膨胀的小乳房头。一句话：这少女还是个孩子。说什么都是个孩子！

格雷诺耶额头上冒着汗珠。他知道儿童没有什么独特的气味，犹如迅速成长的花在开花前呈现绿色一样。可是这朵花，墙后面这朵几乎还是闭合着的花，此时除了他，格雷诺耶之外，还没有被任何人发觉，它此时才冒出第一批散发香味的尖形花瓣，它现在已经把头发朝天竖起，一旦完全绽开，它必定会流出这世界尚未嗅到过的一种香水。她现在的气味，格雷诺耶想，就已经比当时马雷大街那少女的更好——不那么浓，不那么厚，但是更雅致，更吸引人，同时更自然。但是再过一至二年,这气味定会成熟,必将获得一种力量,任何人,男人和女人,都摆脱不了这种力量。人们将被制服,将被解除武装,面对这少女的魔力而束手无策,而且他们将不会知道为什么。因为他们愚蠢,他们的鼻子只能用来喘息,以为用他们的眼睛就可以认出一切,他们会说,因为这个少女美丽、优雅和妩媚。他们将以自己的局限性赞美少女匀称的容貌、苗条的身材和完美的胸脯。她的眼睛,他们会说,活像绿宝石,牙齿像珍珠,四肢与象牙一样光滑——还有其他一些愚蠢的比喻。他们将把她选为茉莉花女王。她将由低能的肖像画家作画,人们将好奇地观看她的画像,说她是法国最美的女人。青年人将一连数夜坐在她的窗下弹起曼陀铃,大声吼唱……肥胖而富有的老头儿都低声下气地乞求她父亲把女儿嫁给他……各种年龄的妇女看到她都会唉声叹气,在睡眠中梦到自己哪怕只有一天能像她那样迷人。他们大家都不会知道,其实他们迷恋的并非她的外貌,不是她那据说毫无瑕疵的美丽,而是她那无与伦比的绝妙的香味!只是他,格雷诺耶一个人会知道。其实他现在已经知道了。

啊!他要占有这香味!不是像当时占有马雷大街那少女的香味那样采用徒劳、笨拙的方式。当时他仅把香味吸入体内,因此也就把它破坏了。不,墙后那少女的香味他要真正掌握;要像从她身上剥下一层皮一样得到它,并把它转变成自己的香味。这究竟怎样才能实现,他心中还无数。但是他可以有两年时间进行学习。一般说来，大概不会比夺取一朵稀世名花的芳香更困难。

他站起身，近乎虔诚地蜷缩着身体离开，仿佛离开什么神圣的事物或一个睡觉的女人，悄没声地走开，谁也没瞧见他，听见他发出的声音，谁也不会注意到他的发现。他就这样沿着城墙逃到城市的另一头，少女的芳香终于在那儿消失，他在弗奈昂门又找到入口。他在房子的阴影中止住脚步。街巷散发臭味的蒸汽给他以安全感，有助于他抑制先前向他袭来的激情。一刻钟后，他又完全恢复了平静。首先，他想，他不能再到城墙的花园附近去。这没有必要。这使他太激动了。那边那朵花没有他的帮助也在茁壮生长，至于它以何种方式成长，他反正不知道。他不该在不适当的时机陶醉于它的芳香。他必须扑到工作上。他必须扩大自己的知识，完善它的手艺技能，以便准备好迎接收获季节的到来。他还有两年时间。

36

在弗奈昂门不远的卢浮大街，格雷诺耶发现一家小香水作坊，便打听是否用人。

情况表明，这家作坊的老板奥诺雷·阿尔努菲香水师傅在去年冬天已经去世，他的遗孀，一个活跃的约三十岁的黑发女人，依靠一个伙计的帮助独自经营这家店。

阿尔努菲夫人在长时间诉说年景不佳和生意不景气后说，她虽然本来不能再雇伙计，但另一方面又有许多突击性活计迫切需要一个；她还说，她家里住不下第二个伙计，可是在弗朗西斯修道院后面的橄榄园有间小屋——离此地不到十分钟路程——一个要求不高的青年人勉强在那里过夜是不成问题的；此外她作为正直的师娘知道要为伙计的健康负责，但另一方面却也看到自己无力保证每日能有两餐热饭——一句话，阿尔努菲夫人是——当然格雷诺耶早就嗅到了——一个过着富裕生活和具有精明的生意头脑的妇女。由于他本人对钱不太计较，他表示每周有两个法郎报酬和其他勉强维持生活的条件就知足了，因此他们很快就达成了一致。第一个伙计被叫来了，他是个像巨人一样的人，名叫德鲁，格雷诺耶立即猜出，他想必经常和夫人一道睡觉，她若不与他商量，显然是不能做出决定的。他站到格雷诺耶面前——格雷诺耶在这巨人跟前显得太滑稽可笑了——两腿叉开，散发出精子气味的雾气，打量着他，用锋利的眼光审视他，仿佛要通过这种方式洞察出某种不正当的意图或一个未来的情敌似的，最后他倨傲而又显示宽容地冷冷一笑，点头表示同意。

一切就这样解决了。他们跟格雷诺耶握握手，格雷诺耶得到一份冷冷的晚餐，一床被褥，一把小屋的钥匙。这小屋是个棚屋，没有窗户，散发出好闻的旧羊粪和干草的气味，格雷诺耶就在小屋里尽可能好地安顿下来。第二天，他开始在阿尔努菲夫人那里干活。

这正是水仙花开的季节。阿尔努菲夫人在城市下面的大盆地里有小块土地，她叫人在自己的小块土地上种植这种花，或是与农民讨价还价从他们那里买来。这种水仙花一大清早就送来，一筐筐倒进作坊里，堆成一大堆，体积庞大，分量却像羽毛一样轻，散发出香味。德鲁在一口大锅里把猪油和牛油融化成奶油状的液体，当格雷诺耶用一把像扫帚一样长的搅拌工具不停地搅拌时，他把大量新鲜的花朵倒进锅里。这些花宛如被吓得要死的眼睛一样停在表面上一秒钟，当搅拌工具把它们往下拌，热油把它们包围起来时，它们就变得苍白了。几乎是在同一瞬间，它们已经精疲力竭、枯萎，显然死神已迅速来临，以致它们只好把最后一口香气呼给浸泡它们的那种媒介物；因为——格雷诺耶高兴得难以形容地发觉——他在锅里往下拌的花越多，油脂的香味也越浓。而且在油里继续散发香味的并不是死了的花，而是油脂本身，它已经把花的芳香占为己有。

有时锅里的汤液太浓，必须把它倒到粗筛上，以便除去无用的花的废渣，从而又可以加入新鲜的花朵。然后他们又倒入花，搅拌，过滤，整天不停地干活，因为事情不能拖延，直至傍晚，这一大堆花都在锅里处理完毕。废料——为了不受任何损失——再用滚水烫过,置于螺旋压力机里,把最后一滴尚发出香气的油榨干。大多数芳香,即像海洋一样浩瀚的花之灵魂,总是留在锅里,保存并融入缓慢凝固的并不怎么好看的灰白色油脂里。

翌日,离析——人们给这种方法的称呼——继续进行,锅子又加热,油脂被融化,锅里加入新的花。一连几天起早摸黑,都是这么干活。这种活非常辛苦。格雷诺耶的胳臂重得像铅一样,手上长了老趼,每天晚上趔趄着走回小屋时,背部疼得厉害。德鲁的力气大概相当于他的三倍,可从来也没替换他搅拌过一次,而是只管倒像羽毛一样轻的花,照看炉火,有时因为炎热,也走开去喝口饮料,但是格雷诺耶不发牢骚。他从早到晚毫无怨言地把花拌到油脂里,在搅拌时几乎不觉得累,因为他不断被发生在他眼睛下和鼻子下的过程,即花的迅速枯萎和它们的香味被吸收的过程所吸引。学会这种方法,他觉得比金子更有价值。

过了一些时日,德鲁断定油脂已经饱和,不能再继续吸收香味了。他们把火熄灭,最后一次过滤这浓稠的汤液,把它们装进陶质坩埚里,在这儿它们很快就凝固成一种散发出奇妙香味的香脂。

接下去就是阿尔努菲夫人的事了。她来检查这价值连城的产品,写上标签,在自己本子上详尽地记录成品的质量和数量。她亲自把坩埚封好,涂了漆,放到地下室凉爽的深处,然后她穿上黑色服装，戴上寡妇用的面纱，到城里的商人和化妆品商店那里去推销。她用动人的语言对先生们描述单身寡妇的境遇，请人提意见，对比价格，叹着气，最终把产品卖出——或是卖不出去。香脂放置在阴凉处，可以保存很久。若是现在的价格不理想，谁知道，或许冬天或来年春天会上升。也可以考虑，是否不把货品出售给这些富商，而是同其他小生产者一道用船装运一批香脂去热那亚，或者是加入一支商船队到博凯尔①参加秋季博览会——当然这要冒风险，但是如果成功，可以赚很多钱！阿尔努菲夫人细心地考虑这些不同的可能性，将它们进行对比，有时也把它们结合起来，卖去一部分珍品，保存另一部分，又冒险地做着第三部分生意。当然她在探听信息时若是获得这样的印象，即香脂市场已经过于饱和，不久将对她产生不利影响，她就急急忙忙飘着面纱回家，吩咐德鲁把整套生产改为漂洗，使它转变为高级香精。

然后香脂便又从地下室取出，放在密闭的罐子里小心翼翼地加热，掺入优质酒精，由格雷诺耶操作一个装好的搅拌工具，进行彻底的搅拌和分离。这种混合物放回到地下室后就迅速冷却，酒精从香脂的正在凝固的油脂中析出，就可以装进瓶子里。此时它在某种程度上就是一种香水了，当然浓度很高，

---

① 法国南部城市，其地理位置在经济上十分重要；十三世纪起，那儿每年都要举行秋季博览会。

而留下来的香脂已经失去大部分香味。这就是说,花的芳香已经转移到另一种媒介物质上。但是整个工序尚未结束。用纱罗巾彻底过滤,使最细小的油脂细屑滤出,然后德鲁把香料酒精放进一个小蒸馏器里,用文火慢慢把它蒸馏出来。酒精挥发后留在蒸馏器里的就是少量颜色淡淡的液体,格雷诺耶对这液体相当熟悉,但在这种质量和纯洁度方面,他在巴尔迪尼和吕内尔那儿都没有闻到过;纯正的花油、其纯粹的芳香,被几十万倍地浓缩成一小瓶高级香精。这香精的气味并不可爱。它的气味非常强烈,带有刺激性,几乎让人受不了。用一滴香精配上一升酒精即可恢复原来的香味,达到一整块地的花散发出的香味。

最后的成品非常少。一个蒸馏器的液体正好可以装满三小瓶!除了这三小瓶香精,千万朵花的芳香都荡然无存!但是它们的价值,在格拉斯这儿,已经相当于一大笔财产。若是把它们送到巴黎、里昂、格勒诺布尔、热那亚或马赛,其价值又不知要增加多少倍!阿尔努菲夫人看到这些小瓶子,目光就露出了好感,她用眼睛爱抚它们。当她拿着它们,用磨得极为合适的玻璃塞将它们塞紧时,她屏住呼吸,以免把这价值连城的香味吹跑一丝一毫。为了防止在加塞后最小的原子变成蒸汽跑掉,她就用熔化的蜡把塞子封住,把它们倒转过来装入一个鱼鳔式囊里,在瓶颈部位把囊系牢。然后再把它们放在垫有棉花的小盒子里,拿到地下室封存起来。

37

他们在四月离析染料木和橙花,在五月离析像大海一样多的玫瑰,玫瑰花的芳香使这城市整月弥漫在奶油一样甜的无形雾气中,格雷诺耶像一匹马一样干活。他毫不讨价还价,以几乎是奴隶式的驯顺干着德鲁分派给他的次要的活。可是在他表面上呆头呆脑地搅拌、刮抹、冲洗大圆木桶、打扫工场或搬运柴火时,他的注意力始终没有离开工作的主要环节,时刻留神各种香味的变化。格雷诺耶用鼻子密切地注视观察着花瓣的香味转移到油脂和酒精直至装入精致的小香水瓶的过程,比德鲁观察得更仔细。早在德鲁发觉前,他就嗅出来什么时候油脂加热过度,什么时候花瓣消耗殆尽,什么时候汤液里的香味饱和。他嗅到,配制容器里发生了什么事,蒸馏过程必须在哪个精确时刻结束。有时他也善于作出暗示,当然态度冷淡,没有摆脱下属的姿态。他说,他觉得现在油脂可能太热了;他以为马上可以过滤了;他似乎感觉到,蒸馏器里的酒精现在已经蒸发,……而德鲁,固然并不非常聪明,但也不完全是个笨蛋,时间长了就知道,他若是按照格雷诺耶"以为"或"似乎感觉到"的意思做出抉择,即可取得最佳的结果。由于格雷诺耶说话从不莽撞,并不自以为说出了"以为"或"感觉到"就比别人高明,因为他从来没有——主要是在阿尔努菲夫人面前从来没有——表现出对德鲁的权威及其作为第一伙计地位的怀疑,德鲁没有任何理由不采纳格雷诺耶的建议,日子一长,甚至越来越多地听凭他做出抉择。

后来,格雷诺耶越来越多地不仅干搅拌活,而且同时也加料、生火和过滤,而德鲁则跑到"四王位继承者"酒馆去喝葡萄酒,或是上去找夫人检查一下是否一切都妥当。他知道自己可以相信格雷诺耶。格雷诺耶虽然一人干两人的活,却享受到了一人独处的自由,可以完善新的技术,偶尔也做些小试验。他暗自高兴地确认,比起他和德鲁一道制作的,他一人制作的香脂要好得多,他制作的高级香精要纯正得多。

七月末,茉莉花的季节开始,八月,夜风信子的季节开始。这两种花香味优美,同时花也脆弱,人们不仅必须在日出之前采摘,而且在加工时必须特别小心谨慎。温度高了会降低它们的香味,突然泡在热的浸渍油脂里会使香味完全丧失。这些百花中最名贵的花,是不让轻率夺走它们的灵魂的,必须采取合适的方式用甜言蜜语骗来。在一间香味扑鼻的房间里,这些花被撒在涂上冷油脂的盘子上,或是松松地用浸过油的布巾裹住,必须让它们在睡眠中慢慢死去。三四天后,它们才枯萎,把自己的香味全部呼出来交给相邻的油脂和油,然后人们小心地把它们扯掉,撒上新鲜的花。这程序反复进行十至二十次，直至香脂吸饱香味和含香味的油被从布巾中挤出来时，已经是九月了。获得的成品比用离析法还要小得多。但是通过冷油脂萃取法取得的茉莉膏或一种抗肺病香水的质量，在精美和保留原气味方面，超过了用其他香水技术制作的产品。尤其是茉莉花，其甜滋滋的讨人喜欢的芳香仿佛反映在一面镜子里一样反映在涂油脂的盘子上，并完全忠实于自然地反射回去——当然是有所保留。格雷诺耶的鼻子毫无疑问能区别出花的香味和它保存下来的香味：油脂本身——尽管它是这么纯净——的气味像一条精制的面纱罩在原始的香味结构上，使它有所缓和，缓慢地削弱明显的部分，甚至使它的美丽可以为普通人所接受……在任何情况下，冷油脂萃取法是获得脆弱香味的最巧妙和最有效的手段。更好的手段是没有的。若是这方法还不足以使格雷诺耶的鼻子完全确信无疑，那么他却知道，为了欺骗一个鼻子迟钝的世界，这个方法是千百倍地足够了。

不久以后，就像离析方面那样，他也在冷油脂萃取法的技术方面超过了他的老师德鲁。他运用经过考验的、谦卑的谨慎方式使他明白了这点。德鲁乐得把去屠宰场买最合适的猪牛油脂、把它们洗净、熬油、过滤和确定配制比例的事都让给他去做，这对德鲁始终是个十分棘手和畏惧的任务，因为一种不干不净的、哈喇味的或过分散发出猪羊牛气味的油脂会毁了最贵重的香脂。他把确定萃香室里油脂盘的间距、更换花的时间、香脂的饱和度都托付给他，很快就把一切棘手的抉择都托付给他。德鲁与当年的巴尔迪尼类似，只能根据所学的规则大致上作出抉择，而格雷诺耶却是凭着自己鼻子的见识作出的——当然，这是德鲁一无所知的。

"他的手很灵巧，"德鲁说，"他对事情有良好的感觉。"有时他也这么想："他比我能干多了，是比我强一百倍的香水专家。"同时，他认为他又是个地地道道的白痴，因为正如他所想的，格雷诺耶没有利用自己的才能赚过一文钱，可是他，德鲁，却利用自己比较微小的才能使自己即将成为师傅。而格雷诺耶则支持了他的看法，他傻里傻气地努力干活，没有一点抱负，仿佛对自己的天才一无所知，只是按照经验丰富得多的德鲁的吩咐行动，没有德鲁他什么也不是。他们依靠这种方式，相处得颇为和睦。

后来秋天和冬天到了。工场里逐渐变得干净了。花的芳香被装在坩埚和香水瓶里，放在地下室里，如果夫人不想分离这样或那样的香脂，或是叫人蒸馏一袋干的香料，那就没有多少事可做了。橄榄还是有的，每星期有几满筐。他们把纯洁的油从橄榄中榨出，把剩下的送到榨油作坊。至于葡萄酒，格雷诺耶把一部分蒸馏成酒精并且再精馏。

德鲁越来越难得露面了。他在夫人床上干他的事，若是他散发着汗臭和精子臭味来了，只不过是为了到"四王位继承者"酒馆去。夫人也难得下来。她忙着自己的财产事务，忙于翻改衣服，供她服丧一年期满后穿用。一连几天，格雷诺耶往往只是中午从女仆那里拿到汤,晚上拿到面包和橄榄,除了见到女仆外,什么人也没见到。他几乎不出门。他参加团体的活动,尤其是常规的伙计聚会和游行倒是非常频繁的,以至于他在场或不在场都不会引起人们注意。他没有好友或熟人,但是他却认真地注意,尽可能不被人看作是狂妄自大或孤僻的人。他让别的伙计以为他的社交是平平淡淡的,收益甚微的。他在散布无所事事和把自己扮成笨拙的白痴这一技巧方面是一位大师——当然从不过分,以免别人作弄他取乐,或是把他当作某个粗鲁的行会玩笑的牺牲品。他成功地做到使人认为他是完全乏味的人。人家从不打搅他,他所希望的也不过如此而已。

38

他的时间是在作坊里度过的。他对德鲁说,他想发明一种科隆香水的配方。但实际上他是在试验完全不同的香水。他以前在蒙彼利埃配制的香水,虽然用得非常省,也已经快用完了。他设计一种新的香水。但是这次他已经不再满足于用匆忙调配起来的材料,勉强凑合地仿造人的基本气味,而是有了这样的抱负:要获得一种人的香味,或更确切地说,多种人的香味。

一开始他为自己制作了一种不引人注意的气味,即任何时候都像件衣服一样披在身上的气味,它固然还有人的似乳酪酸味,但好像是通过厚厚的一层披在干瘪老人身上的亚麻和全毛衣服才散发到外界的。他若有如此的气味,就可以高高兴兴地到人们中去。这种香水足以在嗅觉方面表明一个人的存在,同时又不引人注目,以致它不会打搅任何人。格雷诺耶本来是没有气味的,然而现在无论他在哪儿出现,总会有一丁点儿这种香水的气味,不管是在阿尔努菲家里,还是有时在城里漫步,这种香水的气味都很合适。

在某些场合,气味少当然表明是不利的。如果他受德鲁吩咐必须出去料理事情,或是想在一个商贩那儿为自己购买一些麝猫香或几粒麝香,可能会发生如此情况:由于他不引人注意,他或是被人完全忽视,无人接待他,或是人家虽然看见了他却服务不当,不然就是在服务时又忘了他。因为这些缘故,他为自己配制了一种味道有些浓烈的、略带汗味的香水,这香水嗅起来使得他外表显得较粗鲁,让人家以为,他得赶紧,他有急事要做。他用新鲜鸭蛋和发酵面粉和成的糊糊,使涂了油脂的亚麻布含有香味,仿造出德鲁的精子气味,取得了成功,引起了某种程度的注意。

他的宝库中的另一种香水散发出激起同情的香味,在中老年妇女中证明是有效的。这种香味闻起来颇像稀牛奶和干净的软木。格雷诺耶用了这种香水——即使胡子拉碴,脸色阴沉,穿着大衣——就像是个穿着一件破外衣、靠人救济的脸色苍白的穷小子。在市场上摆摊的妇女一发觉他如此狼狈，就塞给他硬壳果和干梨子，因为她们发现他看上去十分饥饿，无依无靠。屠夫的妻子本来是个非常厉害的丑老太，也允许他选出发臭的剩肉和剩骨头，免费带走，因为他的清白无辜的气味感动了她的慈母心。他用这些剩余的东西直接与酒精浸煮，又得到了一种气味的主要成分。若是他想单独一人，避免与人接触，他就使用这种气味。这种气味在他周围造成有点令人厌恶的气氛，如同人睡醒时从不新鲜的肮脏嘴里呼出的一种腐臭气息。这种气味的效用如此奇妙，就连不太敏感的德鲁也身不由己地避开，到户外去透透空气，自然没有完全清醒地意识到，究竟是什么使他厌恶。把这种驱虫剂滴几滴在小屋的门槛上，就足以挡住任何入侵者——人或动物。

他按外部的需要像换衣服一样变换气味，这些气味都使他在人的世界中不受搅扰、不暴露其本质。在这些不同气味的保护下，格雷诺耶把自己的全部精力都献给他的现实的热情追求：灵敏地追猎种种香味。由于他有了个宏大的目标，而且还有一年以上的时间，他不仅怀着极大的热情行事，而且也非常有计划和系统地把自己的武器磨得锋利，使自己的技术精益求精，逐步完善自己的方法。他开始了他在巴尔迪尼那里未竟的事业，着手从石头、金属、玻璃、木头、盐、水、空气等无生命物体里提取香味。

当时，用简单的蒸馏方法失败了，如今由于油脂的奇妙的吸附力而取得了成功。一连好几天，格雷诺耶用牛的油脂涂在黄铜制的球形门把手上，他喜欢它的凉爽的、发霉的气味。你瞧，当他把油脂刮下来检查时，他就闻到那个球形门把手的气味，虽然量非常微小，但却很清楚。甚至在用酒精冲洗过以后，这气味依然存在，非常柔和、遥远，被酒精的雾气遮掩了，世界上大概只有格雷诺耶的特灵鼻子才能闻到——但确实是在那儿，也就是说，至少在原则上是可以掌握的。若是他有一万个球形门把手，他将花一千天时间来涂油脂，他就可以制作出一小滴黄铜球形门把手香味的高级香精，其气味之浓，足以使每个人一嗅到就不由自主地想象其原始的气味。

同样，他用自己小屋前橄榄林地上拾到的一块石头进行多孔钙的气味实验，也取得了成功。他离析出一种香味，得到了一小块石头香脂，它的无限细微的气味使他高兴得不得了。他把这种气味同他在自己房屋周围所有物体所摄取的其他气味配在一起，逐步生产出一种微型香水，具有弗朗西斯教派修道院后面那片橄榄树林散发出的气味，把它装在一只小香水瓶里，带在身边，若是他高兴起来，就让这气味复活。

他所创造的是技艺高超的香味特技，是非常精湛的小巧游戏，自然除了他本人以外，没有哪个人能对此加以欣赏或仅仅是有所了解。但他本人对完成这毫无意义的事情欣喜若狂。在他的一生中，在以前和后来，都没有出现过一种真正纯粹幸福的时刻，就像他此时满怀游戏的热情，创作具体物体的香味风景画、静物画和肖像画这样,因为不久以后,他就转向有生命的对象了。

他猎获冬蝇、幼虫、老鼠、小狗,把它们浸在热油脂里。夜里他悄悄地溜到牲畜棚圈里,用涂上油脂的布巾把牛、羊和小猪裹起几小时,或用含油绷带把它们缠起来;或者他偷偷地跑进羊圈,剪下一只羊羔的毛,把散发香味的羊毛放在酒精里洗。结果一开始还不够令人满意,因为动物不同于球形门把手和石头这些服服帖帖的东西,它们是不会那么顺从地让人萃走它们的香味的。猪在猪圈的柱子上蹭掉绷带。羊在他夜间持刀靠近时咩咩地叫。母牛顽固地把油巾从乳头上抖掉。当他要处理他捉到的几条甲虫时,它们就分泌出令人作呕的发臭的液体;而当他要处理老鼠时,它们大概是害怕的缘故,把屎拉到他那气味上高度灵敏的香脂里。他想离析气味的那些动物,与花完全不同,不是乖乖地或默不作声地交出它们的香味,而是对死亡作出绝望的抵抗,它们无论如何不让人触摸,又踢又蹬,反抗着,因而产生大量恐惧和死亡的冷汗,汗水由于含酸过多而破坏了热油脂;这样,他当然无法冷静地工作。他必须使这些对象平静下来,而且要以迅雷不及掩耳的速度,使它们来不及恐惧或反抗。他必须把它们弄死。

首先,他拿一只小狗开刀。在屠宰场前边,他拿着一块肉把它从母狗身旁引开,一直引到工场里,正当这只小狗高兴地喘着气伸嘴去咬格雷诺耶左手里那块肉时,他猛然用右手拿着的木柴去击它的后脑勺。死神如此突然向小狗袭来，以致当格雷诺耶早已把它放在萃香室油脂盘之间的铁笼子上时，它嘴里和眼睛里仍保留着幸福的表情；它在那里流出了没有冷汗污染的纯洁的狗的香味。当然要特别小心！尸体如同摘下的花一样，腐烂得非常快。因此，他守在尸体旁约十二小时，直至发现狗的尸体里冒出虽然还好闻、但已经有点不对劲的尸体异味。他立即停止萃取其气味，把尸体弄走，把摄入香味的那一点点油脂，放在一只锅里，小心翼翼地进行分离。他把酒精蒸馏出来，直至剩下一丁点儿东西，然后把这剩下的东西装进一只小玻璃管里。这少量香水清晰地散发出潮湿的新鲜油脂的香味和少许狗的毛皮的刺鼻气味，这种毛皮的气味甚至呛得让人受不了。格雷诺耶让屠宰场的老母狗嗅这气味时，母狗突然发出欢呼的叫声，接着发出哀鸣，不愿把鼻子从玻璃管移开。但格雷诺耶却把玻璃管塞紧，收到身上，在身上带了很久，借以对自己头一次成功地从一只活的生物中提取香味精华的胜利日子进行回忆。

后来，他逐渐地、极其细心地以人作为对象。起先他用大孔网从安全的距离捕捉人的气味，因为他并不急于取得大量猎获物，而是宁可试验他的捕猎方法的原理。

他以自己那不引人注意的轻微香味为掩护，在晚间混到"四王位继承者"酒馆里的顾客中，在桌子和板凳下以及隐蔽的神龛中贴上浸过油脂的碎布。几天后，他把这些碎布收集起来进行检验。检验结果，它们除了厨房一切可能有的气味、烟草味和葡萄酒味外，还有一点人的气味。但是这种人的气味始终非常模糊，影影绰绰，更多的是对普通的烟雾的预感，而不是个别人的气味。一种类似的人群气味——但已经更纯，而且已经提高到高级的汗味——是可以在大教堂里获得的。格雷诺耶于十二月二十四日将他的试验小布条挂在板凳下，二十六日，当人们坐在板凳上做了不下七次弥撒后，他又把它们收集起来。一种由肛门出的汗、经血、潮湿的腘窝和痉挛的手形成的可怕的气味混合物，掺杂着从千人合唱和天使祝词般含糊不清的喉咙里吐出的气流以及神香、没药的窒息人的雾气，已经转移到浸过油的碎布上：其模糊不清的、没有明显轮廓的、使人作呕的密集真是令人毛骨悚然，但是却明显地具有人的特征。

第一例个人气味格雷诺耶是在医院的病房里弄到的。有一个制袋伙计刚死于肺病，他把他睡了两个月、此时准备送去烧掉的床单偷来。这床单吸饱了制袋伙计本人的油脂，以致它能像萃取花香的油膏那样把他散发的气味吸收下来，并直接进行分离。其成果仿佛像个幽灵：在格雷诺耶的鼻子底下，那个制袋伙计嗅觉上又从酒精溶液里死而复活了，尽管由于独特的复制方法和他的疾病的大量瘴毒使之变得虚幻朦胧，但是他却明显地以个人的气味形象在室内飘动：一个三十岁的小个子男人，头发金黄，大鼻子，四肢短小，脚扁平呈乳酪色，生殖器肿大，性情暴躁，口腔有霉烂气味——这个制袋伙计不是美男子，从气味上来看，不值得像那只小狗一样长久保存。然而格雷诺耶还是让他作为气味之魂在自己小屋里飘荡了一整夜，反复地嗅着，内心充满他能左右另一个人的气味之情，感到幸福、满足。第二天，他才把它倒掉。

在冬天的日子里，他还做了一次试验。一个哑巴女叫花子在城里行走，他给了她一个法郎，叫她在自己赤裸的皮肤上披着各种油脂混合物处理过的破布呆了一整天。事实证明，在接受人的气味方面，羊羔肾脏油脂和经过多次提纯的猪与牛的油脂按2：5：3的比例混合，再加少量摄取了人的气味的芳香油最合适。

格雷诺耶做完这件事就罢手了。他放弃了完全占有某个活着的人，放弃了用他制作成香水的念头。若是这么做，就得冒风险，而且也不会增长新的知识。他知道自己已经掌握了强行摄取一个人的香味的技术，重复证明这种本领是没有必要的。

他觉得人的香味本身也是无关紧要的。人的香味他完全可以用代用品来仿制。他所追求的是某些人的香味：即那些激起爱情的极其稀少的人的香味。这些人是他的牺牲品。

39

一月里，阿尔努菲寡妇和她的大伙计多米尼克·德鲁结婚了。这样，德鲁便成了手套制造师傅兼香水专家。他们设盛宴招待行会头头，设便宴招待伙计。夫人为自己公开同德鲁合睡的床购买了新的床褥，从橱子里拿出她五颜六色的服装。其他的一切都是旧的。她保留了阿尔努菲这个好听的老名字，保持完整的产权，控制商店的财务，掌握地下室的钥匙；德鲁每天则完成性生活义务，随后就喝葡萄酒恢复精神。格雷诺耶虽然现在是第一伙计，是唯一的伙计，干活挑重担，但所得的报酬依然菲薄，伙食简单，居住条件简陋。

这一年开始时，大家忙着大量黄色的山扁豆，忙着风信子、紫罗兰花和令人陶醉的水仙花。在三月的一个星期天——格雷诺耶到达格拉斯大约一年了——格雷诺耶动身到城市另一头去观看城墙后花园里那小姑娘的情况。这次他早有准备嗅到香味，知道什么在等待着他……但是当他来到新城门旁，刚走到去城墙边那个地方的半路，就嗅到她了。他的心跳得更厉害，他觉得动脉里的血液幸福得沸腾起来：她还在那里，她这无比美丽的植物安然无恙地越过了冬天；她充满液汁，在生长，在扩大，正长出最美丽的花序！她的芳香正如他所期待的，变得更浓，可又不失去其精致，一年前还显得非常柔弱、分散，如今似乎已汇成稍显浓稠的香河，它呈现出千种颜色，尽管如此，它却把每种颜色束得牢牢的，而且再也拆不开。这条香河，格雷诺耶兴奋地断言，它的源泉越来越大。再过一年，只要再过一年，只要十二个月，这源泉就会溢出，他就可以来抓住它，捕捉它大口吐出的芳香。

他沿着城墙一直跑到那熟悉的地方，花园就在后面。虽然那少女显然不在花园里，而是在屋里，在关着窗户的一个小房间里，但是她的香味却像阵阵清风吹来。他并未像第一次嗅到她时那样入迷或者昏昏沉沉。他充满了一位恋人的幸福感觉，这恋人正从远处窥视或观察他所爱慕的人儿，知道一年后就将带她回家。的确，格雷诺耶是只单独生活的扁虱，是个怪物，是个不通情理的人，他从未体验过爱情，也从未激起过别人的爱，可是在这个三月的日子里他伫立在格拉斯的城墙旁，在恋爱，深深享受着爱情的幸福！

当然他不是爱一个人，不是爱上了城墙后屋子里的那位少女。他是爱香味。仅仅是爱着它，而不是别的，而且只是把它当成未来自己的东西来爱。他发誓，一年后定要把它带回家。在这种特殊的誓言或婚约——这种许给自己和他未来的香味的忠诚诺言——之后，他心情愉快地离开了那地方，经过王宫门回到城里。

夜里他躺在小屋里，再一次回忆这种香味，把它拿出来——他经不住诱惑——沉浸在这香味中，爱抚着它，同时自己又被它爱抚，如此亲密，如此接近，仿佛他真的占有它，他的香味，他自己的香味，他爱抚它和被它爱抚，经历了一个迷人的美好的片刻。他想把这种自我爱慕的感觉带到睡眠里。但是就在他闭起眼睛并只需呼一口气的工夫即可入睡的瞬间，这种感觉却离开了他,突然离去了,代替它的是房间里冰冷的刺鼻的羊圈气味。

格雷诺耶大吃一惊。"若是我将占有的这种香味,"他这么想着,"若是这香味毁了,可怎么办?现实与在回忆里不同,在回忆里,一切香味是永不会消失的。真的香味是要在世界上消耗光的。它会挥发。如果它被耗尽,那么我取得它的那个源泉将不复存在。那么我将像先前一样一无所有,不得不继续借用代用品。不,情况比先前还要糟糕!因为我在这期间将会认识和占有它,我自己美妙的香味,我将不会忘却,因为我从不忘记一种香味。就是说,我将一辈子靠我对它的回忆生活,犹如现在我已经有一瞬间是靠着对这个我将占有的它进行回忆而生活一样……那么我需要它有何用?"

格雷诺耶一想到这些,就觉得非常不舒服。他现在尚未占有的香味,一旦占有了它,又不可避免地会重新丧失,他觉得这太可怕了。他能维持多久?几天?几星期?若是他省着用香水,或许可以维持一个月?以后怎么办?他看到最后一滴已经倒了出来,便用酒精冲洗香水瓶,以免剩下的一丁点儿被浪费,然后看看,嗅嗅,看他的可爱的香味是怎样永远地、一去不复返地挥发掉。这样子活像缓慢的死亡,一种相反的窒息,一种使它自身向着可憎的世界痛苦而又缓慢的蒸发。

他感到不寒而栗。放弃他的计划,到黑夜里去并离开这里的要求向他袭来。他想一口气越过积雪的群山,深入到奥弗涅山脉一百里远的地方,在那里爬进自己过去住过的洞穴,一直睡到死去。但是他没有这么做。他坐着不动,尽管要求非常强烈,他也不对它作出让步。他对它毫不让步,因为离开这里,爬到一个洞穴里去,这是他过去的要求。他已经了解了它。他还不认识的,就是占有人的香味,例如像城墙后那少女的绝妙的香味。尽管他知道,为了占有这种香味,他必定要付出即将丧失这香味的高昂代价,但是他觉得先占有而后丧失比起简单地放弃二者更值得追求,因为他在一生中有过放弃,但从未有过占有和丧失。

怀疑逐渐退却,跟着退却的是寒颤。他感觉到热血又恢复了他的生机,决定按照他的计划去做的意志又占据了他,而且比先前更加强烈,因为如今这意志不再是由单纯的欲望产生的,而且是出自深思熟虑的决心。格雷诺耶这只扁虱面临着僵化或倒下这两种抉择,他选了后者,他很清楚,这次倒下可能是他最后一次倒下。他躺回到自己的铺位上,舒适地躺到禾草里,盖上被,觉得自己真像个英雄。

格雷诺耶若是长久为一种宿命论的英雄感而沾沾自喜,那么他就不再是格雷诺耶了。在这方面,他必须有一种坚韧不拔的自我坚持的意志,一种机智的本性和一种大智大勇的精神。好的——他下定决心,要占有城墙后面那少女的香味。即使在短短几星期后他又失去它,而且为这丧失而死去,这样做也是值得的。但是若能不死而又占有香味更好,或者至少要尽可能使香味的丧失拖延下去。最好能把它抓住。最好能避免它挥发,而又不损害它的特性——这是香水技术的一个难题。

能牢牢附着达几十年之久的香味是有的。擦过麝香的柜子、用肉桂油浸过的皮革、龙涎香块茎、香柏木盒子几乎可以永远保持其香味。其他的——甜柠檬油、香柠檬、水仙花和晚香玉浸膏以及许多花香——若是彻底暴露在空气中,短短几个小时后即把香味散发完了。香水专家采取措施来对付这种讨厌的情况,其办法是,把特别容易挥发的香味通过附着牢牢地束缚住,仿佛给它们上了镣铐,这些镣铐束缚了它们自由活动,为达此目的,关键在于把镣铐放松到这样的程度,以致从表面看来,被束缚住的香味有自己的自由,但是却把它们捆牢,使之无法逃走。格雷诺耶的这种技术用在晚香玉上取得了成功。他用微量的麝猫香、香子兰、树脂和柏木捆住它的短暂的香味,使其发挥作用。为什么少女的香味不能取得类似的成果呢?为什么他要白白浪费一切香味中最珍贵和最柔弱的香味呢?多么愚蠢!多么不明智!难道就让这金刚钻放着不加琢磨?难道就把金块戴在脖子上?他,格雷诺耶,难道就像德鲁和其他芳香分离者、蒸馏者和挤压鲜花者一样只是个野蛮的香味掠夺者?难道他不是个世界上最伟大的香水专家?

他大惊失色,他以前没有想到这点。当然,这种独特的香味是不许未经加工就使用的。他必须把它像最贵重的宝石一样镶起来。他必须锻造一顶香味王冠,在王冠的最崇高部位——

它掺进别的香味并控制住它们——必须有他的香味。他将按照技术的一切规则制作一种香水，而城墙后面那少女的香味必须是这香水的核心。

毫无疑问，作为辅助剂，作为基础的、中心的和主要的香味，作为高级气味和作为固定的香气，麝香和麝猫香、玫瑰油或橙花都不适合，这是肯定的。对于这样一种香水，对于一种人的香水，需要别的配料。

40

同年五月，人们在格拉斯与其东边的小镇奥皮奥之间的一块玫瑰园里发现了一个十五岁少女的赤裸的尸体。她是被人用棍棒打击后脑勺而毙命的。发现尸体的农民被这可怕的发现搞糊涂了，以致他本人差点成了嫌疑对象，因为他用颤抖的嗓音对警察局长报告，说他从来没看到过如此美丽的东西——其实他原本想说，他从来没见过如此可怕的事。

这少女确实美丽异常。她属于那种性情忧郁严肃型的妇女，好像由深色蜂蜜做成，光滑、甜蜜和黏糊糊的；这些妇女以一种黏稠的姿态、一种发型和一种独特的、像缓缓挥动鞭子一样的目光控制了场地，同时又像站立在旋风的中心点那么平静，似乎还没有意识到自己的吸引力，而她正是以这种吸引力把男人和女人们的渴望和心灵征服的。她年轻，非常年轻，雏形的魅力还没有融合到黏稠之中。她那胖胖的四肢显得光滑、坚定有力，乳房像是剥去蛋壳的鸡蛋似的，她那扁平的脸庞披着乌黑的粗发，还有稚气的轮廓和神秘的部位。当然尸体的头发已经没有了，凶手把它们剪下来带走了，衣服同样被剥光弄走了。

人们怀疑吉卜赛人。不管什么事，人们都相信同吉卜赛人有关。众所周知，吉卜赛人用旧衣服编织地毯，用人的头发做枕芯，用被绞死者的皮和牙齿制作玩具娃娃。这样一种反常的犯罪案件准是吉卜赛人干的。但是当时没有一个吉卜赛人在这儿，到处都没有，吉卜赛人最后一次经过这个地区是在十二月。

由于找不到吉卜赛人，人们就怀疑起意大利季节工人来。但是这里也没有意大利人，对于他们来说，这季节还太早。他们要到六月才会来这儿农村收获茉莉花，他们不可能是作案者。最后，制作假发的工匠成了嫌疑对象，人们在他们那里搜索被害少女的头发，但是没有找到。后来人们怀疑犹太人，然后是本笃会修道院的所谓好色的僧侣——当然他们都已经七十多岁了——然后是西妥教团的僧侣，然后是共济会会员，然后是医院里出来的精神病人，然后是烧炭工人，然后是乞丐，最后是道德败坏的贵族，特别是卡布里什侯爵，因为他已经第三次结婚，据说他在地下室里举办过放荡的弥撒，畅饮过少女的血，以提高其性能力。实际的情况当然无从证明。谁也没有看到过凶杀，死者的衣服和头发也没有被发现。几星期后，警察局长停止了调查。

六月中旬，意大利人来了，许多人还带了家眷，以便受雇采摘茉莉花。农民们固然雇用他们，但是鉴于这桩凶杀案件，便禁止自己的妻子和女儿与他们来往。还是稳妥一些为好，因为，虽然这些季节工人对于这桩凶杀案件事实上没有责任，然而他们却可能要在原则上对此负责，因此还是对他们要倍加小心为妙。

在茉莉花收获活计开始后不久，又发生了两起凶杀。受害者又是像画一般美的少女。她们又是属于性情忧郁严肃的黑发型女子。又是发现她们赤裸着身体，头发被剪去，后脑勺上有被钝器击中的伤口，躺在花田里。依然没有发现作案者的任何线索，消息像野火一样传开，对外地迁来的人的敌对情绪大有一触即发之势，后来才知道，两个受害者都是意大利人，都是一个热那亚雇工的女儿。

如今恐惧笼罩了大地。人们再也不知道，他们无比的愤怒应该对准谁。可能还有一些人在怀疑疯子或声名狼藉的侯爵，但是没有人会相信，因为前者无论白天或黑夜都有人看护，而后者很久以前已经到巴黎去了。这么一来人们住得更集中了。农民为季节工人们打开了仓库，而迄今为止，他们都是住在露天里的。城里人在每个地区夜里都安排人巡逻。警察局长增加了各城门的岗哨。但是一切防范措施都无济于事。就在两个少女被害后没几天，人们又发现一具少女尸体，如同前几个少女一样，这个少女也是被打击致死的。这次是主教府邸的一名洗衣妇，是个撒丁岛人，她是在"疯人泉"旁边的一个大水池附近，即在城门前被打死的。虽然这城市的执政官们在激动的市民们要求下，采取了一系列其他措施——在各城门口进行最严格的检查，增加夜间岗哨，天黑以后禁止所有妇女出门——但是在这个夏天，没有哪一个星期不发现一具少女的尸体。那些被害者，都是处于开始发育而成为妇女的人，她们都是最美丽的女子，绝大多数都属于深色皮肤的、黏稠的类型，虽然凶手很快也不再放过在本地居民中占优势的柔软的、白皮肤的、稍胖型的少女，甚至深褐色的，甚至深金黄色的——只要她们不太瘦——新近也成了凶手的牺牲品。他到处都追踪她们，不仅局限在格拉斯的市郊，而且也在市中心，甚至在房子里。有个木匠的女儿是在六楼自己的房间里被打死的，当时屋子里没有哪个人听到声响，没有哪条狗吠过一声，而在过去，这些狗都会嗅出陌生人，并发出猖猖叫声。凶手似乎是不可思议的，没有身体，像一个幽灵。

人们被激怒了，他们咒骂当权者。最微不足道的谣传都导致群众闹事。一个专门贩卖药粉和膏药的行商差点被人杀死，因为有人说他的药里含有少女的头发粉末。有人在卡布里什饭店和医院的招待所纵火。布商亚历山大·米斯纳尔在自己的仆人夜里回家时开枪打死了他，因为认为他是臭名昭著的杀害少女的凶手。谁要是有办法，就把他正在长大成人的女儿送到外地的亲戚家，或是送往尼扎、埃克斯或马赛的寄宿学校。警察局长由于市议会的要求而被解职。他的继任者指示一个医生小组检查那些被剪去毛发的少女尸体是否仍保持处女状况。经检查，她们所有人都仍然是处女。

奇怪的是，这种认识使人们的恐惧有增无减，因为每个人私下都以为这些少女已经被奸污。如果是这样，那么人们至少可以了解凶手的动机。现在人们束手无策，无计可施。谁信上帝，谁就祷告，祈求自己一家平安无事，免遭魔鬼的灾难。

市议会是一个由格拉斯三十个最富和最有名望的市民和贵族组成的委员会，大多数是开明的和反教会的先生，他们迄今为止还让主教过着清闲的日子，情愿把修道院改成仓库或工厂——这些傲慢的、有势力的市议员先生在他们的困境中勉强给主教先生写了封信，用低三下四的措词请求他在世俗政权无法捕获杀害少女的妖怪的情况下，像他的尊贵的前任于一七〇八年对付当时危及全国的蝗虫一样，诅咒并驱逐这个妖怪。九月底，格拉斯这个杀害少女的凶手在弄死出身各阶层的不下二十四名最美丽的少女后，也确实由于书面的布告以及该城所有布道坛、其中也包括山上的圣母布道坛的口头声讨，由于主教本人的庄严诅咒，而不再进行活动了。

这成绩具有说服力。日子一天天过去，凶杀不再发生了。十月和十一月在没有尸体的情况下过去了。十二月初，从格勒诺布尔传来消息，说那儿最近有一个杀害少女的凶手猖獗，他把受害者掐死，把她们的衣服从身上一片片扯下来，把她们的头发一绺绺扯下来。尽管这种粗笨的犯罪方式与格拉斯那些干净利落的凶杀毫无共同之处，但是，人人都深信，两地的凶手就是同一个。格拉斯人感到轻松地划了三个十字，他们庆幸这野兽不再在他们这里，而是在离此七天行程的格勒诺布尔猖狂作恶。他们组织了一次火炬游行为主教歌功颂德，在十二月二十四日举行了一次规模盛大的感恩礼拜仪式。一七六六年元旦放松了安全防范措施，取消了禁止妇女夜间外出的禁令。公众和私人的生活以令人难以置信的速度恢复了正常。恐惧像被一阵风吹跑了，没有人再谈论几个月以前笼罩着城里和市郊的骇人听闻的凶杀了。就连在受害的家庭里，也没有人再提起此事。仿佛主教的诅咒不仅把凶手，而且也把人们对他的任何回忆驱跑了。人们普遍感到满意。

只不过谁有正值妙龄的女儿，他就还是不放心让女儿单独行动，天一黑下来，他就害怕，而在早晨，当看到女儿安然无恙时，他就感到幸福——当然不愿意向自己明确承认其原因。

41

但是在格拉斯有个人怀疑这种太平。此人名叫安托万·里希斯，是第二参议，居住在德鲁瓦大街起点的一个雄伟的庄园里。

里希斯是个鳏夫，有一个女儿，名字叫洛尔。虽然他还不到四十岁，而且精力充沛，但是他想再过一段时间再结婚。首先他要把自己的女儿嫁出去，不是随便嫁给哪个人，而是要嫁给一个有地位的人。当时有个布荣男爵，他有一个儿子，在旺斯有一块封地，名声很好，可经济状况很糟糕。关于孩子们未来的婚事，里希斯已经和他协商好了。若是洛尔出嫁了，他自己想把求婚的触角伸向声望很高的德鲁、莫贝尔或弗隆米歇尔这些家族——这不是因为他爱好虚荣，一心一意要与贵族联姻，而是他要建立一个王朝，把自己的后代引导到通向最高的社会声望和政治影响的轨道上。因此他至少还得有两个儿子，一个继承他的事业，另一个经由法律生涯和进入埃克斯议会而上升为贵族。若是他个人和他的家庭同普罗旺斯的贵族亲密无间，那么他凭借自己的地位必定可以实现这样的抱负。

他设想出如此雄心勃勃的计划，其根据就是自己拥有传说中才有的惊人财富。安托万·里希斯是周围这一带地方最富的市民。他不仅在格拉斯地区有大庄园，庄园里种植了橙子、油类作物、大麦和大麻，而且在旺斯附近和朝昂蒂布去的方向有出租的庄园。他在埃克斯有房子，在乡下有房子，拥有开往印度的船只的股份，在热那亚设有常驻办事处，在法国有经营香料、调味品、油和皮革的最大仓库。

然而在他拥有的财富中,最最珍贵的是他的女儿。她是他唯一的孩子,芳龄十六,有暗红色头发和绿色的眼睛。她有一张讨人喜欢的脸蛋,以致不同年龄和性别的来访者一见到她立刻就会看得入神,而且再也不能把目光移开,简直是用眼睛在舔着这张脸;他们仿佛用舌头舔着冰似的,同时做出对这样舔非常典型的傻呵呵的沉醉表情。甚至,里希斯在看自己女儿时,也被吸引住了,以致他也会在无一定的时间里,一刻钟或者半小时,忘记了世界,也忘记了自己的事业——而这些他即使在睡觉时也不会发生呀!——注意力完全集中于观看这美丽的少女,而且说不出自己究竟做了什么。最近——他很不愉快地觉察到这点——晚上他送她上床,或是有时早晨他去喊醒她时,她还像躺在上帝的手中一样睡着,她的臂部和乳房的形态都透过薄薄的睡衣显示出来,他望着她那胸脯、肩膀曲线、肘部以及枕在脸部下面的光滑的前臂,她那平静地呼出来的升起的热气——这时他的胃就绞痛得难受,喉咙也缩紧了,他在吞咽着,天晓得,他在诅咒自己,诅咒他是这女人的父亲,而不是一个陌生人,不是随便哪个男人。她可以像现在在他面前一样在这男人面前睡觉,而他可以毫无顾忌地躺在她身边、她身上、她怀里纵情欢乐。他抑制住心中这可怕的欲火,朝她俯下身子,用纯洁的父亲的吻唤醒她;每当这时,他身上便冒出了冷汗,四肢在颤抖。

去年，在凶杀发生的时候，这种令人不快的诱惑还没有向他袭来。当时他女儿对他产生的魅力——至少他觉得——是儿童般的魅力。因此他从来也没有真的担心洛尔会成为那个杀人犯的牺牲品，而那杀人犯，如同人们所知道的，并不伤害儿童和成年妇女，而是专门袭击少女。诚然，他已经增加人员看守他的房子，叫人把楼层的窗子重新钉上栅栏，吩咐女仆与洛尔合睡一个房间。但是他不愿意把她送走，犹如他这个阶层的人对自己的女儿，甚至对自己全家所做的那样。他觉得这行为是可鄙的，有失一名议会议员和第二参议的体面，他认为，他应该以冷静沉着、勇气和不屈不挠而成为他的市民们的榜样。此外，他是个男子汉大丈夫，他的决定不能让别人来规定，不能受一群惊慌失措的人影响，更甭提由一个匿名的罪犯来左右了。因此他在那人心惶惶的时期，是城里少数没有被恐惧吓倒和保持清醒头脑的人之一。可是真令人奇怪，现在完全不同了。正当人们在外面欢庆——仿佛他们已经把杀人凶手绞死了——凶手的活动结束，完全忘记不幸日子的时候，恐惧却如一种可怕的毒素又回到安托万·里希斯的心里。他长期不肯承认这就是恐惧。它促使他拖延早该进行的旅行，不愿离开自己的家，尽快结束访问和会议，以便早点回到家里。他以身体不舒服和劳累过度的借口来原谅自己，有时也承认他有些担忧，正如每个有成年女儿的父亲都担心一样，一种完全正常的担心……她的美貌的名声不是已经传到外界了吗？

星期日同她一起进教堂，不是有人在伸长脖子观看吗？议会里不是已经有某些先生在以自己的名义或以他们儿子的名义表示求婚吗……？

42

后来，在三月里的一天，里希斯坐在客厅里，看着洛尔到花园里去。她穿着蓝色的连衣裙，红色头发垂到连衣裙上，在阳光中像熊熊的烈火。他还从来没有看到她如此美丽。她消失在一个灌木丛后面。后来他等了或许只有两次心跳的工夫，她才又重新出现——而这就把他吓坏了，因为他在两次心跳的瞬间想到，他已经永远失去了她。

当天夜里他做了个可怕的梦，醒来时却再也想不起梦见了什么，但是肯定同洛尔有关，他立即冲进她的房间，深信她已经死了，是被害死、被侮辱并被剪去头发的，正躺在床上——可是他却发现她安然无恙。

他退回自己的房间，激动得冒汗，浑身发抖，不，这不是激动，而是恐惧，现在他终于承认自己的确感到了恐惧。他承认了，心情就平静一些，脑子也清醒一些。若是说老实话，那么他从一开始就不相信主教的诅咒；他不相信凶手现在已经在格勒诺布尔,也不相信他已经离开这个城市。不,他还住在这儿,还在格拉斯人中间,他随便什么时候还会干坏事的!在八月和九月,里希斯看到了几个被弄死的少女。那景象使他毛骨悚然,同时,正如他不得不承认的,也使他入迷,因为她们都是百里挑一的美人,每个人都有自己独特的风韵。他从未想到,在格拉斯有这么多不相识的美人。凶手使他大开眼界。凶手的审美观非常出色,而且自成体系。不仅每次凶杀都同样干净利落,而且在受害者的选择上也显露出一种几乎是经济合理地安排的意图。诚然,里希斯并不知道凶手对于被害者有何需求,因为她们最好的东西,她们的美丽和青春魅力,他是不能从她们那里夺走的……或者可以夺走?但是无论如何他觉得,尽管事情非常荒谬,凶手不是个毁坏性的家伙,而是一个细心收藏的怪才。假如人们不再把所有被害者——里希斯这么想——视为一个个的个体,而是想象为更高原则的组成部分,以理想主义的方式把她们各自的特性设想为融化起来的一个统一的整体,那么由这样的马赛克彩石拼成的图画无疑是美的图画,而从这图画产生的魅力,已经不再是人的,而是神性的魅力。(正如我们所看到的,里希斯是个对亵渎神的结论并不畏惧的具有开明思想的人。假如他不是从气味范畴,而是从光的范畴来设想,那么他离真理确实非常近!)

假设——里希斯继续想着——凶手是这样一个美的收藏家,正在画着一幅完美的图画,尽管这幅画只是他脑袋生病而幻想出来的；另外，假设他同实际上显示出来的情况一样，是个有最高审美观和审美方法的人，那么不能想象，他会放弃构成那幅画的最珍贵的组成部分，而这部分在世上是存在的，即放弃洛尔的美。他迄今为止的凶杀作品，缺少了她便一文不值。她是他的建筑物的最后一块砖石。

里希斯在得出这个可怕的结论时，正身穿睡衣坐在床上，为自己变得如此安静而感到奇怪。他的身子不再颤抖了，几星期来折磨他的那种不明确的恐惧消失了，并且让位给具体而危险的意识：凶手的追求目标显然是洛尔，从一开始就是：其他一切凶杀只是这最后一次最重要的凶杀的附属物。虽然迄今尚不清楚，这些凶杀究竟有何物质上的目的，它们是否有这样的目的，但是最根本的方面，即凶手系统的方法和理想的动机，里希斯早就洞察出来了！他思考得越久，这二者他就越喜欢，他对凶手也就越发尊敬——当然是马上像从一面明亮的镜子反射到他自己身上的一种尊敬，因为他，里希斯，毕竟是曾以自己细致分析的理智识破对手诡计的人！

假如他，里希斯本人是凶手，具有凶手同样狂热的理想，那么他也不会采取与凶手迄今的做法不同的行动，而且也会像他一样全力以赴，通过杀死美丽无双的洛尔，来圆满完成自己的疯狂事业。

这最后一种想法他特别喜欢。他能够在思想上设身处地替他女儿未来的凶手想一想，这就使他远远地胜过了凶手。因为可以肯定，凶手即使无比聪明，也无论如何不可能设身处地为里希斯想一想——即使可能，他也肯定预料不到，里希斯早就设身处地替他这凶手想过。归根结底，这同做生意并没有什么不同——作必要的修正，这是可以理解的。识破了一个竞争者的意图，就是胜过了这个竞争者；就再也不会上他的当；不，他叫安托万·里希斯，诡计多端，具有一个战士的天性。法国最大的香料贸易、他的财富和第二参议的职务，毕竟不是因为恩赐而落入他的怀里的，是他通过斗争、抵抗、欺骗得来的，当时他及时地看到了危险，机智地猜到了竞争者的计划，把对手排挤掉了。他未来的目标、他的后代的权力和贵族化，他同样会达到的。他将挫败那个凶手，那个争夺洛尔的竞争者，而这只是因为洛尔也是他里希斯自己计划的大厦的最后一块石头。他爱她，不错；可是他也需要她。为了实现他的最大的野心，他所需要的绝对不能让人夺走，他要用牙齿和手来保住！

现在他觉得舒畅些了。在他成功地把自己夜间关于与这恶魔斗争的思考降至商务上的竞争之后，他感到充满朝气的情绪，也就是自负在控制着他。最后一点恐惧心理已经克服，像折磨一个年老体弱的人一样折磨过他的沮丧和郁郁寡欢的忧虑感觉已经消失，几星期来一直笼罩着他的忧郁预感的云雾已经消散。如今他又在熟悉的地域上，感到经得起任何挑战了。

43

他轻松地、几乎是愉快地从床上跳起来,去拉系铃的带子,吩咐他的睡眼惺忪、跟跟跄跄走进来的仆人收拾衣服和干粮,因为他打算天亮时由他女儿陪同去格勒诺布尔旅行。随后他穿上衣服,把其他人一个个从床上叫起来。

午夜,德鲁瓦大街这幢房子苏醒过来,人们在忙碌。厨房里灶火在燃烧,兴奋的女仆在过道里穿梭,男仆一会儿上楼梯,一会儿下楼梯,仓库管理员的钥匙在地下室丁当直响,院子里火炬照得通亮,雇工们围着马匹奔跑,其他人从栏里牵出骡马,人们给它们套上笼头,备好鞍子,装上货物,奔跑着——人们会以为,就像公元一七四六年那样,南撒丁未开化的部落正在进军,烧杀掠夺,居民们惊恐万状,匆忙准备出逃。但是绝非如此!主人正像法国元帅一样信心十足地坐在他账房间的写字台旁,喝着牛奶咖啡,对不时闯进来的仆人发出指示。同时,他顺便写信给市长兼第一参议、他的公证人、他的律师、他在马赛的银行家、布荣男爵和各种商业伙伴。

大约早晨六点时,他写好了一应书信,对他预订的计划作出一切必要的指示。他把两支旅行用小手枪插在身上,系好他的钱褡裢，把写字台锁上。然后他去喊醒女儿。

八点，小旅行团出发。里希斯骑马在前，他身穿葡萄红的镶金边上衣和黑大衣，头戴黑礼帽，帽上有一束羽毛，显得非常漂亮。在他后面是他的女儿，穿着朴素些，但是非常美丽，所以街上和倚着窗户的人都只是把目光投向她，人群中赞叹之声不绝，男人们脱帽表示敬意——表面上是对第二参议，实际上是对那位像公主一样的少女致敬。跟在后面的是几乎不为人注意的女仆，再后面是牵着两匹运行李的马的男仆——到格勒诺布尔去的道路崎岖不平，无法使用车子——队伍的最后是由两个雇工赶着的十二匹载货的骡马。在林阴大道城门旁，警卫举起步枪致敬，直至最后一匹骡马通过后，才把枪放下来。儿童们还在后头跟了好长一会儿，目送这队人马缓缓地沿陡峭、弯曲的道路下山远去。

安托万·里希斯携女儿出走给所有人都留下了非常深刻的印象。他们觉得，仿佛自己参加了一次古代的祭礼。人们都在传说，里希斯到格勒诺布尔去，就是到杀死少女的怪物新近藏身的那个城市去。人们不知道该如何评价这次旅行。里希斯所做的究竟是不可饶恕的轻率举动，还是值得钦佩的勇敢行为？这是一种挑战，还是神的一种安慰？他们模糊地预感到，这是他们最后一次看到这位红发的美丽少女。他们猜想里希斯必定会失去洛尔。

尽管这一猜测依据的是完全错误的前提，但是它却应该表明是对的。里希斯根本没去格勒诺布尔。他的招摇过市的搬家无非是一种花招。在格拉斯西北一里半处,即圣法利埃村附近,他下令队伍停住。他亲手把全权陪同证书交给男仆,命令他单独率领雇工把骡马队伍带到格勒诺布尔去。

他自己则同洛尔和女仆转向卡布里什,在那里休息一个中午,然后骑马横穿塔内隆山向南方进发。道路崎岖不平,但是他允许向西绕一个大弯绕过格拉斯和格拉斯盆地,直至晚上神不知鬼不觉地到达海滨……翌日——里希斯订了计划——他打算带洛尔乘船到勒兰群岛上,建筑坚固的圣奥诺拉修道院就在其中一个小岛上。这修道院由少数年老的,但仍完全能自卫的僧侣管理,里希斯和他们非常熟悉,因为他多年来买进并销售修道院生产的全部桉叶利口酒、意大利五叶松核和柏树油。正是在那里,在圣奥诺拉修道院里,即在伊夫堡监狱和圣玛格丽特岛国家监狱附近,在这普罗旺斯地区最安全的地方,他打算把女儿暂时安顿下来。他本人则想立即又返回大陆,这次是向东经昂蒂布和卡涅绕过格拉斯,以便在当天晚上到达旺斯。他已经嘱托一个公证人到那里去,以便同布荣男爵协商他们的孩子洛尔和阿尔方斯的结婚事宜。他想对布荣提个建议,即接过高达四万利佛尔的债务,嫁妆是同样数目的银和各种地产及马加诺附近的一座油坊,为这对青年夫妇提供一份三千利佛尔的年金,布荣大概不会拒绝他这个建议。里希斯唯一的条件是,两个孩子在十天之内结婚,婚后小夫妻在旺斯定居。

里希斯知道，他这么匆忙行动必然过分地抬高他家同布荣家联姻的代价。若是再等些时候，他付出的代价要少些。那么，男爵必然会恳求让自己的儿子来提高市民富商之女的地位，因为洛尔的美貌的名声还会提高，犹如里希斯的财富和布荣经济上的困难仍在增长一样。但是就这样吧！在这笔交易上，对手并不是男爵，而是陌生的凶手。凶手得赶紧破坏这笔交易。一个结了婚的女人，已经破身，也许已经怀孕，已经不适合进他的高级美术馆了。最后一块马赛克就会失去光泽，这样的洛尔对于凶手将会失去其价值，他的事业就会失败。他应该感受这样的失败！里希斯要在格拉斯的公众中举办豪华的婚礼。如果说他并不认识自己的对手，而且永远没机会认识，那么，了解凶手参加了婚礼并亲眼看着自己最需要的东西在自己面前被夺走，这对他来说却也是一种享受。

计划设想得非常妙。我们得再次钦佩里希斯接近真理的识别力。因为，如果真是这样，那么布荣男爵的儿子把洛尔·里希斯带回家，这对格拉斯那个杀害少女的凶手来说，就意味着毁灭性的失败。但是这个计划尚未实现。里希斯还没有把自己的女儿嫁出去。他还未把她送到安全的圣奥诺拉修道院。此时三个骑马人还奔走在塔内隆的偏僻山中。有时道路非常崎岖，以致他们不得不下马步行。队伍行进得非常缓慢。傍晚，他们希望能到达纳普勒附近的海滨，戛纳西面的一个小地方。

44

洛尔·里希斯和她父亲离开格拉斯时,格雷诺耶正在城市另一头的阿尔努菲工作室里配制长寿花香水。他独自一人,心情愉快。他在格拉斯的日子即将结束。胜利的日子即将到来。在外面小屋里,一只垫了棉花的小盒子里放着二十四小瓶用二十四个少女的香气制成的香水——格雷诺耶在去年用冷香脂萃取法从少女的身体,用浸渍法从头发和衣服,用分离法和蒸馏法取得的价值连城的香精。第二十五种,即最珍贵和最重要的一种香味,他想在今天取得。他已经为这最后的猎获物准备好一小坩埚经多次提纯的油脂,一块极精致的亚麻布和一个大肚玻璃瓶精馏过的高级酒精。地点已经准确地选好。这期间晚上有新月。

他知道,破门进入德鲁瓦大街那戒备森严的庄园是行不通的。因此他想在薄暮降临城门尚未关闭时潜入,依靠自身无气味的掩护,能像戴上隐身帽一样避免人和动物发觉,在屋子随便哪个角落躲藏起来。然后他想在一切都沉入梦乡时,由鼻子这指南针指引,在黑暗中行走,上楼到达他的宝贝的房间。他打算就地用浸过油脂的布处理这宝贝。只是头发和衣服,他准备像往常一样拿走,因为这部分只能用酒精直接分离,在工场里做起来较顺当。至于香脂的最后加工和馏出后变成浓缩物,他预计得花另一个夜晚的时间。假如一切都成功——他没有任何理由怀疑成功——那么他在后天就将拥有配制世界上最佳香水的一切香精,他将成为人世间散发最好闻的芳香的人,离开格拉斯。

将近中午,他配制好了长寿花香水。他把火熄灭,把油锅盖紧,走到工场前凉爽一下。风从西边吹来。

吸头一口气时,他已经觉得有点不对头。气流不正常。在城市的香味衣服中,在这成千上万条线织起来的面纱里,缺少了一条金线。前个星期,这条散发香味的线很实在,格雷诺耶甚至在城市另一边他的小屋附近就清楚地感觉到了。现在这条线没有了,消失得无影无踪,即使使劲去嗅,也嗅不出来。格雷诺耶吓得麻木了。

她死了,他想。更加可怕的是,有人抢在我前面了。有人摘下我的花,把花的香味弄到自己身上!他没喊出声音来,因为他所受的震惊太大了,但是眼泪是充足的,他的眼眶里噙满了泪水,突然像一串串珠子从鼻子两旁滚了下来。

这时,德鲁从"四王位继承者"酒馆里出来,回家吃中饭,他顺便说起,第二参议已经在今天清晨带着女儿和十二头骡马搬到格勒诺布尔去了。格雷诺耶把泪水咽下去,跑开,横穿城市往林阴大道城门走去。在城门前的广场上,他停下来嗅嗅。他在纯洁的、没有接触到城市气味的西风中果真又发现了他的金线，虽然又细又弱，但是却很清晰，不易混淆，然而，这可爱的香味不是从通往格勒诺布尔的马路——西北方向——飘来的，而是从卡布里什方向——很可能是从西南面吹来的。

格雷诺耶向岗哨打听第二参议走的是哪条路。站岗者指着北边。不是去卡布里什的马路？或是向南通到欧里博和拉纳普勒去的另一条路？——肯定不是，站岗者说，他亲眼看到的。

格雷诺耶穿过城市跑回自己的小屋，把亚麻布、一罐油脂、抹刀、剪刀和一把橄榄木制成的光滑小棒装进旅行袋，刻不容缓地启程了——不是走通往格勒诺布尔的路，而是走自己的鼻子指引的路：向南。

这条径直通向拉纳普勒的路，沿着塔内隆山的支脉，穿过弗雷耶尔和锡亚涅河的河洼地。这条路好走。格雷诺耶大步流星向前赶。当欧里博出现在他的右手边时，他从圆形山顶上的空气中嗅出，他差不多赶上了想逃避的人。没过多久，他就到达了与他们同样的高度。他现在嗅出一个个人的气味，他甚至嗅到了他们骑的马的臭气。他们在西边最多半里的地方，在塔内隆山森林中的某处。他们的方向是向南，向着大海，正像他自己这样。

下午将近五点时，格雷诺耶到达拉纳普勒。他走进客栈吃饭，要个便宜的铺位。他说自己是尼扎的制革伙计，要到马赛去，在此过路。他还说自己可以在牲畜栏里过夜。他在那里一个角落里躺下来休息。他嗅到三个骑马的人越来越近。他耐心等着。

两小时后——天已经非常黑了——他们到达这儿。为了隐匿自己的身份，他们把衣服换了。两个妇女现在穿了深色衣服，戴上面纱，里希斯先生穿着一件黑色外衣。他冒充从宫中来的贵族；他说明天要到勒兰群岛上去，要老板在太阳出山时为他们准备一条小船。他询问除了他和他的人以外有没有别的客人住在客栈里？不，老板说，只有一个来自尼扎的制革伙计，他在牲畜栏里过夜。

里希斯打发两个妇女到房间里去。他自己到牲畜栏去，说还要从马鞍里拿点东西。起初他没发现那制革伙计，他不得不叫马夫提个灯笼来。后来他看见他睡在一个角落里的禾草上，盖着一条旧被子，头靠在他的旅行袋上，睡得很沉。他的外貌很不显眼，以致里希斯一瞬间获得的印象是：他根本不存在，而只是灯烛晃动投出的幻影。无论如何，里希斯此时认为，这个其貌不扬的人丝毫也不可怕，为了不打搅他的睡眠，他悄悄走开，回到屋里。

他同女儿一道在房间里用晚餐。他没有给她讲明这次奇特的旅行的目的，现在虽然她恳求他，可他还是不讲。他说，明天他会告诉她，她完全可以相信，他正在做和计划做的一切，对她最有好处，将给她带来未来的幸福。

晚饭后，他们打了几回牌，他都输了，因为他不看牌，总是不停地瞧着她的脸,以便观赏她的美丽而愉快的身心。将近九点,他把她送到她的房间,就是在自己房间的对面,他吻她与她告别,从外面把门锁上。然后他自己上床。

突然,他感到了昨夜和今天白天的劳累,同时对自己和事情的进展情况非常满意。一直到昨天,每当熄灯以后,闷闷不乐的预感都在折磨他,使他彻夜不眠,此时他全然没有了这种预感,无忧无虑地立即睡着了,睡眠中没有梦魇,没有呻吟,毫不抽搐,身体也不再不安地翻来覆去。长久以来,里希斯第一次睡了这么个香甜的、安详的、使人恢复精神的好觉。

与此同时,格雷诺耶从牲畜栏里他的铺位上起身了。他也对自己的事情的进展感到满意,尽管他连一秒钟也没睡着,他仍然觉得精神格外清爽。里希斯来到牲畜栏里找他时,他假装睡着了,以便使他由于没有气味本来就给人以心地善良的印象变得更加明显。此外,他与里希斯发觉他的情况不同,他通过嗅觉极为精确地注意到里希斯,里希斯看见他时心情的轻松,根本没有逃脱他的嗅觉。

因此在他们短暂相遇时,他们两人相互都对他们的善良深信不疑,只是有不正确和正确之分,情况正如格雷诺耶所发现的那样,因为他的伪装的善良和里希斯真的善良使他格雷诺耶感到事情的轻松——此外,即使里希斯处在相反的处境,他也完全会持有这种观点。

45

格雷诺耶以业务上的谨慎进行工作。他打开旅行袋，从中拿出亚麻布、油脂和刮刀，把布摊开放在他睡过的被子上，开始把油脂抹在布上。这是一项费时的工作，因为做起来必须按照布的某一部分应放身体的某个部位来涂上油脂，有的部分要涂得厚些，另外的部分要涂得薄些。嘴、腋窝、乳房、生殖器和脚所散发的气味比小腿、背部和肘部散发的量要多；手心比手臂，眉毛比眼睑散发的量要多——因而必须相应地多涂油脂。

格雷诺耶似乎是在把待处理的身体的一张香味示意图画在亚麻布上，这部分工作本是他最为满意的工作，因为这是一项带有艺术性的技术，它使五官、幻想和双手都忙碌起来，又以理想的方式事先享受到可望得到的最终成果。

他用完那点油脂后，仍然这儿擦擦，那儿涂涂，从布的一个位置上取下油脂，添加到另一个位置上，加以修饰，最后满意地欣赏塑成的油脂风景画——自然是用鼻子，而不是用眼睛，因为他全部的工作都是在黑暗中进行的，这或许就是格雷诺耶的情绪平静愉快的另一个原因。在这新月之夜，没有什么分散他的注意力。世界无非是气味和从海上传来的一点涛声而已。他真是得心应手。然后他把布像裱糊布一样折叠起来，这使涂了油脂的部分一层层叠着。对他来说，这是一个痛苦的行动，因为他清楚地知道，即使小心谨慎，所形成的轮廓也会因此压平和移动。但是要搬动这块布，没有别的办法。他把布折得小小的，以致可以非常方便地放在前臂上带走，然后他把刮刀、剪刀和那橄榄木的小棒带上，悄没声地到了室外。

天空云层密布。屋子里的灯已熄灭。在这漆黑的夜里，唯一微弱的亮光就是在东方一里多远处斯特-玛格丽特岛灯塔上的一个别在黑布上发亮的细小针脚闪动了一下。海湾里吹来了一阵带鱼腥味的轻风。狗都睡着了。

格雷诺耶朝谷仓外面的一个小窗走去，一把梯子靠在窗上。他把梯子拿下来，三根横木夹在空着的右胳臂下，上面部分紧靠在右肩上，使梯子保持平衡地竖在院子上直至窗下。窗子半开着。他爬上梯子，犹如登上楼梯一样舒适，他庆幸自己可以在拉纳普勒这儿收获这少女的香味。在格拉斯，房子戒备森严，窗户都钉上了栅栏，行动困难多了。在这儿，她甚至一个人睡觉。他无须对付女仆。他推开窗扇，悄悄地进了房间，把布单放下，然后向床前走去。房间里主要散发着少女头发的香味，因为她俯卧着，脸枕在胳臂弯上，深埋在枕头里，以致她的后脑勺显露出来，为棍棒敲击提供了方便。

敲击的响声低沉而又嚓嚓地响着。他恨死了。他恨，仅仅是因为发出了响声。他只有咬紧牙关，才能忍受这讨厌的响声，而在这响声消逝后，他还僵直地、强忍地站了好长一会儿，手握着棍棒在抽搐，仿佛他害怕响声会成为回声从某处反射回来似的。但响声没有回来，而是寂静又回到了房间里，因为现在少女呼吸的声音没有了。格雷诺耶紧张的姿势松动了（原来那紧张的姿势，或许也可以解释为一种敬畏的姿势，或是拘束地静默了一分钟），他的身体柔软地瘫了下来。

他扔掉了棍棒，现在忙忙碌碌地干了起来。首先，他把萃香布单摊开，使其背面松弛地铺在桌子和椅子上，留心不碰到其涂上油脂的一面。然后他把被子揭开。突如其来热乎乎和大量涌现的少女的奇妙香味，并未使他感动。他熟悉这香味，等过后他完全占有这香味时，他会享受的，一直享受到心醉神迷。但现在必须尽可能多地摄取，使流失的减少至最低限度，现在必须全神贯注，迅速行动。

他用剪子迅速剪开她的睡衣，把睡衣从她身上剥去，拿起涂上油脂的布单，盖在她赤裸的身上。然后，他把她抬高，抚摸盖在她身上的布单，把她卷进去，像面包师卷薄面卷，两端折了边，从脚趾到额头包得严严实实的。只有她的头发从像包扎木乃伊的绷带里露出来。他把头发从头皮上剪下来，裹在她的睡衣里，把睡衣捆扎起来。最后，他把留出来的一段布搭在剃光的脑袋上，把搭接的一段抚平，用指甲轻轻地擦拭。他再次检查这包尸体。没有缝隙,没有小洞,折叠处没有裂开,少女的香味跑不出来。她被包扎得万无一失。现在除了等待,便无事可做了,他得再等六个小时,一直等到天亮。

他端起放着她的衣服的小沙发,放到床边,自己坐了下来。在她那件宽大的黑色外衣里,还留着她的微弱的馨香,这香味还混杂着她放在口袋里作为旅行干粮的茴香糕点的气味。他把两只脚搁在床沿上,靠在她的脚附近,用她的衣服盖住自己的身体,吃着茴香糕点。他累了。但是他不想睡觉,因为在工作时是不宜睡觉的,即使眼下的工作仅仅是等待。他回忆自己在巴尔迪尼工场里蒸馏所度过的夜晚:想起被熏黑的蒸馏器,想起闪烁着的火,想起他从冷却管把蒸馏液滴入佛罗伦萨壶时发出的响声。那时他得不时地观看火势,不断添加蒸馏用水,更换佛罗伦萨壶,补充蒸馏物。然而,他总觉得,仿佛他醒着不是为了做这些偶尔发生的事,而是有其自身的目的。甚至在这儿的房间里,萃香的过程完全是单独进行的,这里甚至不适时地检查、翻转和忙活那个散发出香味的装着尸体的包包,都只会产生不利的作用——格雷诺耶觉得,甚至在这儿,他眼下醒着也至关重要。睡觉或许会危及事情的成功。

尽管他困倦,但醒着并等待对他并不难办。他喜欢这样等待。在对付那二十四个少女时,他也喜欢等待,因为这不是沉闷地等下去,也不是热切地等过来,而是一种附带的、有意义的等待,在某种程度上是一种积极的等待。在这种等待期间总是发生点什么，发生重要的事。即使这事情不是他本人做的，那么也是通过他而发生的。他尽了最大的努力。他显示了他的高超技艺，他没出什么差错。这事业是奇特的，它必定会取得成功……他必须再等几个小时。这种等待使他心满意足。他这一辈子还从来没有像这几个小时有这么良好的感觉，这么平静，这么沉着，这么同自己融化为一体——即使他在山里也没有过——因为他深夜正坐在他的受害者身边，醒着等待。这是在他忧郁的脑袋里形成轻松愉快念头的唯一时机。

真奇怪，这些念头并未涉及未来。他没有想他在几小时后将要收获的香味，没有想用二十五个少女的香味制成的香水，没有想以后的计划、幸福和成就。不，他在回想自己的过去。他回忆自己这辈子生活的历程：从加拉尔夫人家和屋前那堆湿暖的木头，直至他今天旅行到达散发鱼腥气味的拉纳普勒村。他想起制革匠格里马、吉赛佩·巴尔迪尼、德·拉塔亚德-埃斯皮纳斯侯爵。他想起巴黎城、它的成千上万层闪闪发光的令人作呕的烟雾，想起马雷大街、空旷土地、轻风、森林。他也想起奥弗涅山——他没有回避这种回忆——他的洞穴、无人生活的空气。他也回想他的梦幻。他是怀着内心喜悦的心情回忆这些事情的。的确，当他如此回想时，他觉得自己是个非常走运的人，他的命运固然把他引入弯路，但最终却把他引到正确的道路上——不然，他怎么可能来到这儿，来到这漆黑的房间里，到达自己所希望的目标？每当他正确地进行思考，他就是一个真正有天才的个体。

他心里无比激动,萌发了恭顺和感激之情。"我感谢你,"他低声说道,"我感谢你,让-巴蒂斯特·格雷诺耶,你还是原来的你!"他如此激动,完全是出自内心。后来,他闭起眼睛——并非为了睡觉,而是陶醉于这神圣之夜的宁静。他的心充满了宁静。但是他觉得,仿佛他也控制着四周。他嗅出女仆在隔壁房间平静地安睡,在过道那边安托万·里希斯在沉睡,他嗅到老板、雇工、狗、栏里的牲畜、整个地区和海在平静地酣睡着。风已经停息。一切静悄悄。没有什么在扰乱宁静。

有一次,他把一只脚转向一侧,轻轻碰到洛尔的脚。当然,并非碰到她的脚,而是裹着脚的那块布,布的下面有一层薄薄的油脂,这层油脂已经浸透了她的香味,她的美妙的香味。

46

当鸟儿开始鸣啭时——即离天亮还有相当长的时间——他站起身来,完成他的工作。他揭开布单,像揭橡皮膏似的把布从死者身上剥下来。油脂一下子就和皮肤脱离了。只是在隐匿部位还黏着一点,他就用刮刀刮下。剩下一点油脂,他用洛尔的汗衫来擦。最后,他用这汗衫来擦洛尔的身子,从头擦到脚,擦得非常彻底,就连毛孔上的油脂碎屑连同最后的一丝一毫香味也从皮肤上擦下来。到这时,他才认为她真的死了,像花的碎屑一样萎缩、苍白和疲软。

他把汗衫扔到那萃有香味、上面还留有少女的残存物的大布单里,又把睡衣连同她的头发放进去,把这一切卷成一个扎扎实实的小包,把小包夹在胳臂下。他不怕麻烦,又把床上的尸体盖起来。这时,虽然夜的黑暗已经转变成黎明的蓝灰色,房间里的东西已经开始呈现它们的轮廓,可他并没有朝她床上投去目光,以便这辈子至少用眼睛看过她一眼。他对她的外形不感兴趣。对于他来说,她作为躯体已经不再存在,只还剩下没有躯体的香味。而这香味,他就夹在胳臂下,随身带着它。

他轻轻地跳到窗台上,从梯子上爬下去。外面,风又刮起来,天空晴朗,冰冷的深蓝色的光泻到大地上。

半小时后,女仆在厨房里生火。当她走到屋前拿木柴时,看见靠在墙上的梯子,但是由于睡眼惺忪,她对此摸不着头脑。六点刚过,太阳升了起来。这巨大和金红色的太阳是从勒兰群岛两个岛屿之间的海里升起的。天上没有一丝云彩。一个晴朗的春日开始了。

里希斯的房间朝西,他是在七点醒来的。几个月来,他第一次睡了个好觉,并且与他的习惯相反,又躺了一刻钟之久,在床上懒洋洋地舒展四肢,高兴地叹着气,仔细听着从厨房传来的悦耳的嘈杂声。然后他起身,把窗子开得大大的,看到外面晴朗的天气,吸入早晨新鲜的带有香味的空气,听着大海的涛声,这时他的情绪达到了高潮,他把嘴唇收拢得尖尖的,吹起了欢快的旋律。

他一边穿衣服,一边继续吹着,而且在他离开房间,迈着矫健的步子跨过走道靠近他女儿的房间时,他仍然吹着。他敲门。他再次敲,轻轻地敲,以免把她吓着。没有回答。他微笑。他明白她还在睡。

他小心翼翼地把钥匙插入孔里,转动锁舌,轻轻地,留心不把她弄醒,几乎是迫切地期望着看到她还在睡觉,他想在不得不把她嫁给一个男人之前,再一次,也是最后一次把她从睡梦中吻醒。

门开了,他走进房间,阳光照到他的整个脸上。房间犹如装满了熠熠发光的银子,一切都放射出光芒,他痛得只好把眼睛闭了一会儿。

当他又睁开眼睛时,看到洛尔躺在床上,身子赤裸,死了,头发被剃光,全身白极了。情况正如他前天夜里在格拉斯做的噩梦一样,当时他梦醒后忘记了内容,此时梦境像雷击一般又回到他的记忆里。一切都像梦里那样分毫不差,只是清晰得多。

47

洛尔·里希斯被杀的消息迅速传遍了格拉斯地区,就仿佛在传说:"国王死了!""战争爆发了!"或"海盗上岸来了!"这消息引起了与此类似的、更加严重的恐慌。早已被遗忘的恐惧突然又袭来了,像去年秋天那样蔓延,伴随着惊慌、激愤、狂怒、歇斯底里的怀疑、绝望。人们夜间又呆在家里,把自己的女儿关起来,构筑工事保护自己,不再睡觉,相互间不再信任。每个人都在想,如今又会像原来那样,每周发生一次凶杀。时光似乎又倒退了半年。

恐惧比半年前更加令人麻木,因为人们以为早已渡过的危险又突然到来,在人们中间传播了束手无策的情绪。就连主教的诅咒也失灵了;安托万·里希斯,伟大的里希斯,市里最富的市民,第二参议,一个强有力的、从容镇静的大人物,他可以使用一切辅助手段,却无法保护自己的孩子;凶犯的手面对洛尔圣人般的美丽竟毫不手软——因为事实上,凡是认识她的人,都觉得她是圣女,特别是现在,在她死了以后;那么,躲避凶手还有什么指望?他比瘟疫更残酷,因为人们可以避开瘟疫,却无法逃脱凶手的魔爪,里希斯就是明证。凶手显然有超凡的本领。即使他本人不是魔鬼，那么他也必定是与魔鬼结了盟。因此，许多人，主要是头脑比较简单的人，除了进教堂祷告，就不知道有什么别的办法，每个职业阶层的人都去找保护人，锁匠找神圣的阿洛伊西乌斯，织工找神圣的克里斯皮尼乌斯，园丁找神圣的安托尼乌斯，香水专家找神圣的约瑟夫斯。他们携带妻子和女儿，一道在教堂里祷告、吃饭和睡觉，甚至在白天也不再离开教堂。他们深信，只要还存在着安全，那么唯有在绝望的集体保护下和在圣母面前才可以躲开那怪物，得到唯一的安全。

其他较聪明的人，由于教会已经表现出无能为力，就组成神秘的团体，重金雇用一个从古尔东来的许可开业的巫婆，躲进了格拉斯地下一个石灰岩洞里，为恶魔举行弥撒，以获得魔鬼的慈悲。又有一些人，尤其是地位提高了的市民和有教养的贵族，运用最现代化的科学方法，对自己的房屋施行催眠术，使他们的女儿昏昏入睡，默不作声地呆在他们的客厅里，试图通过共同产生的心灵感应来奇妙地保护自己免受凶手侵犯。一些团体组织忏悔进香，从格拉斯到拉纳普勒，然后再回来。市里五个修道院的僧侣安排了持久性的祷告仪式，经常唱着圣歌，所以无论白昼和夜间，一会儿在城市这个角落，一会儿在那个角落，哀怨的歌声从不间断。几乎没有人从事劳动。

格拉斯市民就这样发疯地无所事事，焦急不安地等待着下一次谋杀。没有哪个人对下次谋杀即将来临表示怀疑。每个人暗地里都期待着吓人消息的到来,唯一的希望是这消息与己无关,而是涉及另一个人。

但是,省、地、市各级政府这次并没有受到人民歇斯底里情绪的影响。自从杀害少女的凶手出现以后,在格拉斯、德拉吉尼安和土伦的行政长官之间,在市政府、警察局、地方行政长官、议会和海军之间,第一次出现了计划周密而有效的合作。

造成当权派采取一致行动的原因,一方面是他们害怕人民起来暴动,另一方面是这样一个事实,即洛尔·里希斯遇害后,人们已经掌握了线索,布下天罗地网捕获凶手完全是可能的。凶手已经暴露。显然,他就是那个在发生凶杀那天夜里住在拉纳普勒的客栈牲畜栏里,翌晨消失得无影无踪的可疑的制革伙计。根据老板、马夫和里希斯提供的一致情况,凶手是个貌不惊人的、身材矮小的男子,身穿棕褐色的外衣,带有粗亚麻布旅行袋。尽管在别的方面,三位证人的回忆始终含糊得奇怪,比方说,他们说不出这个人的脸形、头发的颜色或语言特征,但是老板说,若是他没搞错,这陌生人的走路姿势偏向左侧,有点跛,仿佛一条腿受过伤,或是一只脚残废。

根据这些情况,在凶杀发生的当天中午,马雷公路的两支骑兵分队对凶手进行追击,一支沿着海滨,另一支经内地马路向马赛前进。拉纳普勒附近地带由志愿人员搜捕。格拉斯地方法院的两名官员奔赴尼扎,在那里对制革伙计进行调查。在弗雷儒斯、戛纳和昂蒂布的港口，对所有离港的船只都进行检查，通往萨瓦伊边境的每条路都被封锁，游人必须出示证件。在格拉斯、旺斯、古尔东所有城门上和各乡教堂的大门上，都张贴了通缉凶手的告示，供识字的人朗读。这些布告每天宣读三次。人们所猜想的关于畸形脚的事，无疑支持了这样的看法：凶手就是魔鬼本身。这种看法与其说使人们得到了有益的启发，毋宁说是更煽起了人们的惊恐。

直至格拉斯法院院长受里希斯的委托，对提供情况捉获凶手者悬赏不少于二百利佛尔后，在格拉斯、奥皮奥和古尔东，由于有人告发，有几个制革伙计被捕，而且很不幸，他们中竟然有个跛脚的。尽管有好几个人证明此人当时不在现场，人们还是打算对他严刑拷打。此时，即在凶杀发生后的第十天，市哨所有个人来找市府机构，对法官提供了下述情况：他名叫加布里埃尔·塔格利阿斯科，是哨所的上尉。他那天像平常一样在王宫门值勤，有个人，如他现在所知道的，与通缉告示上所描述的情况相当符合，曾上前与他攀谈，反复并急切地打听第二参议及其一行人早晨离开城市时走哪条路。这件事本身在当时和后来都没有引起他重视，况且靠他自己的力量他肯定也回忆不起这个人了——这个人是完全不值得留意的——倘若他不是在昨天又看见了他，而且是在格拉斯这儿，在卢浮街德鲁师傅和阿尔努菲夫人的作坊前。他还说，昨天他看到那个人走回工场时，发现他走路明显地一瘸一拐。

一小时后，格雷诺耶被捕。因辨认其他受嫌疑者而在格拉斯逗留的拉纳普勒那个老板和马夫，立即认出他就是在他们客栈过夜的那个制革伙计。他们说，就是他，而不是别人，他就是被通缉的杀人犯。

人们搜查工场，搜查弗朗西斯修道院后面橄榄园里的那间小屋。有一个角落里，放着洛尔·里希斯被剪碎的睡衣、汗衫和红头发，几乎没有藏起来。人们掘开地面，其他二十四名少女的衣服和头发逐渐显露出来。用来击毙受害者的木棒和亚麻制的旅行袋也都在。证据确凿。教堂的钟声响了起来。法院院长宣告，罪行累累的杀害少女的凶手在被追缉近一年之后，终于被捕，并已被关押。

48

起初，人们不相信这个公告。他们认为这是官方想要掩盖自己无能并稳定人民不安情绪的遁词。过去曾传说凶手已经到格勒诺布尔去了，人们依然记忆犹新。这次，恐惧已经深入到人们的灵魂里。

第二天在官厅前的教堂广场上公开展出罪证时——那情景真是令人毛骨悚然，在大教堂对面，广场的前端，二十五套衣服连同二十五束头发挂在一排木杆上，犹如稻草人那样——公众的看法立刻改变了。

成千的人列队从阴森可怕的展览场所走过。被害者亲属认出他们亲人的衣服时，发出了惊天动地的哭喊声。其他的观众，一部分人想看热闹，另一部分人要亲眼目睹才相信，都要求把凶手带来示众。他们的呼喊声响彻云霄，人流汹涌的小小广场上不安的情绪造成了威胁，法院院长决定派人把格雷诺耶从囚室里带来，让他站在官厅二楼的一个窗口。

格雷诺耶一站到窗口，叫喊声立即平息。广场上突然鸦雀无声，仿佛这是在酷热的一个夏日中午，外面的一切都在旷野上，或是躲进房子的阴影里。再也听不见脚步声，咳嗽声和呼吸声。人们瞪着眼、张开嘴巴达数分钟之久。谁也不能理解，站在楼上窗口的那个轻浮、矮小、蜷缩着的男子，那个无足轻重的人，那个可怜虫，那个废物，竟能干出二十五次凶杀。他根本不像个杀人犯。诚然，谁也说不出，他原来想象的凶手，这个魔鬼，是什么样子，但是所有人都一致认为，像他这样的人不是！然而——虽然这杀人犯与人们的想象完全不符，因而他的出现，正如人们可以认为的那样，是缺乏说服力的，但是非常奇怪，这个站在窗口的有血有肉的人，凶手只能是他，不可能是别人的事实，却产生了一种令人信服的影响。他们所有人都在想：这根本不是真的！——而在同一时刻，他们却又知道这必定是真的。

可是，直到警卫把这个矮人又带回黑暗的房间后，也就是说，直到他不在眼前，已经看不见了，他只是留在记忆里——尽管是非常短暂的记忆——几乎可以说是当人们头脑里的概念，即一个丑恶的凶手的概念形成时，人们惊愕的表情才消失，并且开始作出反应：嘴巴开始闭起来，成千对眼睛又活跃起来。随后响起了雷鸣般的愤怒复仇的叫声："把他交给我们！"他们打算冲进官厅，用自己的双手把他扼死，把他碎尸万段。警卫费了九牛二虎之力，才把大门堵住，把群众推回去。格雷诺耶也迅速被送到地牢。法院院长走到窗口，答应从快从重处理。尽管如此，又过了好几个钟头，群众才散开，过了好几天，全城才平静下来。

实际上，对格雷诺耶的诉讼进行得极为顺利，因为不仅罪证俱在，而且被告本人也在审讯中对归罪于他的凶杀案供认不讳。

唯独在问到他的动机时，他的回答总是不能令人满意。他一再重复说，他需要少女，因此把她们杀死。至于他为了何种目的需要她们，"他需要她们"该作何解释，他却沉默不语。于是人们对他动用刑罚，把他倒吊起来，给他注入七品脱水，上脚镣，但一点作用也没有。他对身体的疼痛毫无感觉，从不呻吟或叫喊，如果人家再问他，他仍然是说："我需要她们。"法官们认为他有精神病。他们取消对他动刑，决定不再继续审讯，了结了此案。

此时发生了拖延，管辖拉纳普勒的德拉吉尼安政府和埃克斯议会发生了法律上的争执，这两个机构想审理此案。但是格拉斯的法官们不让别人剥夺他们处理此案的权利。他们是抓住罪犯的人，罪犯的绝大多数凶杀案发生在他们管辖的地区，若是他们把杀人犯交给别的法庭，人们怒不可遏的情绪定会威胁他们的安全。

一七六六年四月十五日作出了判决，在囚室里向被告宣读了判决书。"制造香水的伙计让-巴蒂斯特·格雷诺耶，"判决书说，"应在四十八小时内被押到城门前的林阴大道上，在那里脸朝天地绑在一个木十字架上，然后由行刑者用一根铁棍活活地猛击十二下，使他臂膀关节、腿、臀部和肩膀碎裂，并钉在十字架上示众，一直到死。"通常的人道做法，即在猛击后用根绳子将罪犯勒死的做法，被三令五申地禁止行刑官使用，哪怕罪犯与死亡挣扎要拖延数天之久。尸体将在夜间埋在掩埋动物尸体的地方，该地不做任何标记。

格雷诺耶一动不动地听着宣判。法院工作人员问他的最后愿望是什么。"没有什么愿望，"格雷诺耶说。他还说，他所需要的一切都有了。

一个神甫走进囚室，以便听取他的忏悔，但在一刻钟后一无所获地出来了。在神甫提到上帝的名字时，罪犯莫名其妙地瞧着神甫，仿佛他是刚刚第一次听到这个名字，随后他在自己的木板床上伸展四肢，以便立即进入梦乡。再说任何话都是毫无意义的。

随后的两天里,许多人来观看这个出名的杀人犯。看守让他们朝囚室门上的小活门里看一眼,价钱是每看一眼付六个苏。一个计划画一张速写的铜版雕刻家,必须付出两法郎。但是这个题材真令人失望。罪犯戴上手铐脚镣,成天躺在床上睡觉。他的脸对着墙壁,对于敲门和喊叫没有反应。观看者严格禁止进入囚室,尽管他们愿意出钱,看守人员还是不敢违反禁令让他们入内。法院害怕囚犯会在不适当的时候被遇害者的亲属杀死。出于同样的原因,也不许人送东西给他吃,生怕食品里放了毒。在格雷诺耶被关押期间,他的饭菜都是主教府邸仆役厨房烹调的,都由监狱看守长亲自品尝过。当然,最后两天他什么也没吃。他躺着睡觉。偶尔他的镣铐当啷作响,看守急急忙忙来到他的小活门前,可以看到他喝一口装在水瓶里的水,然后又躺到床上,继续睡觉。看来他好像已经对他的生活感到厌倦,以致他再也不想在清醒的状态中享受这最后的几个钟点。

在此期间,行刑地点林阴大道已经准备就绪。木匠造了个断头台,三米见方,两米高,有栏杆和一道牢固的梯子——在格拉斯,人们还没有见过这么漂亮的断头台。另外还用木头搭了看台供绅士们使用,有一道栅栏可以把他们同普通老百姓隔开。林阴大道门左右两侧房屋和警卫楼里的靠窗位置早就以高昂的价钱租出了。甚至在位置稍偏的医院里,行刑官的助手已经从病人那里租到房间,然后再高价转租给看客。果汁汽水销售商配制了一桶桶甘草水作为储备,铜版雕刻家印制了成百上千张他在牢里画的并经过幻想加工更有吸引力的凶手画像,流动商贩成群结队流入城市,面包师傅烘制了纪念性的糕点。

多年来闲着无须再处决罪犯的行刑官帕蓬先生,叫人锻造了一把沉重的四棱形铁棍;他拿着它走进屠宰场,对着动物尸体练习打击。他只许打击十二次,这十二次打击必须击碎十二个关节,而又不能损伤身体最重要的部分,比方说胸部或头部——这事情真棘手,它要求具备非常细腻的感觉。

市民们像准备盛大节日一样做了准备。行刑当天,人们用不着干活,这是不言而喻的。妇女们熨平节日的衣服,男人们刷干净自己的外衣,让人把靴子擦得亮亮的。谁有军衔或官衔,谁是行会头头、律师、公证人、兄弟会头头或是其他重要人物,他就穿上制服或官服,佩带勋章、绶带、金链,头上戴着扑了白粉的假发。教徒们打算事后聚集起来举行礼拜,信鬼的人准备举行恶毒的祭鬼弥撒,有教养的贵族打算在"卡布里什饭店"、"维尔纳夫饭店"和"丰米歇尔饭店"里举行别开生面的集会。厨房里已经在烘呀烤的,人们从地窖里取出葡萄酒,从市场上买来鲜花。在大教堂里,管风琴师和教堂唱诗班在排练。

在德鲁瓦大街的里希斯家里,依然寂静无声。人民把处决杀人凶手的日子称为"解放日",里希斯不许对这个日子作任何准备。他厌恶一切。过去他厌恶人们突然又出现的恐惧,如今他厌恶他们事前的狂热喜悦。他没观看凶手在大教堂前广场上示众和被害者的衣物展出,没参加审讯,没与那些令人讨厌的看热闹的人一道列队在死囚的囚室前走过。为了验证他女儿的头发和衣服,他把法庭的人请到家里,简短而又镇静地作了证词,请求他们把陈列的东西作为遗物留给他,他们也答应了。他把这些东西拿回洛尔的房间,把剪坏的睡衣和紧身胸衣放在她床上,把红头发摊开在枕头上,自己坐在这些前面,日夜不离开这房间,仿佛他要通过这毫无意义的守卫,来弥补他在拉纳普勒那一夜的疏忽。他充满厌恶,厌恶世界,厌恶自己哭不出来。

他对杀人犯感到厌恶。他再也不想看到他是个人,只是想看到他是将要被宰杀的牲畜祭品。只有在执行死刑时,他才想看他;当他躺在十字架上,十二次打击落在他身上时,他才想看他,他想从近处看他,他已经在第一排订了个位子。若是人们在数小时后离开,那么他将爬上去找他,爬到行刑台上,坐在他身旁,守着他,夜以继日地守着,看着他的眼睛,即看着杀害他女儿的凶手的眼睛,把自己身上的全部厌恶滴到他的眼睛里,把全部厌恶像一种燃烧着的酸倾泻到他的垂死挣扎里,直到他死……

然后呢?然后他该怎么办?他不知道。或许他又要过着平凡的生活,或许再讨个老婆,生个儿子,或许无所作为,或许死去。他对这些都漠不关心。在这方面进行思考,他觉得毫无意义,这好比他思考自己死后该怎么办:自然,他现在什么也不可能知道。

49

行刑的时间定于下午五时。早晨,第一批爱看热闹的人已经来占好位子。他们带来椅子、梯凳、坐垫、食品、葡萄酒和小孩。将近中午,这地区的居民成群结队地从四面八方涌来,街道挤得水泄不通,新来者不得不在广场那边向上倾斜的花园和田地里,在通往格勒诺布尔的公路上安顿下来。

商贩已经做了很好的生意,人们吃着,喝着,哼唱着,情绪高昂,犹如赶上了年市。不久,聚集了将近一万人,比参加茉莉女王节的人还多,比参加最大的宗教仪式的人还多,人数之多在格拉斯是空前的。他们一直站在远处的山坡上。他们爬到树上,蹲在城墙上和屋顶上,十至十二人挤在一个窗口。只有在围以街垒的、仿佛是从人群的海洋里突出来的街心,还为看台、行刑台留了个位置,行刑台突然显得很小,宛如一个玩具或木偶剧场的舞台。从刑场至街门并深入到德鲁瓦大街,一条巷子空了出来。

三点刚过，帕蓬先生和他的助手们来了。掌声四起。他们把用大块方木装成的安德烈侧立十字架扛到行刑台上，用四个笨重的木架支撑，把它安放到适合于操作的高度。一个木匠把它钉牢。行刑助手们和木匠的每个动作都博得观众的喝彩。随后帕蓬拿着铁棍过来，绕着十字架走，测量自己的步子，一会儿从这一侧、一会儿从另一侧比划着打击，这时爆发出正常的欢呼声。

四点，看台上挤满了人。台上有许多上流人物，有带着仆从、仪态高雅的富翁，有漂亮的女士，大礼帽和闪亮的衣服令人赞叹。城乡贵族全都来了。参议院的老爷们由两个参议领头，排成一列来了。里希斯穿着黑色衣服、黑色袜子，戴着黑色礼帽。跟在参议后面的，是在法院院长率领下的市政府官员。最后来到的是坐在敞篷轿子里的主教，他穿着闪闪发光的紫色法衣，戴着一顶小礼帽。谁头上还戴着帽子，这时赶紧把帽子脱下来。气氛庄严肃穆。大约十分钟光景，广场上一片寂静。女士先生们已经坐了下来，人们一动也不动，没有人再吃东西，所有人都等待着。帕蓬和他的助手们站在行刑台上，像用螺钉固定了似的。硕大的太阳挂在埃斯泰雷勒山上空，射出金黄色的光芒。一阵微风从格拉斯盆地吹来，送来了橙花的香味。天气暖和异常，但是却令人难以置信的寂静。

后来，正当人们以为没有喊叫、没有喧哗、没有狂怒或其他群众性事件的紧张气氛不能再长久持续下去时，人们在寂静之中听到了马蹄的嗒嗒声和车轮的辘辘声。

一辆双马驾驶的封闭的车子，即警察局长的车子，从德鲁瓦大街驶来。它经过城门，出现在通往刑场的狭窄巷子里，此时每个人都看得见。

警察局长坚持采用这种方式把罪犯带出来，因为不这么做，他相信无法保证罪犯的安全。通常是绝对不采用这种方式的。监狱距刑场还不到五分钟路程，假如被判刑者出于无论何种原因不能步行前往，那么也可以用一辆驴拉敞篷小车来送罪犯。一个人同车夫和穿着号衣的差役一道乘着豪华的马车，在骑兵的护送下到刑场受刑，这情形谁也没见到过。

尽管如此，在人群中并未发生不满情绪和骚乱。相反，人们对事情如此处理感到满意，认为让罪犯乘坐马车真是别出心裁，情况恰似在剧院里，一出老戏突然用人们意料不到的新方式演出时人们对它的评价一样。许多人甚至觉得，这样出场是合适的。对于一个如此残暴的罪犯，人们必须特别对待。不能像对待普通的拦路抢劫犯那样，把他戴上手铐脚镣拉到刑场上打死。像那样根本不会引起轰动。把他从华丽马车的座位上拉下来带到安德烈侧立十字架上——这种残酷性更加具有想象力。

马车在行刑台和看台之间停住。随从们跳下车来，打开车门，放下小梯子。警察局长下车，跟在他后面的是卫队的一名军官，最后是格雷诺耶。他身穿一件蓝色外衣和白衬衣，脚穿白丝袜和有搭扣的鞋子。他没有戴镣铐，没有人拉着他的手臂押他走。他像个自由人从马车上下来。

随后奇迹就发生了，或者说是类似奇迹的事情，即令人难以理解的、闻所未闻的和令人难以置信的事情发生了，以致所有目击者在事后，若是在某个时候谈到这件事，都把它称为奇迹，他们总是遮遮掩掩，因为后来他们都为自己曾参与此事而羞愧。

事情是这样的，在街上和周围山坡上的一万观众一瞬间立即坚定地相信，刚从马车上下来的那个身穿蓝色外衣的小个子男人，不可能是杀人犯。这并不是他们对他的身份发生怀疑！那儿站着的那个人，就是他们几天前在教堂广场上的官厅窗口所看到的人，就是他们——若是他们把他弄到手的话——早已怀着发狂的仇恨加以私刑拷打的人。他就是两天前根据确凿的证据和自己的供词被判死刑的人，就是在一分钟前人们盼望着行刑官来处死的人。就是他，毫无疑问！

但是——不是他，不可能是他，他不可能是杀人犯。站在刑场上的那个人，是无辜的。在这一瞬间，从主教直至果汁汽水商人，从侯爵直至小洗衣妇，从法院院长直至满街游荡的青年人，所有人都知道这点。

帕蓬也知道这点。他握着铁棍的两只手在颤抖。刹那间，他觉得自己像个小孩，强健的胳臂变得软弱，膝盖酥软，心里不安。他举不起这支铁棍，他这辈子再也没有力气举起它去打击这无辜的小个子男人，凶手被带上来的那一瞬间他感到恐惧，他哆哆嗦嗦，不得不靠着他的杀人铁棍支撑，以免由于软弱而跪下来，高大、强壮的帕蓬！

聚集起来的一万名男女老幼的情况也没有什么两样：他们变得像被情人的魅力征服的小姑娘那么柔弱。一种强烈爱慕的、温存的、完全幼稚可笑的爱恋感觉突然向他们袭来，的确，众所周知，这是一种喜欢这个小个儿杀人犯的感觉。他们无力抗拒，也不想抗拒。这像一种人们无法抑制的哭泣，像一种长久克制的哭泣从腹部产生，奇迹般地把一切阻力分化，把一切变成液体并冲刷干净。人们无非是液体，内心化作精神和灵魂，只是具有不定型的液体状态，他们觉得自己的心是不定的团块，在他们的体内晃动，无论是男人还是女人，他们都把自己的心放到身穿蓝色外衣的小个儿男人手中，无论如何：他们喜欢他。

格雷诺耶此刻在敞开的车门口站了几分钟，一动也不动。他身旁的那个随从已经跪了下来，而且一直向下做出完全拜倒的姿势，这种姿势只有在东方的苏丹和阿拉之前才经常见到。即使作出这样的姿势，他还是颤抖着，摇晃着，恨不得继续把身体沉下，使自己平躺到地上，钻进地里，直至到达地下。由于这种高尚的忠诚，他真想使自己沉到世界的另一头。卫队军官和警察局长两人都是刚强的男子汉，他们的任务是现在把罪犯带到行刑台上交给刽子手，可他们再也无法完成协调的动作。他们哭泣着，把自己的帽子脱下来，再戴上，又把它们扔到地上，两人拥抱起来，再分开，无聊地在空中挥动着胳臂，绞着自己的手，抽搐着，犹如舞蹈病发作的人在做鬼脸。离得远的绅士们行为失去控制，激动万分。每个人都放任自己内心的欲望。女士们在看到格雷诺耶时把双手叉在怀里，幸福地叹息；另一些女士由于渴望追求这美丽的少年——他们觉得他就是这样——而不声不响地晕倒。先生们一个劲儿地从他们的座位上跳起来，坐下，再跳起来，呼哧呼哧地喘着气，手握着剑柄，仿佛要把剑抽出来，他们抽出剑，又把剑推回去，以致剑鞘发出响声；另一些先生默不作声地眼睛望着天空，两手痉挛地祷告；高贵的主教上身向前摇动，仿佛他要恶心呕吐似的，他的额头撞到膝盖上，直到他那顶绿色帽子从头上滚下来；这时他并不觉得难受，而是平生第一次沉醉在宗教的狂热中，因为在万民的眼前，一种奇迹发生了，因为至高无上的上帝已经在阻拦刽子手，他把世人认定为杀人犯的人宣告为天使。这种情况竟然发生在十八世纪！上帝多么伟大呀！而主教本身多么渺小，多么微不足道，他念着革出教门令，自己却不相信，只是为了安慰人民！啊，多么狂妄，多么信心不足！如今上帝创造了奇迹！啊，作为主教受到上帝如此惩罚，这是多么美妙的屈辱，多么甜蜜的可耻，多么仁慈！

街垒那边的人们在这时越来越不知羞耻，他们陶醉于格雷诺耶的出现所引起的令人毛骨悚然的感觉之中。谁开始看到他时只觉察到同情和感动，此时却充满着赤裸裸的贪欲；谁起初只是赞叹和追求，此刻却是极度兴奋。所有人都认为那个穿着蓝色外衣的男子是他们所能想象的最美丽、最迷人和最完美的人：修女们觉得他是救世主的化身，魔王的信徒把他看成是冥界的放射光芒之神，开明人士认为他是最高的主宰，少女们相信他就是童话中的王子，而男人们以为他就是自己的理想的映象。所有人都感到自己最敏感的部位已经被他识破，被他抓住，他击中了他们的爱的靶心。情况正是，仿佛这个男人有一万只手，仿佛他把自己的手放在周围万人当中每个人的下身，用每个人——不管是男人还是女人——在其最隐秘的幻想中最强烈要求的每一种方式，亲热地抚摸着下身。

其结果是，处决那个时代的最可恶的罪犯的计划变成了盛大的酒神节，其盛况是自从公元前二世纪以来世上绝无仅有的：品行端庄的妇女们撕开自己的胸衣，在歇斯底里的叫喊声中裸露她们的乳房，裙子向上提起，倒在地上。男人们带着迷惘的目光，跌跌撞撞地在躺着裸露肉体的地面上行走。他们用颤抖的手指把他们像被无形的霜冻僵的生殖器从裤子里掏出来，唉声叹气地倒向某处，以极为罕见的姿势和配对方式交媾，老头和少女、雇工和律师夫人、学徒和修女、耶稣会会员和共济会女会员，情况乱七八糟，空气中弥漫着沉重的情欲的甜蜜气味，充满着一万个兽人高声的叫喊、嘟哝和叹息，简直和地狱一样。

格雷诺耶站立着，微笑着。更确切地说，看见他的人都觉得，仿佛他在用世界上最无辜、最可爱、最迷人、同时又是最能诱惑人的微笑方式微笑着。但是事实上这不是微笑，而是停留在他嘴唇上的丑恶的、嘲弄式的冷笑，它表现了自己完全的胜利和全部的憎恨。

他，让-巴蒂斯特·格雷诺耶，出生在世界上最臭的地方，是从垃圾、粪便和腐物中捡起来的，本人没有气味，他是在没有爱的情况下长大的，在没有温暖的人的灵魂情况下，只有依靠倔强和厌恶的力量才得以生存，身材矮小，背呈弓状，瘸腿，而且丑陋，无人与他交往，从里到外是个可憎的怪物——此时他终于达到了目的，使自己受到世人喜爱。什么是受人喜爱！受人爱戴！受人敬重！被人神化！他完成了普罗米修斯的业绩。别人一生下来立即得到神火，唯有他一个人没份，他是通过自己无限的机智才获得神火的。不仅如此！他已经使神火进入自己的心坎里。他比普罗米修斯更伟大。他给自己创造了一种香味，它比任何站在他面前的人散发的气味更加出色、更能吸引人。他无须为此而感谢任何人——父亲、母亲和仁慈的神——唯独归功于自己。事实上，他是他自己的神，他是比那住在教堂里散发出神香臭味的神更加美丽的神。一个具有凡人躯体的主教正跪在他面前，高兴得啜泣。富人们和有权势的人，骄傲的先生和女士们都惊叹不已，而广大的人民，其中包括被他杀害的少女的父母兄弟姐妹，都在对他表示敬意，以他的名誉狂欢。他只需作一暗示，所有人就会发誓放弃他们的神，对着他，伟大的格雷诺耶顶礼膜拜。

的确，他是伟大的格雷诺耶！现在事情已经明朗。他就是这样，往昔只存在于自我爱慕的幻想中，而如今已经成了现实。此刻，他体验到了他这一生最大的胜利。他觉得这种胜利挺可怕的。

他觉得它可怕，因为他一秒钟也享受不到。当他从马车上下来踏到阳光灿烂的广场上那一瞬间，他用于自己身上的香水已经发挥作用，这香水使众人着迷，这就是他花了两年时间制作的香水，而为了占有这种香水，他一辈子都在追求……在这一瞬间，他看见并嗅到，这种香水发挥了不可抗拒的作用，它神速地散布开来，使它周围的人都成了俘虏。在这一瞬间，他对人们的全部厌恶又在胸中升起，完全败坏了他的胜利的情趣，以致他不仅没有感觉到欢乐，而且也觉察不到一丝一毫的满足。他梦寐以求的事物，即让别人爱自己的欲望，在他取得成功的这一瞬间，他觉得难以忍受，因为他本人并不爱他们，而是憎恨他们。他突然明白了，他在爱之中永远也不能满足，而只是在恨之中，在憎恨中，在被憎恨中才能找到满足。

但是他对人们所怀抱的憎恨，始终得不到人们的反应。他在此刻越是憎恨他们，他们越是把他神化，因为他们从他那里，闻到了他所占有的香味，他的冒牌香味，他掠夺来的香味，而这实际上就是他被神化的原因。

他此刻恨不得把所有人，愚笨的、散发出臭味的、好色的人，从地上消灭干净，犹如他当时在漆黑的心田里把外来的气味通通消灭。他希望，他们发觉自己是多么憎恨他们，希望他们为了他曾经真正感觉到的感情的缘故，恢复对他的憎恨，并从他们的角度出发把他消灭，正如他们原来所计划的那样。他想在一生中来一次抛弃自己。他想在一生中能有一次与别人一样，放弃自己的内心想法：犹如他们放弃自己的爱、自己愚蠢的崇拜，他也放弃自己的憎恨。他想在自己真正的生存中能有一次、而且只是唯一的一次被人告知，从另一个人那里得到对于他唯一真正的感情——憎恨——的回答。

但是他的希望落空了。他的希望无法实现。今天也已经不行了。因为他用了世上最高级的香水来做假面具，在这假面具下他没有脸庞，完全没有气味。突然，他觉得一阵恶心，因为他感觉到香雾又在升起。

如同当时在洞穴中、在梦中、在睡眠中、在心中、在自己的幻想中一样，一阵香雾，即自己气味的可怕的香雾突然升起，而他自己的气味，他却无法嗅到，因为他没有气味。他像当时一样感到无限不安和恐惧，他相信自己一定会窒息。与当时不同的是，这次不是做梦，不是睡觉，而是赤裸裸的现实。与当时不一样，他不是独自一人躺在洞穴里，而是站在广场上万人之前。同当时不一样，这儿没有叫醒和解放他的叫喊声，没有遁入美好的、温暖的、拯救人的世界帮助他。因为在这儿和现在，这就是世界，在这儿和现在，这就是实现了的梦。而他本人也曾经这么希望过。

可怕的、窒息人的香雾继续从他的心灵沼泽里升起，与此同时，在他周围，放纵和处于性欲高潮欢乐的人们正在唉声叹气。一个男子朝他跑过来。他是从绅士看台的最前排跳起来的，动作那么猛，以致他的黑色礼帽从头上落了下来，此时他穿着黑色外衣像只乌鸦或复仇天使越过刑场。这个人就是里希斯。

格雷诺耶想：他会把我打死的。他是没有受我的假面具蒙骗的唯一的人。他女儿的香味还附着在我身上，像血液那么明显。他想必认出我了，想必要杀死我。他必定会这么做。

他张开两只胳臂，以便迎接向这儿冲来的天使。他相信已经感觉到刀和剑向他的胸部刺来，刀刃已经穿过香味的盔甲和令人窒息的香雾，插入他那冷酷的心——最后，终于有东西到了他心里，是与他本人不同的东西！他觉得自己差不多得到解救了。

然而，后来里希斯却突然靠着他的胸脯躺下，他已经不是复仇的天使，而是一个激动的、啜泣得很伤心的里希斯，他用两只胳臂抱住他，手紧紧地抓住他，仿佛在内心喜悦的海洋里，除了他就没有别的依靠。根本没有使人解脱的刺刀刺入，没有刺入心脏，没有诅咒或憎恨的叫声！有的是里希斯泪水汪汪的面颊贴在他的面颊上，还有那对他哭泣的颤抖的嘴："原谅我,我的儿子!我的儿子,原谅我!"

这时,他觉得在自己眼前,从里向外一片白色,而外部世界则像乌鸦一般黑。被俘获的香气凝结成翻腾的液体,像正在煮的发出泡沫的牛奶。这些香雾把他淹没了,以令人难以忍受的压力压向他的身体的内壁,却找不到排出口。他想逃走,为了苍天的缘故,但是逃向何处……他想把自己炸开,使自己不致窒息。他终于倒了下来,失去知觉。

50

他再恢复知觉时,已经躺在洛尔·里希斯的床上。她的遗体、衣服和头发已经弄走。一支蜡烛点燃在床头柜上。通过虚掩的窗户,他听到远处全城人庆祝的欢呼声。安托万·里希斯坐在床边一张凳子上守着。他把格雷诺耶的手放在自己的手上抚摸着。

格雷诺耶在睁开眼睛之前,就检查了一下体内的情况。他的内心很平静,没有什么在沸腾,没有什么在压迫他。在他的心灵里,又是通常的寒夜,他正需要寒夜,以便对他的知觉进行冷处理,使之清晰,并把它引向外面:在那里他闻到了自己的香水味。它已经发生变化。前端已经变得稍弱,以致洛尔香味的核心部分,一种柔和的、深色的、闪闪发光的火焰,更加美妙地显示出来。他觉得自己是安全的。他知道他还会有几个小时不会遭到人们攻击,他睁开眼睛。

里希斯的目光停在他身上。在这目光中,有着无穷无尽的欢欣、温存、同情和空泛而无知的深深爱慕之情。

他微笑着,把格雷诺耶的手握得更紧,说道:"现在一切都会变好的。市政府已经撤销了判决。所有证人已经发誓放弃作证。你自由了。你想做什么,就可以做什么。但是我希望你呆在我这儿。我失去了一个女儿,我想把你当作儿子。你跟她很像。你同她一样美丽,你的头发,你的嘴巴,你的手……我这段时间一直抓住你的手,你的手像她的手。若是我瞧着你的眼睛,我就觉得,仿佛她在瞧我。你是她的兄弟,我希望你做我的儿子,成为我的欢乐、我的骄傲、我的继承人。你的双亲还健在吗?"

格雷诺耶摇摇头,里希斯的脸由于幸福而涨得通红。"这么说,你愿意做我的儿子?"他结结巴巴地说,从自己的板凳上站起来,以便坐在床沿上,同时去握格雷诺耶的另一只手。"你愿意吗?你愿意吗?你想要我做你的父亲吗?——别说什么!别说话!你的身体还太弱,无力说话,只需点头!"

格雷诺耶点头。这时里希斯感到的幸福恰似从所有毛孔冒出的红色汗水,他朝格雷诺耶弯下身子,吻着他的嘴。

"现在睡觉,我亲爱的儿子!"当他又站立起来时,说道,"我守在你的身旁,看着你入睡。"他怀着默默的幸福端详他良久,说:"你使我非常非常幸福!"

格雷诺耶仿照他自己从微笑的人们那里看到的,嘴角略微咧开。然后他闭起双眼。他等了一会儿,呼吸才变得平稳、深沉,宛如熟睡的人那样。他感觉到里希斯的目光停在他脸上。有一次他察觉,里希斯再一次弯下身子准备吻他,但后来又中止了,害怕把他弄醒。终于,蜡烛被吹灭,里希斯踮着脚尖悄悄地离开了房间。

格雷诺耶躺在床上,直至他再也听不到屋里和城里有任何声息。他后来醒来时,天已经亮了。他穿上衣服,离开房间,蹑手蹑脚地跨过走廊,轻轻地走下楼梯,穿过客厅来到露台上。从这里人们可以望到城墙,望到格拉斯地区的盆地,天气晴朗时也可以望到大海。此时田野上笼罩着薄雾,更确切地说,是一种蒸汽,而从那边飘过来的草、染料木和玫瑰的香气,像洗过一样,纯洁、朴实,令人安慰。格雷诺耶穿过花园,爬过城墙。

在林阴大道上,在到达空旷原野之前,他还得再次穿过人的雾气。整个广场和山坡活像一个巨大的破破烂烂的兵营。成千上万醉得不省人事的人,由于夜里狂欢纵欲而弄得精疲力竭的人四处躺着,一些人一丝不挂,另一些人半裸着身子,另一半用衣服遮着,他们像躲进一段天花板下一样钻到衣服下面。那里散发出酸葡萄酒、烧酒、汗、小便、儿童粪便和烧焦的肉的臭味。到处都还有灶火在冒烟，他们曾在灶旁烤肉、狂饮和跳舞。在鼾声四起中，偶然也发出口齿不清的说话声和笑声。也可能还有人醒着，在狂饮自己头脑里的最后一点意识。但是没有人看见格雷诺耶，格雷诺耶像穿过沼泽地一样跨过横七竖八躺着的人体，小心翼翼但同时又非常迅速。即使有人看见他，也认不出他了。他不再散发出香味。奇迹已经过去了。

他到达林阴大道尽头后，没有走通往格勒诺布尔和卡里布什的道路，而是越过田野，头也不回地向西走去。当仿佛涂上油脂、热得灼人的金黄色太阳升起时，他早已消失得无影无踪。

格拉斯人在酩酊大醉后难受地醒来。甚至那些没有喝过酒的人，也觉得脑袋里重得像铅一样，胃里难受得要呕吐，心情不佳。在林阴大道上，在灿烂的阳光下，诚实的农民在寻找自己狂饮纵欲时脱掉的衣服，规规矩矩的妇女在寻找丈夫和孩子，完全陌生的人大惊失色地从亲热的搂抱中脱离开来，熟人、街坊、夫妇突然在众目睽睽之下赤裸着身体狼狈不堪地面面相觑站着。

许多人对于这次经历都感到毛骨悚然，感到困惑不解，感到与他们原来的道德观念背道而驰，以致他们在事情发生的那一刻就把这事完全从自己的记忆里抹去了，因此后来真的再也回忆不起来了。另一些感觉器官不甚健全的人，试图回避，不看、不听也不想——可这也不容易做到，因为这次耻辱太明显、太普遍了。谁找到了自己的东西和家人，就立即迅速离开，而且尽可能神不知鬼不觉地离开。将近中午，广场上已经空无一人。

城里的人们，如果情况确实，是傍晚才从家里出来处理最紧迫的事情的。人们见面时只是匆匆打个招呼，而且只说些无关紧要的事情，对于昨天和昨夜发生的事情只字不提。昨天人们还表现得朝气蓬勃、狂放不羁，现在却是如此羞羞答答。所有的人都如此，因为大家都觉得自己有罪。在格拉斯市民中，从来没有比那时候更和睦融洽过。人们舒舒服服地生活着。

当然，某些人必须单独地依靠自己的职务更直接地关心所发生的事情。公众生活的继续、坚持法制和秩序，要求必须迅速采取措施。先生们，包括第二参议，默默地相互拥抱，仿佛必须通过这种发誓的姿态来重新组织机构似的。然后他们一致通过决议，只字不提所发生的事情，更不提格雷诺耶的名字，决定派人立即拆除林阴大道上的看台和断头台，派人整理广场和周围被破坏的农田，使其恢复到原先井井有条的状态。为此拨款一百六十利佛尔。

同时，法庭在法院开庭。全体官员不经讨论即一致认为"格雷诺耶案"已经了结，并且不经登记即将文件归档封存，并立案审讯一个在格拉斯地区杀害二十五名少女的迄今不知名的凶手。会议命令警察局长刻不容缓地进行调查。

翌日，凶手已经被找到。人们根据明显的疑点逮捕了多米尼克·德鲁，卢浮大街的香水师傅，所有被害少女的衣服和头发最终都是在他的小屋里找到的。他开始时拒不承认，但是法官们是蒙骗不了的。经过十四小时的严刑拷打，他供认了一切，甚至请求尽可能快地处决。死刑定于次日执行。拂晓，人们就把他绞死，没有盛大场面，没有断头台和看台，在场的只有刽子手、市政府的几个官员、一个医生和一个教士。在确认死亡并作了文字记录后，人们立即把尸体埋葬。这个案件就这样了结了。

全城的人反正已经把这事忘了，而且忘得如此彻底，以致后来接连数天里到达这儿的旅行者顺便打听格拉斯那臭名昭著的杀害少女凶手时，竟然找不到一个有理智的人回答他们的问讯。只有夏里特医院的几个傻瓜，显而易见的精神病人，还在喋喋不休地谈论林阴大道广场上的那次盛会，当时他们曾经不得不把自己的房间腾出来。

不久，生活又完全恢复了正常。人们勤奋地工作，睡得香，一心扑在事业上，安分守己。与过去一样，水又从许多喷泉和水井里冒出，冲刷着泥泞经过街巷。城市又破败而自豪地屹立在富饶盆地的山坡旁。阳光和煦。很快到了五月。大家都在收获玫瑰。

第四章

51

格雷诺耶夜间行走。与他旅游开始时一样,这次他也避开城市,不走大路,白天他躲起来,睡觉,晚上他起身,继续走路。他吃在路边找到的动植物:草、蘑菇、花、死鸟、蠕虫。他穿过普罗旺斯,乘着偷来的一条小船渡过奥朗日南面的罗纳河,顺着阿尔代什河一直深入到塞文山脉,然后经阿利埃向北走去。

在奥弗涅山脉中,他接近了康塔尔山峰。他看到它就在西面,山峰高高,在月光下呈银灰色,他嗅到从山峰那边吹来的干燥的凉风。但是他并不想到那边去。他已经不再眷恋山洞的生活。这方面的经验已经有过,已经证明在山洞是不能生存的。同样，在人们中间生活，他也取得了经验。在有些地方，人们是要窒息的。他压根儿不想再活下去。他想到巴黎去死。他希望这样。

他不时地把手伸进口袋，抓住装着他的香水的小玻璃瓶。瓶子几乎还是满的。对于在格拉斯的那场戏，他仅仅用了一滴。剩下来的足够迷惑全世界的人。如果他愿意，他在巴黎不仅可以使一万人，而且可以使十万人围着他欢呼发狂；他可以散步到凡尔赛去，让国王来吻他的脚；他可以写封香水信给教皇，宣布自己就是新的救世主；他可以在巴黎圣母院当着国王和皇帝们的面涂上圣油成为太上皇，甚至成为人间的上帝——若是他还可以作为上帝涂圣油的话……

只要他愿意，所有这一切他都可以做。他拥有这种威力。他手中握着这种威力。这种威力比货币的威力、恐怖的威力或死神的威力更强，是可以促使人们产生爱慕的不可战胜的力量。这种威力只有一样办不到：它不能使他嗅到自己的气味。尽管他在世人面前通过他的香水以上帝的身份出现——但是他不能嗅到自己。因此他永远不知道他是谁，所以他对世界，对自己，对他的香水毫不在乎。

他那只握过香水瓶的手，散发着柔和的香味，若是他把手放到鼻子下闻闻，那么他就会感到郁郁不乐，有好几秒钟光景，他忘了跑路，只是呆立着，一个劲地嗅。他心里想，谁也不知道这香水有多好。谁也不知道，它是如何精心地制造出来的。其他人势必屈服于它的作用,他们根本不知道,对他们产生作用并迷惑他们的是一种香水。唯一在任何时候都认识它的真正美妙的人就是我,因为它是我亲自创造的。同时,我是它无法迷惑的唯一一个人。我是这香水不起作用的唯一一个人。

另一次,他当时到了布尔戈尼,他想:当时我站在花园墙外,花园里红发少女在游戏,她的香气朝我这边吹来……或者更确切地说,她的香味的预兆,因为她后来的香味在当时是不存在的——也许当时我所感觉的,与我对林荫大道上的人施放这香水时他们所感觉的相似……?但是随后他又抛弃了这种想法:不,它完全不同。因为我知道,我渴望得到的是香味,不是少女。可是那些人相信,他们渴望得到我,其实他们真正渴望得到什么?他们始终觉得是个秘密。

后来他什么也不想了,因为思考不是他的特长,况且他已经到了奥尔良。

他在叙利渡过卢瓦尔河。一天以后,他的鼻子已经闻到巴黎浓郁的气味。一七六七年六月二十五日,清晨六点他经过圣雅克大街进城。

这一天是炎热的一天,是这一年来最热的一天。千种气味和臭气像从千个破裂的脓疱里涌了出来似的。没有一丝风。还不到中午,市场摊贩上的蔬菜已经失去水分萎缩了。鱼肉已经变质。巷子里弥漫着恶臭的空气。就连河流也似乎不再流动,而是滞住,散发出臭气。这天就像格雷诺耶生下来那天一样。

他走过新桥到达河的右岸,继续朝着阿朗和圣婴公墓走去。他在铁器大街尸骨存放所的拱廊里安顿下来。公墓的场地像被炸坏的战场展现在他面前,场地被翻得乱七八糟,沟渠纵横,尸骨遍地,没有树,没有灌木,没有草,是死神的垃圾堆。

这儿看不到一个活人。尸体的臭味可怕极了,就连掘墓人也已溜走。他们要到太阳下山以后再来,在火把照明下,为第二天的死者挖掘墓穴,一直干到入夜。

午夜过后——掘墓人已经走了——所有流氓、盗贼、杀人犯、持刀殴斗者、妓女、逃兵、走投无路的年轻人都活跃在这里。人们燃起营火煮东西,以驱除臭气。

当格雷诺耶从拱廊里出来,混杂在这些人中间的时候,他们起初没有发现他,他可以不受阻碍地走到营火旁,仿佛他就是他们中间的一员。这在后来支持了他们的意见:他必定是个幽灵或天使,是一个复活过来的人或是超越自然的生物。因为在通常情况下,一个陌生人靠近,他们的反应是非常敏感的。

身穿蓝色外衣的小个子男人突然出现在那里,仿佛是从地里长出来的,一只手里拿着一个盖子已经揭开的小瓶子。这就是所有人肯定可以回忆起来的第一个印象:一个人站着,一只小瓶盖子揭开了。后来他用瓶子里的东西喷洒自己的身体,一次又一次,就像用闪闪发光的火、用美来浇铸似的。

一瞬间,他们退了回去。但是在同一瞬间,他们对他感到敬畏，并在惊异中发觉，他们的后退更像是向前冲，他们的敬畏已经变成渴望，他们的惊异已经变成欢呼。他们觉得自己已经被这个天使吸引住了。强大的吸引力已经从他那里发出，它像是退潮的一股拉力，没有哪个人能够抵挡，同时，也没有哪个人想抵挡，因为这是意志本身，这次退潮正冲刷着它，朝着退潮的方向冲去：冲到他那里。

他们二三十人形成一个包围他的圈子，圈子越缩越小，很快就容纳不下所有的人了，他们开始挤、推、搡，每个人都想到达离中心点最近的地方。

后来，他们中最后的障碍被冲垮了，圈子不复存在。他们冲向天使，向他扑去，把他摔到地上。每个人都想摸他，每个人都想要他一点东西，比方说一片小羽毛，一个小翅膀，他那神奇之火的一个火星。他们撕下他的衣服，剥去他的皮，拔光他的头发，用手抓和用牙齿咬他的肉，像鬣狗一样向他扑去，拉他，扯他，拖他。

但是，像他这样一个人的身体相当坚硬，不是那么容易撕开的，甚至用马来拉也得花很大的劲。于是，很快就刀光闪闪，刺进去，拔出来，斧头和大砍刀朝着关节砍去，喀嚓一声响，骨头被砍断了。刹那间，天使被分成三十块，这一伙人每人抢到一块，他们在贪婪的欲望驱使下退了回来，把肉啃光。半小时后，让-巴蒂斯特·格雷诺耶已从地面上彻底消失，一根头发也没留下。

这帮野蛮人吃完人肉后又聚集在营火周围，没有哪个说一句话。这个或另一个在打嗝，吐出一小块骨头，轻轻地咂舌头，用脚轻轻地把蓝外衣剩下来的一片破布踢到火里，他们大家都有点窘，不敢相互对视。他们中的每个人，无论是男人还是女人，已经参与了一次凶杀或一种别的卑鄙的犯罪行为。但是把一个人吃掉？他们想，他们绝不会做出如此残酷的事。他们感到惊奇，他们竟会做出令人难以置信的事，奇怪自己尽管非常难堪，却没有发觉有过一点坏心眼。正相反！尽管他们的胃里不好受，他们还是觉得心里是完全轻松的。在他们阴沉的灵魂里，突然变得那么轻快乐观。在他们的脸上，表现出一种童话般的、柔和的幸福光辉。他们或许是因此而羞于抬起目光和相互对视吧。

当他们后来敢于这么做，起先是偷偷地、后来则是完全公开地相互对视时，他们不禁破涕为笑。他们感到特别自豪。他们第一次出于爱而做了一点事情。

图书在版编目(CIP)数据

香水/(德)聚斯金德(Süskind. P.)著;李清华译.
—上海:上海译文出版社,2009.6(2025.9重印)
(译文经典)
书名原文:Das Parfum
ISBN 978 - 7 - 5327 - 4544 - 9

Ⅰ.香… Ⅱ.①聚…②李… Ⅲ.长篇小说-德国-现代 Ⅳ.I516.45
中国版本图书馆 CIP 数据核字(2008)第 055158 号

Patrick Süskind
Das Parfum
Copyright © 1985 by Diogenes Verlag AG Zurich
Published by arrangement with Diogenes Verlag AG
Simplified Chinese translation copyright © 1999
Shanghai Translation Publishing House
ALL RIGHTS RESERVED

图字:09 - 1999 - 052 号

香水

[德]帕·聚斯金德 著 李清华 译
责任编辑/裘胜利 装帧设计/张志全

上海译文出版社有限公司出版、发行
网址:www.yiwen.com.cn
201101 上海市闵行区号景路159弄B座
浙江新华数码印务有限公司印刷

开本787×1092 1/32 印张9 插页5 字数146,000
2009年6月第1版 2025年9月第31次印刷
印数:181,001—186,000册

ISBN 978 - 7 - 5327 - 4544 - 9
定价:48.00元

本书中文简体字专有出版权归本社独家所有,非经本社同意不得转载、摘编或复制
如有质量问题,请与承印厂联系调换。 T:0571-85155604